Rue Escalei
de Laura Nicolae
est le mille cent quatre-vingt-quatrième ouvrage
publié chez
VLB ÉDITEUR.

Direction littéraire : Miruna Craciunescu
Couverture : Grace Cheong
Révision linguistique : Pascale Matuszek
Correction d'épreuves : Emmanuel Dalmenesche

Catalogage avant publication de Bibliothèque et Archives nationales du Québec et Bibliothèque et Archives Canada

Titre : Rue Escalei / Laura Nicolae.
Noms : Nicolae, Laura, auteure.
Identifiants : Canadiana (livre imprimé) 20240010051 | Canadiana (livre numérique) 20240010078 | ISBN 9782898490309 (couverture souple) | ISBN 9782898490316 (EPUB)
Classification : LCC PS8627.I399 R84 2024 | CDD C843/.6—dc23

VLB ÉDITEUR
Groupe Ville-Marie Littérature inc.*
Une société de Québecor Média
4545, rue Frontenac, 3e étage
Montréal (Québec) H2H 2R7
Tél. : 514 523-7993
Téléc. : 514 282-7530
Courriel : vml@groupevml.com
Vice-président à l'édition : Martin Balthazar

DISTRIBUTEUR
Les Messageries ADP inc.*
2315, rue de la Province
Longueuil (Québec) J4G 1G4
Tél. : 450 640-1234
Téléc. : 450 674-6237
* filiale du Groupe Sogides inc.,
filiale de Québecor Média inc.

VLB éditeur bénéficie du soutien de la Société de développement des entreprises culturelles du Québec (SODEC) pour son programme d'édition.
Gouvernement du Québec – Programme de crédit d'impôt pour l'édition de livres – Gestion SODEC.

Financé par le gouvernement du Canada | Canada

Nous remercions le Conseil des arts du Canada de l'aide accordée à notre programme de publication.

Dépôt légal : 3e trimestre 2024

edvlb.com

RUE ESCALEI

LAURA NICOLAE

RUE ESCALEI

vlb éditeur

À Elenia et Éric.
À Adela, Ion et Diana.
À mes grands-parents.
À mes amis d'enfance.
À mes professeurs et à mes étudiants.

À force de parcourir, chaque jour de l'été 1975, les rues et les maisons de la ville torride, j'ai fini par la connaître bien, je savais ses secrets et ses turpitudes, sa gloire et sa candeur.

Mircea Cărtărescu, *Solénoïde*

Prologue

En cet après-midi d'été 1975, une exhalaison étrange se déployait dans la rue Escalei. Alors que la veille, l'odeur était à peine perceptible, elle semblait désormais dotée de bras invisibles, qui figeaient les habitants sur place.

Sofia se demanda à voix haute ce qui empestait aussi fort. Les notes singulières de ce miasme étaient particulièrement coriaces. En son for intérieur, elle accusa les voisins de la rue Periş qui assommaient les animaux de la forêt d'Andronache parce qu'ils les soupçonnaient de piller leur potager. Chaque mois, les résidents abandonnaient les carcasses de ces bêtes sauvages dans les bosquets, le long de la voie ferrée.

La vieille femme faisait chauffer du lait dans la cuisine. La pièce sentait le gaz de la bonbonne. Cette odeur était rassurante face aux vagues de puanteur qui déferlaient sporadiquement sur sa cour. Gabriela se laissait hypnotiser par les gestes de sa grand-mère, remarquant les moindres détails de la scène : la main qui remuait le liquide avec une cuillère en bois, la blancheur du lait qui gonflait lentement dans la casserole, le sifflement de la flamme qui dansait autour du récipient métallique.

Dans sa fascination, elle entama sans s'en rendre compte la chanson qu'elle avait inventée pour agacer Andrei :

Tes parents ne viendront pas te voir ce samedi,
tes parents ne viendront pas te voir ce samedi,
tes parents ne…

Mircea arriva en agitant son camion tout neuf. Le bambin habitait à côté, chez ses grands-parents maternels. Même si sa fête n'était pas encore arrivée, on lui offrit ce jour-là ses cadeaux : un jouet, une chemise et un bonbon. Il recevait la même chose chaque année depuis sa naissance. Son grand cousin Andrei, qui vivait ici depuis quelque temps, le taquina :

— Ton camion est trop petit ! Cette couleur plaît juste aux filles !

Frustré, le petit se mit à le mordre.

Andrei arracha le camion des mains de Mircea et bondit en direction de la balançoire que papi Constantin avait construite. Après, il se dirigea vers la porte verte qui clôturait la cour. Il voulait juste se glisser quelques minutes à l'extérieur, pour faire pleurer Mircea. Mais la porte refusa de s'ouvrir : des tiges et des racines s'étaient accrochées à ses barreaux en fer forgé.

Esquivant les mains tendues de Mircea, Andrei se tourna vers le vignoble. Une lisière d'herbes hautes l'empêchait de prendre cette direction pour semer son jeune cousin, si bien qu'il poussa jusqu'au terrain vague. Les grands racontaient à son sujet des histoires terrifiantes. Ils disaient que l'endroit avait été maudit par des sorcières lors d'un solstice d'été et que les nuits d'automne, cette terre sans maître était hantée par de vilains esprits. Andrei lança le jouet et pénétra à sa suite dans le terrain vague.

En larmes, Mircea resta paralysé. Il avait entendu les mises en garde des gens du voisinage à propos de ce lopin de terre, et pourtant, quelques mois plus tôt, il avait vu son grand-père maternel – que tout le monde appelait Tica le wattman[1] – s'y aventurer avec ses outils et un seau de graines, pour y planter du maïs, des tomates et des piments.

Andrei zigzaguait maintenant dans le potager improvisé. D'une main, il écartait les tiges de maïs. De l'autre, il serrait à nouveau le camion, qu'il venait de récupérer entre deux rangs de tomates. Étourdi par l'effort, il avait de plus en plus de difficulté à progresser. Les jambes engourdies par la végétation qui frappait sa peau et le visage plein d'égratignures, il s'entêtait à avancer dans ce dédale.

Alertée par les lamentations de Mircea, Sofia ordonna aussitôt au plus grand d'arrêter ce cirque, de sortir du « jardin » du compère[2] Tica et de redonner son jouet au petit. Il ne fallait pas se tourmenter comme ça entre cousins. Andrei s'esclaffa sans retenue, mais

---

1. Wattman : conducteur de tramway.
2. Compère : en roumain, le terme désigne à la fois des connaissances de longue date et les membres plus âgés d'une belle-famille.

Sofia menaça de le renvoyer chez ses parents. Le garçon s'arrêta net.

C'est alors que l'odeur cauchemardesque – celle-là même qui les fouettait depuis ce matin par vagues – emplit une fois de plus ses narines. Au même moment, le pied d'Andrei glissa sur une masse gélatineuse, couverte de fourrure. Les larmes montèrent à ses yeux lorsqu'il essaya de contenir les spasmes de son estomac. Il distingua une forme à travers la brume qui embuait son regard, et se mit à hurler :

— Mamie ! Mamie !

Mircea arriva derrière Andrei et heurta de plein fouet son corps osseux.

— Qu'est-ce qu'il y a ?

— Rien, rien, recule, rien, un chien mort, recule !

Andrei lui coupa la voie et enfouit le visage de son cousin contre sa poitrine.

Constantin se précipita dans le potager. Il dépassa les garçons, les écartant de ses mains grandes comme des pelles, et protégea les tiges encore frêles :

— Allez-vous-en ! Partez ! On ne joue pas ici !

— Mon camion ! s'obstina Mircea, avant de recevoir une gifle qui lui brûla la joue.

Dans la cuisine, Gabriela retint sa respiration. Elle écouta attentivement les échanges alarmés des adultes. Son grand-père resta longtemps près du chien. Les voisins disaient vouloir l'aider à enterrer la pauvre bête.

Plus tard, lorsque la police et l'ambulance arrivèrent sur les lieux, Andrei se demanda ce que son grand-père avait bien pu trouver d'autre entre les rangées de maïs, à part l'animal abattu. Il n'osa pas poser la question à Sofia qui attendait, pétrifiée, le retour de son mari. Il n'en parla pas non plus à sa cousine. Perchée sur une chaise bringuebalante, celle-ci se tordait le cou pour apercevoir les adultes qui chuchotaient derrière les feuillages, à travers la fenêtre de la cuisine.

En deux phrases lourdes de gros mots, le chauffeur de l'ambulance fit savoir à tout le quartier son mécontentement. Cette rue Escalei était terrible ! Elle était presque impossible à trouver ! Il avait tourné en rond dans le quartier pendant une heure. Un vrai labyrinthe.

Assis à son bureau, l'officier responsable de l'enquête balançait son stylo entre ses doigts au rythme d'une chanson à la mode. Il peinait à trouver les mots exacts pour décrire, dans un langage officiel, l'endroit où la victime avait été découverte. Le blessé avait été catapulté sur un bout de terrain qui n'appartenait à personne, entre deux propriétés, dans un espace qui avait échappé, semblait-il, à la vigilance des arpenteurs. Pour ajouter à l'ironie de la situation, la voie qui bordait ce terrain s'appelait la rue « de l'Escale », comme s'il s'agissait d'un havre de repos pour Spiridon Popescu – fidèle compagnon de Florica Vasiliu et maître du chien mort dans le potager –, avant que quelqu'un n'essaie de l'envoyer au ciel…

Ce qui était sûr, c'était que son corps couvert de blessures ne quitterait pas de sitôt son lit d'hôpital. Il avait été branché à une machine qui surveillait les battements de son cœur affaibli et qui le forçait à respirer.

*

De retour à Andronache, l'officier fixa quelques instants les lieux où l'agression était survenue. Son regard s'accrocha à quelques brins d'herbe sur lesquels circulaient agilement des dizaines de fourmis. Il soupira. L'agitation des insectes lui rappelait son enfance, cette période bénie où le temps s'écoulait comme un long fleuve tranquille, où la nature était pleine de merveilles. Ses yeux suivirent ensuite les failles irrégulières que la sécheresse avait creusées dans la terre, faute d'irrigation. Le mois de juillet était impitoyable : les températures avoisinaient les trente-cinq degrés chaque jour et pas une goutte de pluie n'était tombée depuis plusieurs semaines. Derrière lui, son stagiaire progressait avec précaution parmi les rangs de maïs. Le bruissement des feuilles lui parut agressant.

Le jeune homme s'approcha en recouvrant sa bouche et son nez d'une main délicate. Il fit savoir à son supérieur que les mouches noires qui le suivaient partout étaient assommantes. L'officier soupira une fois encore, épuisé.

Le quartier avait été développé sur des terres qui appartenaient jadis à un riche propriétaire, un certain monsieur Andronache, que les habitants les plus âgés semblaient avoir connu. Les rues avaient été tracées en suivant la direction de la chaussée Colentina, qui reliait le secteur au marché Obor et, à partir de là, au centre-ville de la capitale. La famille Andronache avait aussi financé la construction d'une grande église qui portait son nom. C'est là que les parents d'Andrei s'étaient mariés, que le jeune garçon et ses cousins avaient été baptisés, que le grand-père Constantin apportait les offrandes à bénir pour les morts tous les dimanches matin. C'est là que la grand-mère Sofia se confessait, qu'elle écoutait la messe du vendredi soir où elle obligeait Gabriela et Andrei à communier. C'est aussi là que leur voisin, l'aviateur Stănescu, venait écouter la chorale chaque fois que quelqu'un pouvait l'amener jusqu'à l'entrée de la chapelle. Des fois, c'était Lilian, l'ingénieur, qui le conduisait sur les quelques centaines de mètres qui le séparaient de la chapelle avec sa Skoda. D'autres fois, c'était Puiu, l'apiculteur, qui l'accompagnait à pied.

Le compère Tica était le seul à éviter le parvis de l'église. Soucieux de rassembler toutes ses ouailles égarées, le prêtre l'invitait souvent sous prétexte de l'aider à réparer une clôture ou à ramasser les feuilles que le vent déposait sans cesse sur les marches du clocher. Le wattman terminait sa tâche et prenait sans un mot les quelques pièces de monnaie que le prêtre lui tendait. Puis il disparaissait au coin de la rue Ciucă-Ştefan, silencieux mais souriant. Dans le quartier, plusieurs pensaient que l'ancien wattman était sourd-muet, mais le prêtre était convaincu qu'il faisait semblant de ne pas entendre ce qu'on lui disait.

Lorsqu'il traversait des moments de découragement en constatant que rien ne s'améliorait dans l'attitude du wattman, le prêtre se consolait en pensant à la vieille Sofia Marcu, de loin sa paroissienne la plus assidue dans la pratique de la foi.

Les fêtes orthodoxes étaient si importantes à ses yeux que Sofia commençait sa journée et la terminait en priant. Aussitôt sortie du lit, elle cherchait ses lunettes pour vérifier la date sur le calendrier, qui lui indiquait le nom du saint à honorer et la conduite à adopter. Les jours fériés, elle laissait en plan toutes ses occupations et traînait sa ribambelle de petits-enfants avec elle pour assister à la messe. Sofia verrouillait alors les portes de la maison à double tour et accrochait les clés sur un clou que son mari avait enfoncé dans la branche d'un majestueux cerisier.

*

Lorsqu'il songerait par la suite à ces départs en trombe pour l'église, Andrei se souviendrait comment il sautillait sur sa jambe gauche tout le long de la rue Escalei, cherchant dans la mosaïque du pavage des pierres en forme de cœur. Il adorait le goût de la cuillerée de vin rouge que le prêtre lui administrait lors de la communion. Sa saveur aigrelette l'accompagnait jusqu'à l'heure du repas. L'euphorie dans laquelle elle le plongeait aussi.

*

Dans le clocher de l'église, des dizaines d'hirondelles montaient la garde depuis toujours. Elles ne cessaient de réparer les nids grisâtres qu'elles y avaient construits, avec patience et dévotion. Personne n'a jamais précisé non plus que la clôture était agrémentée des stolons fragiles mais tenaces d'une plante grimpante, dont les fleurs formaient de jolies cloches blanches. À Andronache, on connaissait cette plante sous un nom étrange : *la jupe d'hirondelle*[3].

Les souvenirs d'enfance des jeunes du quartier ne seraient pas complets sans le vol plané de ces oiseaux, et sans les lianes délicates de ces fleurs, dont les pétales tremblaient année après année sous le vent chaud des étés bucarestois.

---

3. Le liseron des champs, qu'on appelle aussi clochette champêtre, ou encore robe de la Vierge.

LES COMPÈRES

1

Incapable de décider avec quel témoin il conviendrait de commencer ses recherches, l'officier responsable de l'enquête décida d'interroger les compères d'Andronache dans l'ordre où ils avaient découvert la victime. Il envoya donc son stagiaire compiler des informations sur Constantin Marcu, le cordonnier qui avait été le premier à réagir aux cris des enfants dans le champ de maïs.

Le lendemain, le stagiaire, s'empressa de raconter à l'officier que, pendant sa jeunesse, Marcu avait été un homme vif et passionné, toujours prêt à se battre aussitôt qu'on lui disait quelque chose qui ne lui convenait pas. Effrayée par ces combats de coqs, son épouse lui avait demandé d'arrêter – elle ne voulait pas devenir une jeune veuve. Il semblait aussi qu'à une certaine époque, Constantin avait beaucoup aimé boire, mais maintenant, il se contentait d'offrir aux autres l'alcool qu'il préparait, probablement illégalement, chaque automne. Le reste du temps, il bricolait autour de la maison et faisait des commissions au marché le samedi.

— C'est tout ? demanda l'officier.

— Dans le quartier, on raconte qu'il est assez discret. Mais encore très agile. Je veux dire… pour son âge.

— Avait-il des raisons d'agresser le camarade Popescu ?

Le stagiaire, embarrassé, haussa lentement les épaules en attendant la réaction de son supérieur.

— Qu'est-ce que tu as noté d'autre dans ton carnet ?

— …

— Passe-le-moi !

L'officier déchiffra avec difficulté les lignes que son subordonné avait gribouillées quelques heures auparavant, lorsqu'il déambulait d'une porte à l'autre sur la rue Escalei :

Constantin Marcu (dit Costică). Profession : cordonnier. Porte des lunettes avec des verres très épais. Souvent assis près de la fenêtre de son atelier. Avale bruyamment sa salive. Dérange les voisins les dimanches après-midi (musique et invités tapageurs). Transporte des sacs énormes sur son dos les jeudis, en soirée.

— Bon, alors, as-tu démêlé cette histoire de sacs ? s'impatienta l'officier.

— Oui, ce n'est rien. Le camarade Marcu transporte des céréales et du foin pour ses cochons.

— D'accord. Et ensuite ?

— …

— Va vérifier dans nos dossiers si un des voisins a des antécédents judiciaires. Cherche quelqu'un avec un casier, quelque chose… Cours, fouille, reviens avec une piste !

Une fois qu'il eut refermé la porte derrière son stagiaire, l'officier vida d'un trait son verre d'eau.

— Ça va être long… marmonna-t-il.

2

Ignorant l'intérêt que lui portait le stagiaire, le grand-père Constantin regardait la journée s'écouler dans le kiosque à demi enseveli sous la vigne, en se demandant quand le calme reviendrait à Andronache après la panique engendrée par les derniers événements. De toute évidence, le malaise persistait entre les voisins. Le cordonnier lui-même s'emmurait dans un silence qui semblait encore plus profond que d'habitude.

*

Depuis que Spiridon Popescu avait été retrouvé inconscient, Andrei devait avertir ses grands-parents chaque fois qu'il quittait la cour. Plusieurs de ses amis étaient également consignés à la maison et ce n'est qu'à travers les trous de la clôture qu'il pouvait leur parler. En plus, Gabriela le surveillait. Elle notait ses va-et-vient dans un carnet, pour pouvoir le dénoncer ou lui demander des faveurs en échange de sa discrétion.

— Apporte-moi des bonbons à la menthe la prochaine fois que mamie t'enverra acheter de l'huile de tournesol à l'épicerie Cucu.

— Avec quel argent ?

— Celui qu'elle te donne pour les courses.

— Elle va s'en rendre compte.

— Mamie ne compte jamais le change. Allez, dépêche-toi !

— Je vais lui dire que tu es vilaine, que tu veux me faire faire une bêtise...

— Si tu continues comme ça, je prendrai la moitié de tes petits pains demain matin.

— Je ne te dois plus rien après les bonbons à la menthe.

— Ça, c'est moi qui décide. Cet après-midi, tu joues avec moi à l'enquête...

— Encore ? Ça fait une semaine qu'on fait ça.

— Mais avant, va chez Mihaela. Je veux le premier volume d'*À Medeleni*.

— C'est qui, Mihaela ?

— Une fille de ma classe qui a une dette envers moi.

— Elle habite où ?

— À côté de l'église.

— Papi ne me laisse pas aller si loin.

— Papi ne saura pas que tu es parti. Tu n'as qu'à y aller pendant sa sieste.

Andrei détestait quand elle prenait son air sérieux, en fronçant ses sourcils noirs et épais. Elle ressemblait à un jeune père Noël pessimiste. Il la trouvait insupportable.

Depuis que les policiers cherchaient l'agresseur de *nea* Spiridon[4], Gabriela était toujours donnée en exemple à la maison, où elle était louée pour sa sagesse. Andrei ravala sa jalousie. Il savait que tant que l'enquête ne serait pas achevée, sa cousine demeurerait sa seule camarade de jeu.

*

Gabriela connaissait des histoires invraisemblables et tordues sur tous les résidents d'Andronache. Elle le faisait rire aux larmes chaque fois qu'elle les déclamait comme une tragédienne. Elle avait aussi fait découvrir à Andrei toutes sortes de coins obscurs du quartier, et partageait avec lui quelques-unes de ses cachettes favorites.

La jeune fille avait observé que la maison des grands-parents changeait souvent sans préavis : il suffisait que Constantin décide d'ajouter un mur pour diviser une pièce, de percer une fenêtre pour que l'espace soit plus aéré, ou de changer la fonction d'une des annexes, en transformant par exemple le garde-manger en garde-robe ou l'entrepôt en salle de bain. Parfois, il lui arrivait aussi de suspendre inopinément les travaux, ce qui expliquait l'existence de pièces sans fenêtres. Avec le temps, tout un bric-à-brac s'était empilé dans

---

4. *Nea* : oncle. Façon polie, mais familière, pour une personne jeune, de désigner un homme plus âgé.

ces recoins sombres, car Sofia et Constantin conservaient tout objet susceptible d'être réutilisable. La parenté venait périodiquement déposer chez le vieux couple le bazar dont elle voulait se débarrasser après le grand ménage de printemps, sous prétexte que «*nea* Costică saurait quoi faire» avec ces trésors... Il y avait là un véritable marché aux puces, avec ses poussettes et ses paniers en rotin remplis de bibelots de porcelaine. Tout ce qui était déchargé chez les Marcu encombrait les passages clandestins de Gabriela. La jeune fille n'hésitait pas à donner des coups de pied aux objets pour dégager la voie et libérer son territoire envahi par le fatras des autres.

Quand les cousins jouaient aux policiers, Gabriela aimait prendre le rôle du témoin qui dénonçait l'agresseur de Spiridon. Plusieurs fois, elle avait accompagné Andrei vers un passage secret, situé quelque part entre la cuisine et le cellier. L'enquêteur en herbe s'était dissimulé dans cet embranchement, faisant semblant de guetter le coupable pour lui sauter dessus. Il avait même passé une journée entière en filature à cet endroit. Ennuyée par cette affaire qui n'avançait pas, Gabriela était partie jouer ailleurs et avait oublié son cousin dans cet espace clos. Elle le retrouva dans l'après-midi, la gorge sèche et l'estomac gargouillant de faim.

La jeune fille avoua à Andrei qu'elle n'était pas la seule à connaître ce labyrinthe au cœur de la maison des Marcu. Son père, le volage Angelo, s'y était souvent faufilé en cachette lorsque Sofia et Constantin avaient le dos tourné, trop occupés dans le jardin pour le voir s'approcher de leur propriété. Une fois ou deux, on l'avait toutefois surpris en train de fuir avec quelques objets qu'il avait pêchés dans ce dédale dérobé aux regards. Dégoûté, Constantin s'était contenté de murmurer avec mépris :

— Qui vole aujourd'hui un œuf demain volera un bœuf…

Bien installée dans la propriété d'en face, camouflée par l'abondante végétation de son pré, madame Filipescu avait surpris elle aussi Angelo qui sortait de chez ses parents comme un cambrioleur. En grande dame fière de sa condition, elle avait décidé de ne pas se mêler des affaires de cette famille si tordue.

— Un jour, il y a quelqu'un qui devrait y faire quelque chose.

Elle s'était fait cette observation en se promettant de rapporter ces incidents à son fils. Cependant, elle avait déjà tout oublié la minute où elle s'était plongée dans un roman d'amour.

*

En rentrant de l'épicerie, Andrei sortit un bonbon à la menthe de sa poche et prit quelques minutes pour réfléchir à sa situation. Il avait encore la nausée en pensant au moment où il avait trébuché sur le chien mort, mais assez vite, son dégoût laissait place à la curiosité. Il aurait aimé qu'on lui dise ce qui s'était passé ensuite, lorsque Constantin l'avait chassé du champ de maïs.

Il savait que son grand-père ne lui raconterait pas ce qu'il avait vu. *Nea* Costică était calme et amical avec les vieux, mais grincheux et intransigeant avec les jeunes. Comme les progénitures et leurs lignées appartenaient au royaume des femmes, le vieux envoyait promener Andrei avant même d'écouter ses questions. Les seules occasions où on l'entendait formuler des opinions personnelles et s'exprimer avec de longues phrases, c'était lorsque des vétérans de son âge débarquaient dans sa cour pour lui tenir compagnie. Voisins, amis ou parenté, ils vivaient sans horaire fixe, en se pointant le plus souvent au milieu de la journée. Ils n'étaient jamais pressés et aimaient exposer en détail les événements dépourvus d'intérêt qui ponctuaient leur vie. Après avoir survécu à la guerre, aux caprices de plusieurs enfants et aux rudesses d'innombrables milieux de travail, ces retraités rassemblés sous la vigne des Marcu engageaient une conversation superficielle dans laquelle se retrouvaient, codifiés, tous leurs non-dits et leurs insécurités. Oui, ils avaient bien dormi. Leurs femmes étaient de telle ou telle humeur. Ils étaient en chemin pour se rendre chez le boulanger. Le camion qui livrait le lait n'était pas encore passé. Demain, attention, c'était la journée de la collecte des ordures.

Malgré son insistance auprès de Sofia, Andrei n'avait jamais réussi à savoir le nom de ces hommes glacials et desséchés. Il ne connaissait donc que celui du capitaine Stănescu.

3

Le capitaine Stănescu habitait une des dernières propriétés de la rue Escalei, après l'intersection avec la boulangerie, la fontaine publique et la station de tramway. Une clôture en fer, qui avait jadis été peinte en bleu, et qui était désormais agrémentée d'une délicate dentelle de rouille, marquait les frontières de sa cour immense. L'entrée était encombrée d'un gros tas de sable, ce qui donnait l'impression que personne ne passait jamais par là. Un vieux tricar attendait, stationné sur une deuxième montagne, cette fois-ci de gravier.

La végétation avait poussé partout, comme sur un terrain vague. Des arbres deux fois plus gros que chez les voisins et des buissons de toutes sortes laissaient à peine entrevoir un atelier aux fenêtres poussiéreuses et un parc à ferraille. Tout au fond, dérobée au regard des passants, se profilait une maison aux dimensions décentes.

La cour était animée par une meute de chiens errants qui entraient et sortaient par le portail béant. Ils aboyaient et s'entêtaient à défendre la propriété contre les intrus. Ils s'en prenaient le plus souvent aux enfants qui désiraient explorer ce royaume parsemé de morceaux de moteurs et de véhicules, disposés comme les statues d'une exposition d'art abstrait à ciel ouvert.

À un signal, les chiens disparaissaient. Le maître des lieux n'aimait pas toujours le va-et-vient de ces vagabonds, mais il le tolérait, et souriait parfois devant leurs bagarres.

L'aviateur Stănescu était un héros décoré de la Seconde Guerre mondiale. Il était toujours vêtu de façon impeccable, sanglé dans un habit parfaitement repassé, un œillet accroché à la poche de son veston, du côté du cœur.

Personne ne comprenait comment un homme couvert de cicatrices, sortant d'une cour qui ressemblait à une collection de débris, pouvait être si élégant.

*

— Constantin, tu ne devineras jamais ce que j'ai trouvé dans mon livre ! Andrei, viens lire cette page. Ici, au milieu.

Le capitaine Stănescu lui pointa le passage. Andrei se mit à déclamer :

— « Le document le plus ancien qui atteste de la présence d'un cordonnier à Bucarest date de 1589. Il s'agit d'un acte juridique dans lequel d'autres corps de métier sont également évoqués, puisqu'on y cite un vendeur d'hydromiel, trois fourreurs, un cerier et un couturier. »

Andrei trébucha sur plusieurs mots et l'aviateur le reprit, un peu impatient :

— Non, mon cher, c'est *cirier*, comme dans *cire*. Ça veut dire « fabricant de bougies ». Et on dit *hydromel,* pas « hydromiel ». Tu vois, ça fait longtemps qu'il y a des apiculteurs à Bucarest, des gens comme notre Puiu. Ce contrat date de 1589 ! Et il mentionne des cordonniers ! Tu es content, Constantin ? Ton métier fait partie de l'histoire de la capitale.

— Ça, je le savais déjà, hé, hé, marmonna Constantin, le coin de la bouche encombrée de clous. Je n'ai pas besoin de vous entendre lire quatre cents pages sur ce sujet pour me convaincre.

Après avoir dit cela, il enfonça les clous les uns après les autres dans une paire de talons hauts.

— Peut-être qu'on devrait lire les journaux d'aujourd'hui… Voir s'il y a des informations sur Spiridon… si l'enquête a avancé… suggéra Sofia.

Comme personne ne témoignait le moindre intérêt pour cette idée, Andrei continua à feuilleter le livre de leur invité, pour lui faire plaisir.

*

Spectateur quotidien de la routine des Marcu, l'aviateur Stănescu était le genre de voisin qu'on ne rencontrait qu'en Roumanie du Sud : quelqu'un qui se réveillait, puis s'habillait proprement pour, ensuite, s'installer chez ses amis toute la journée, sans but précis. Sofia et

Constantin le respectaient et ne se questionnaient jamais sur la pertinence de ses visites. L'aviateur s'enracinait sans un mot dans le jardin, ou bien s'installait dans le kiosque et passait la journée à écouter les conversations autour de lui. Toujours égal à lui-même : coquet, raffiné, tranquille. À l'aube, il ressemblait à une pâle statue, sur laquelle les premiers rayons rebondissaient sans pudeur. Les grands-parents d'Andrei étaient tellement habitués à sa présence qu'ils ne censuraient jamais leurs discussions intimes devant lui. Ils ne faisaient pas preuve de plus de discrétion devant lui lorsqu'ils cherchaient une cachette pour la maigre pension de Constantin ou qu'ils comptaient les sous qu'il leur restait sous le matelas pour payer leur épicerie jusqu'à la fin du mois.

Durant ses visites, Stănescu portait invariablement les chaussures que Constantin lui avait offertes. Elles étaient toujours très bien cirées, en parfait état. Ce détail rendait le vétéran unique dans tout Andronache. Avec son regard hypnotisant et ses cheveux noirs impeccablement peignés, on aurait dit que le capitaine ne changeait pas, ne vieillissait jamais. À côté de lui, Constantin, très voûté, ses cheveux blancs réduits à un maigre duvet d'oisillon, avait l'air d'un nain égaré dans un jardin fleuri.

Constantin lui préparait chaque année, pour la fête de Pâques, une nouvelle paire de chaussures, identique à la précédente. Le capitaine l'acceptait avec délicatesse, touché par la loyauté et le dévouement de son ami. Si les cheveux de l'aviateur étaient toujours lissés vers l'arrière à l'aide d'une huile inodore et de brillantine, c'était pour que sa coiffure restât fermement en place. Dans sa jeunesse, Stănescu avait été bel homme, mais, à Vienne, après sa vertigineuse chute en avion, les médecins avaient dû lui recoudre la peau et lui rafistoler la tête. L'épiderme de son cuir chevelu était morcelé comme une mosaïque. Quand sa chevelure naissante avait enfin commencé à lui redonner une belle allure masculine, le capitaine avait constaté, à son grand désarroi, que les mèches repoussaient n'importe comment, dans toutes les directions. Incapable de supporter une telle insubordination, l'aviateur avait réprimandé vigoureusement sa tignasse. Il avait demandé à Gică, le barbier, de le coiffer en cachette, très tôt le matin, en lui dessinant une raie du côté droit et en alignant toute pilosité rebelle avec de l'huile et de la brillantine. Les mèches qui refusaient d'obéir aux ordres du capitaine devaient être immédiatement coupées ou rasées.

Pour contempler son reflet, puisque madame Stănescu avait retiré de la maison tout miroir ou objet étincelant, l'aviateur devait se pencher au-dessus des tonneaux dans lesquels Sofia collectait l'eau de pluie, destinée au ménage et à la lessive. Cette eau avait une consistance étrange. Elle semblait douce, comme les liquides oléagineux, et avait une façon très subtile de briller. L'aviateur avançait toujours timidement et, les premières secondes, il se contentait d'observer la surface noire sur laquelle patinaient des moustiques. Ce n'est que par la suite qu'il découvrait son reflet. Un inconnu aux cheveux bien lissés lui rendait alors son sourire, mais son visage n'exprimait que de la tristesse. L'aviateur effleurait le miroir fluide pour effacer ce portrait éphémère.

Il s'attardait longtemps dans cette position, les doigts plongés dans l'eau. Il se réjouissait de toucher ce liquide né des orages. Autrefois libre, mais désormais confiné dans l'étroitesse d'un tonneau, il lui rappelait son âme d'aviateur claustrée dans son corps impuissant.

*

Après la guerre, dans un monde en quête de repères, fatigué par la violence, par le manque d'aliments et de tous les objets de première nécessité, un monde entouré de ruines et de vétérans cherchant leur paix et leur salut dans des rivières d'alcool, Stănescu fut le citoyen le moins désorienté et le plus résilient de tout Andronache. Dans ce coin de Bucarest, il n'y avait que trois officiers qui avaient survécu à la conflagration. Impressionnés par la gravité de ses blessures, les voisins avaient d'abord pensé que Stănescu se retirerait dans sa maison, complètement brisé par le destin, le cœur empli de rancune.

Contre toute attente, l'aviateur Stănescu avait choisi de revêtir son plus beau veston, celui avec l'œillet, et de payer le barbier pour qu'il lui rafraîchisse le visage et soigne chaque jour sa peau tatouée de cicatrices. C'est à ce moment-là qu'il avait commandé à Constantin ses belles chaussures en cuir. Lent comme un escargot, mais décidé comme un loup, il s'était mis à se balader à travers Andronache. Au début, il se contentait de rejoindre les propriétés voisines. Plus tard, il pouvait se rendre jusqu'au coin de la rue Escalei. Derrière son dos, plusieurs disaient avec un sourire malicieux que l'aviateur Stănescu se prenait pour un être immortel.

*

Le capitaine ne parlait à personne en chemin. La marche seule prenait tout son souffle. Il lui arrivait de s'arrêter en pleine rue parce que la plaque d'argent que les médecins de Vienne lui avaient insérée dans le crâne lui donnait des visions. L'aviateur se retrouvait tout à coup entouré par son escadrille et revoyait des camarades dont il savait pertinemment qu'ils avaient péri dans le feu du combat. Il entendait vrombir les moteurs, avant que les avions se lèvent et lui ravissent ses fiers pilotes. Ensuite, c'était le silence. Le capitaine s'enfonçait dans un tunnel laiteux qui le reconduisait vers la rue Escalei, vers un présent privé de ses compagnons, dans un cocon de verdure appartenant à ce quartier tranquille dans lequel il ne se passait jamais rien, à part quelques bagarres entre des chats et des chiens.

Depuis que Constantin était à ses côtés, ces cauchemars s'estompaient. Leurs conversations portaient sur la magie des greffes végétales, que le cordonnier maîtrisait comme nul autre. De ses mains sortaient chaque printemps de nouvelles combinaisons florales et arboricoles qui émerveillaient l'aviateur et l'amusaient. Au bord de la route, à côté de la fontaine publique se dressait un pommier, sur lequel Constantin avait greffé trois branches. Celles-ci donnaient maintenant des griottes, des pêches et des coings. Chaque fois que le capitaine contemplait cette anomalie de la nature, il éclatait d'un rire si puissant qu'il risquait de défaire les morceaux rapiécés de son corps. Il tendait ensuite son bras sain pour cueillir quelques fruits, comme pour se convaincre qu'il ne rêvait pas. Leur goût était exquis. Il lui redonnait l'envie de vivre et enlevait l'amertume d'une jeunesse brisée.

*

Pour s'égayer, l'aviateur cherchait la compagnie des jeunes. De préférence celle d'Andrei, surtout s'il avait envie qu'on lui lise quelques pages de son gros ouvrage sur l'histoire de la capitale. Le vétéran traînait cette brique avec lui partout où il allait depuis que le garçon était tout petit. Celui-ci tournait les pages les unes après les autres en ânonnant hâtivement le texte. Ils n'avaient réussi à parcourir qu'une fraction des chapitres. D'une certaine manière, c'est ainsi que le garçon avait appris à lire.

Des années plus tard, par pure nostalgie, Andrei avait cherché ce livre dans toutes les grandes bibliothèques de Bucarest. Étrangement, il ne réussit jamais à trouver la moindre trace de ce volume dont il avait mémorisé par cœur de nombreux passages, sans jamais se souvenir de son titre ni de son auteur.

*

Andrei avait forgé une obsession pour l'aviateur. Tout ce qui l'entourait était énigmatique, à la fois beau et laid, et surtout intrigant, comme dans un roman policier. Si ses grands-parents avaient nourri son intérêt pour la terre, les plantes et leurs racines, l'aviateur l'avait lié pour sa part à l'éther, au ciel et à l'au-delà. C'est ainsi que le garçon avait trouvé la paix, dans un jardin où poussaient des tulipes et une grande vigne, grâce à ses grands-parents qui préparaient le dîner avec des gestes rituels, et à un homme sans âge qui veillait sur lui d'un air résigné. Chaque jour, celui-ci murmurait en lui tendant son livre jauni, qui sentait les fleurs de tabac ailé séchées entre ses pages :

— Lis-moi, lis-moi, s'il te plaît…

Dans ce décor idyllique, Gabriela était une tache qui gâchait son bonheur. Sa cousine défendait farouchement la place qu'elle occupait dans le cœur de ses grands-parents. Elle en faisait toujours plus afin d'obtenir l'approbation de Sofia et aspirait à être traitée comme une adulte, en étant incluse notamment dans les discussions sérieuses. Elle était la seule à questionner sans détour le capitaine lorsque celui-ci s'entêtait à accorder à Andrei le privilège de feuilleter son vieux livre, malgré ses résultats scolaires médiocres.

Sofia intervenait souvent pour les apaiser :

— Vous êtes des cousins, vous avez le même sang, vous devez vous aider et vous soutenir. La vie n'est pas facile, vous avez besoin de votre famille. J'ai eu trois fils : Aurelian, Angelo et Lilian. Maintenant, j'ai trois merveilleux petits-enfants : Andrei, Gabriela et Mircea. Je vous aime tous les trois, autant les uns que les autres. Et vous aussi, vous devez apprendre à vous aimer et à bien vous entendre. Plus tard, quand je ne serai plus là et que les temps seront moins cléments, vous aurez besoin d'avoir quelqu'un vers qui vous tourner... Vous avez compris ? On se serre les coudes entre cousins !

— Je ne veux pas, elle est toujours jalouse.

— Je ne suis pas sa cousine, il n'est pas intelligent.

— Elle est laide ! Elle n'a qu'un sourcil ! Tous les enfants se moquent de sa coupe de cheveux !

— Il est stupide ! Il est toujours sale ! Les enfants rient de lui parce qu'il est tout le temps dans la lune !

— Assez, assez, dans la cuisine tous les deux. Vous allez m'aider à préparer les frites. En fait, ça sera juste toi, Gabriela. Monsieur Stănescu a demandé Andrei.

— Vous êtes tous horribles !

— Arrête de crier !

*

En regardant l'aviateur, Andrei avait l'impression de descendre vertigineusement dans l'abîme de ses yeux. Le capitaine ne bougeait pas. Est-ce qu'il dévisageait le jeune garçon à son tour ? Ses pupilles restaient accrochées à celles d'Andrei, mais le bleu de ses iris commençait à frémir. L'aviateur lui adressait un sourire. Difficile de dire, pourtant, ce qui se cachait véritablement sous les nombreuses cicatrices de son visage. Qu'est-ce qu'un vieillard pouvait bien penser d'un enfant de onze ans qui se plantait devant lui et le fixait sans rien dire ? Plus tard, Andrei se souviendrait du souhait qu'il avait formulé : il aurait voulu que le vétéran soit son grand-père, pour lui apprendre à monter jusqu'aux étoiles.

D'habitude, si le livre était déjà posé sur la table du kiosque, Andrei l'ouvrait au hasard et lisait les premières lignes de la page de gauche, en guettant la réaction de l'aviateur. Ce jour-là, il commença ainsi :

— « 1907. Sur la butte de Spirea, Henri Coandă mène des expériences avec des fusées pyrotechniques... »

L'aviateur s'anima tout à coup :

— Non, pas ça.

— « 1910. L'avocat Mihail Cerchez ouvre à Chitila la première école d'aviation équipée avec des avions Farman... »

— Ça, on l'a déjà lu.

— « 1928. L'aviateur roumain Gheorghe Bănciulescu... »

— Oui, ça, c'est parfait. Lui, c'est mon héros.

— « L'aviateur roumain Gheorghe Bănciulescu participe à une compétition aviatique à l'aérodrome de Băneasa, obtenant la première place. Il avait alors les deux jambes amputées en dessous des genoux, à la suite d'un accident survenu le 12 septembre 1926.»

— Je l'ai connu, ce monsieur Bănciulescu. C'est lui qui m'avait conseillé d'étudier un peu la physique avant de suivre mes premières leçons de pilotage, pour comprendre ce qui m'arriverait derrière les manettes. Il m'a déjà dit que le son d'un moteur en pleine accélération lui procurait le même plaisir que sa femme en ressentait à écouter de la musique d'opéra. Il était très particulier, très…

Andrei l'écoutait avec ravissement, mais sans trop comprendre ce qu'il racontait.

*

Quelques années plus tôt, avant même qu'il ait commencé à fréquenter l'école primaire, Andrei avait aperçu un nuage blanc sur l'œil de verre de l'aviateur. Le jeune était resté prostré devant Stănescu, fasciné par les images qui se succédaient lentement sur la surface brillante de cette prothèse malaisante.

Sofia s'était dépêchée de mettre un terme à cet état d'hypnose.

— Va acheter du sucre, lui avait chuchoté la grand-mère. Un kilo de sucre… À l'épicerie Cucu. J'en ai besoin pour ma recette de *vişinată*.

Cette liqueur préparée par Sofia avec de l'eau-de-vie et des griottes, une boisson que toute dame bien élevée offrait à ses hôtes, était particulièrement savoureuse. Elle en gardait toujours en réserve pour l'aviateur.

Sofia avait pris son petit-fils par les épaules. Elle l'avait tourné tranquillement vers l'allée qui conduisait à la porte en fer forgé. Derrière cette porte régnait la chaleur de la rue Escalei, pavée de roches tirées de la rivière Colentina. Le soleil d'été aveuglait Andrei, et la rue, ce jour-là, lui avait paru infiniment longue.

Même si ses yeux ne baignaient plus dans ceux du capitaine Stănescu, Andrei voyait encore son regard azur traversé par la silhouette d'un avion qui descendait en vrille. L'appareil paraissait petit comme une fourmi, mais Andrei percevait distinctement ses moteurs en flammes. Sur ses joues et sur sa poitrine, il pouvait sentir la chaleur du feu qui engloutissait l'avion, et aussi la vibration de l'air qu'il traversait dans sa chute.

Le pilote hurlait en essayant de redresser l'appareil. Sous la poussée de l'adrénaline, il crispait son corps, tentait de résister à l'inévitable.

— Va maintenant, avait dit Sofia, poussant le garçon hors du jardin vers la rue Escalei.

Andrei avait marché seul vers l'épicerie, en serrant l'argent dans une main, la sacoche dans l'autre. En découvrant ce lien clair et fort qui avait surgi inopinément entre lui et l'aviateur, il était resté ébloui.

Le garçon avait gardé pendant deux semaines des traces de brûlures sur sa poitrine. Pour guérir la blessure, Sofia lui avait appliqué des cataplasmes de plantes et des compresses à la moutarde. Sa mère avait été affolée par l'accident, mais elle n'avait pas cru un mot de l'histoire qu'Andrei racontait de façon compulsive. Il affirmait s'être brûlé dans un avion en flammes. Sa mère lui avait interdit la télé et avait demandé qu'il soit couché de bonne heure. De son côté, Sofia lui avait défendu d'entrer dans la cuisine quand le poêle était allumé. Mais le jeune avait insisté : c'étaient les balles de l'ennemi qui avaient fait exploser les moteurs de *son* avion.

Andrei finit par comprendre qu'entre lui et l'aviateur, de nouvelles voies de communication s'étaient ouvertes. Il suffisait qu'il regarde le capitaine dans les yeux pour que le ciel sillonné d'hirondelles et d'histoires oubliées s'offre à lui, à lui tout seul.

*

Deux semaines avant l'incident qui dissipa la léthargie d'Andronache, Stănescu contemplait le coucher du soleil à l'ombre du kiosque des Marcu. Devant lui, les derniers rayons doraient le pré des Filipescu, là où les herbes répondaient à la brise par des mouvements délicats. Dans la rue Escalei, les pas de Spiridon Popescu résonnaient sur les pierres du pavé. L'homme qui revenait du travail enfonça la tête dans ses épaules, évitant soigneusement de saluer son concitoyen. L'aviateur le suivit du regard, jusqu'à ce que Spiridon claque le portillon de son jardin et entre dans sa maison. Dans l'œil sain du capitaine, l'amertume se mêla à de la colère, tandis que, dans son œil de verre, un des avions de l'Escadrille blanche décollait gracieusement.

Stănescu se rappelait la vague de confiance et d'optimisme qui l'avait traversé au moment où Mariana partait vers Tiraspol, il y avait plus de trois décennies. Il espérait que la guerre allait finir bientôt, que tout reviendrait comme *avant,* qu'il continuerait même de s'entraîner aux côtés d'autres passionnés de l'aviation, des hommes et des femmes qui portaient dans leur cœur le même feu qu'Aurel Vlaicu ou Antoine de Saint-Exupéry.

Mais, à partir du mois d'août 1944, des fonctionnaires sans éclat comme Spiridon Popescu avaient surgi de nulle part, écartant de leur chemin tout talent menaçant. L'aviateur avait juré qu'il prendrait un jour sa revanche en les écrasant aussitôt que l'occasion se présenterait. Pas pour sa propre satisfaction, mais plutôt en mémoire de ses anciens camarades d'armes et des femmes de l'Escadrille blanche.

C'est pourquoi, chaque fois que Spiridon Popescu se faufilait dans la rue, essayant de passer inaperçu, l'œil sain de l'aviateur lui jetait des étincelles.

4

Mécontent et ennuyé, l'officier responsable de l'enquête feuilleta les quelques pages que son stagiaire avait ajoutées au dossier de la rue Escalei. Son jeune assistant avait même eu l'initiative de parler aux enfants du voisinage, mais il n'avait rien appris de nouveau pour autant. On lui avait seulement mentionné le maïs détruit et l'odeur terrible qu'exhalait le chien mort, puis des adultes qui s'étaient mis en colère. Il s'avérait qu'aucun voisin de Spiridon Popescu n'avait de casier judiciaire.

L'officier pouvait sentir la nervosité de son subalterne. Celui-ci attendait ses ordres debout devant lui, droit comme un piquet. Il se mit à examiner son uniforme impeccable. Il savait que le stagiaire vivait encore avec sa mère, qui repassait et nettoyait ses habits officiels, fière d'héberger dans sa maison une si belle virilité.

L'enquêteur contempla ses propres manches défraîchies. Sans s'en apercevoir, il était en train de tacher sa chemise avec l'encre bleue de son stylo. Il s'étonnait de sa propre passivité et de sa lenteur. Normalement, il aurait dû se fendre en quatre pour trouver des réponses, pour rapporter ses hypothèses à ses supérieurs et les tenir au courant du déroulement de ses recherches. Mais il ne subsistait rien de l'enthousiasme qui l'avait propulsé vers ce poste vingt ans plus tôt. À la place, il ne ressentait qu'une immense lassitude, un ras-le-bol infini. Chaque fois qu'il reprenait ce dossier, sa tête se vidait, les idées qu'il avait eues dix minutes auparavant se volatilisaient, ses muscles devenaient lourds et son visage s'apaisait enfin. Il avait une étrange envie de rire et de dormir. « Ça doit être le mauvais œil », se disait-il.

Lorsqu'il s'aperçut que le stagiaire était encore planté devant lui, il se leva, se passa les mains sur le visage, se redressa et déclara d'un trait :

— On étudie les dossiers de tous les voisins et on recommence les interrogatoires. Et pas de pitié pour le coupable.

5

Adolescent, Lilian avait pris l'habitude de passer des soirées entières avec l'aviateur. Ensuite, il se mit à le visiter aussi en après-midi. Quelques années plus tard, après son mariage avec la fille de Tica, Lilian passait tout son temps libre chez le capitaine.

Depuis sa naissance, l'enfant le plus maladroit de Sofia et Constantin avait toujours été menu, en proie à une santé précaire. Après avoir élevé deux gaillards forts comme des bœufs, Sofia s'habituait difficilement à la présence de cet être rachitique qui semblait prêt à rendre l'âme au moindre mouvement. Pour cette créature unique et extrêmement délicate, la mère avait choisi un prénom floral. Il était venu au monde au moment où les boutons de lilas explosaient dans la rue Escalei, laissant s'épanouir la déflagration ahurissante de leur parfum.

Alors qu'elle l'accompagnait dans son passage vers l'adolescence et qu'elle suivait de près ses problèmes de santé, Sofia avait décidé que cet enfant-là ne commencerait pas à travailler très jeune, comme l'avaient fait les deux autres. Elle ne voulait pas qu'il se retrouvât à la merci de n'importe quel directeur sans scrupule. Lilian devait être exempté de tout effort physique.

— On va l'envoyer à l'école. On va faire de lui un *intellectuel*, avait-elle annoncé, préparant son mari en vue de l'effort financier à fournir. Il sera ingénieur.

Dans son raisonnement pratique, la mère avait tenu compte du talent extraordinaire de son fils qui défaisait en morceaux n'importe quel appareil doté d'un moteur et le reconstruisait selon ses propres goûts.

L'aviateur avait été pour Lilian un deuxième père et le saint patron des vis et des tournevis. Dès que le jeune avait commencé à faire ses premiers pas, il s'asseyait devant Stănescu, qui lui racontait dans un langage très spécialisé ses prouesses militaires et techniques. Même si les autres frères riaient en cachette de ces conférences devant le cadet de la famille, le capitaine sentait au plus profond de son cœur qu'il était écouté et qu'à l'ombre de la vigne, il n'était pas en train de perdre son temps, mais de l'investir de façon intelligente. Quand il lui parlait d'ailes, de train d'atterrissage, de portance, de vis, de roues, il parvenait à calmer l'enfant et à le garder attentif à côté de lui.

Plus tard, pendant ses études au lycée, Lilian passait des heures entières dans sa cour à examiner différents déchets métalliques sous l'œil attentif du capitaine Stănescu.

Une fois qu'il se fut marié avec la fille morose du wattman, convaincu que ce n'était pas dans la sphère matrimoniale qu'il allait trouver sa joie de vivre, le jeune ingénieur devint l'invité permanent de l'aviateur. Celui-ci le laissait maintenant jouer à sa guise avec toute la ferraille qu'il avait ramassée au cours de sa vie. Il le rejoignait de temps en temps sous un cerisier pour lui offrir un verre de vin que Lilian buvait, selon son habitude, en mémorisant des théorèmes.

Chaque fois que ce génie mécanique réussissait à réparer sa Skoda, l'aviateur lui ordonnait de le conduire en ville :

— Emmène-moi au Musée Grigore Antipa !

— Allons à l'exposition des peintres de l'Avant-garde.

— À l'Observatoire astronomique !

— Au parc Cişmigiu !

— À la Poste centrale !

Cela rendait Lilian fier outre mesure. Il s'installait derrière le volant de sa voiture, qu'il appelait affectueusement « l'Hirondelle », et s'efforçait de la manœuvrer à travers les petites rues d'Andronache avant de rejoindre les grands boulevards qui les menaient jusqu'au cœur de Bucarest, là où le rythme de la vie s'accélérait, où l'air sentait l'asphalte chauffé et les fleurs de tilleul.

*

— J'ai trois enfants. Trois fils, ça me fait trois millions ! C'est ça qui fait la richesse d'un père. Ma richesse, répétait parfois Constantin au capitaine et à Andrei.

Le garçon attendait le signal pour commencer la lecture à haute voix du gros livre de l'histoire de Bucarest. Plus loin, cachée derrière les plants de géraniums et de citronnelle, sa cousine contemplait froidement ces « millions ».

Aurelian, l'aîné, le père d'Andrei, était un avocat sérieux et austère les jours de semaine. En revanche, aussitôt qu'il avait une journée libre, il devenait un fêtard bruyant, complètement méconnaissable. Le dimanche, souvent saoul et en marcel, il chantait des romances. Il proposait aussi des concours de culture générale aux invités des Marcu, ce qui faisait immanquablement fuir tous les amis d'Andrei. Une fois la cour vidée de cette marmaille, Aurelian décapitait les poissons pêchés le matin même et les vidait pour que les chats se délectent avec leurs viscères. Il s'amusait à sauter sur les vessies ensanglantées des poissons, pour les faire éclater sur le trottoir.

Angelo, le père de Gabriela, le deuxième enfant des Marcu, était le fils prodigue dont personne ne parlait. Bien qu'il fût éternellement endetté, sans domicile ni métier clairement définis, il comptait lui aussi au nombre des millions de Constantin, par principe d'équité. Le vieux n'aurait jamais renié sa fonction de géniteur. Il s'était engagé à épauler son fils et à l'aider à retrouver le droit chemin. Mais chaque fois que Constantin avait l'impression que la situation d'Angelo était enfin réglée, un nouvel événement venait ébranler sa sérénité.

Il ne parlait qu'à Sofia de ces égarements pénibles, en lui chuchotant des nouvelles pendant qu'elle préparait la marmite de huit litres de soupe qui devait les nourrir pendant toute une semaine.

— Il a fait quoi ? demandait la grand-mère, dont l'ouïe commençait à baisser.

— Il a laissé son travail.

— Ce n'est pas la première fois, on va lui en trouver un autre.

— Il ne veut pas travailler ailleurs. Il dit qu'il a déjà trouvé sa *vocation.*

— Sa quoi ? Il fait quoi maintenant ? Allez, dis-moi.

Constantin hésitait, de plus en plus mal à l'aise.

— Qu'est-ce qu'il fait ? s'impatientait Sofia.

— Il dit qu'il est musicien... Il chante.

— Comment ça, il chante ? Il n'a ni voix ni oreille pour la musique. Il chante où ?

— À des réceptions de mariage. Et à des baptêmes.

— C'est pas vrai ! Le malheureux ! Pas possible ! Qu'est-ce qu'on va faire ?

Dans ces moments de panique, le troisième « million », Lilian, sortait de sa cour les mains tachées d'huile à moteur, avec un grand sourire aux lèvres malgré sa démarche de robot, pour annoncer à ses parents qui le regardaient avec indulgence :

— La Skoda est presque prête à partir. Encore deux-trois mises au point, et on va faire un tour vers la forêt de Băneasa.

Gabriela savait qu'à côté de son père, l'oncle Lilian faisait bonne figure. Sa bonhomie et son air de fils parfait l'irritaient tellement qu'elle se faisait un plaisir de le provoquer chaque fois que l'occasion se présentait :

— Aujourd'hui, Andrei a appris des choses dans le livre de monsieur Stănescu, sur un riche qui conduisait des voitures en 1903. Il s'appelait Bibescu.

— Incroyable. Et tu as trouvé ça intéressant ?

— Oui, bien sûr. Il conduisait une Mercedes. Pourquoi tu t'en achèterais pas une, toi aussi ?

— Oh, je ne pourrais pas me le permettre...

— Il y avait une course à l'époque... Bucarest-Giurgiu, aller-retour, cent vingt kilomètres. Est-ce que ta Skoda a déjà fait ça ?

— Pas encore... Bientôt... peut-être...

— Ce pilote a battu le record européen. Soixante-six kilomètres à l'heure. Ta voiture a déjà atteint cette vitesse ?

— Elle l'atteindra lorsque je vais finir de la réparer.

— Et quand est-ce que tu vas finir de la réparer ?

Lilian se penchait sur le moteur de son Hirondelle et ne sortait plus la tête de sous le capot, espérant que Gabriela se fatiguerait d'attendre et partirait chercher une amie pour aller jouer dans la rue. Si elle s'avérait plus tenace que lui, Lilian achetait la paix en lui offrant une boule de maïs soufflé. Les morceaux étaient agglutinés les uns aux autres grâce à du caramel agrémenté d'un colorant chimique, bleu, vert ou rose fluo. Il achetait ce dessert en ville et le cachait dans son garage pour le manger avec Mircea ou pour l'offrir aux enfants plus âgés de la rue qui protégeaient son fils. Si Gabriela ne flanchait toujours pas, il l'invitait à venir faire un tour de voiture le dimanche. Mais chaque fois, il ne réussissait jamais à dépasser le comptoir de la vendeuse de pain, et cela après avoir empesté la rue d'une colonne de fumée noire.

— Elle fait ça seulement quand tu montes dans la voiture, rouspétait Lilian.

— Vraiment, mon oncle ? l'apostrophait sévèrement la jeune fille.

— En tout cas, l'Hirondelle fonctionne bien quand je voyage avec monsieur Stănescu.

D'habitude, le tuyau d'échappement commençait à toussoter quelque part près de l'église. Lilian rentrait chez lui au volant de la Skoda, mais celle-ci était poussée par les enfants du quartier.

Chaque semaine, Gabriela attendait avec impatience le dimanche pour assister au départ du bolide et voir tout le cirque qui l'accompagnait. Dans le quartier, on estimait que Lilian avait défait et remonté la voiture une trentaine fois depuis qu'il s'était donné comme défi non pas de voler jusqu'à la Lune, mais de faire rouler quotidiennement sa Skoda sur un des chemins asphaltés de la capitale.

*

Devant de tels exploits, Gabriela avait de la difficulté à comprendre comment le vieux Marcu comptait ses « millions » et quel gain Constantin pouvait bien retirer de ses fils. La seule chose qu'elle voyait, c'était trois adultes évoluant dans des univers parallèles à celui du cordonnier. En plus, depuis que le chien de Spiridon avait été retrouvé mort dans le champ de maïs, son grand-père éprouvait encore plus de difficulté que d'habitude à voir ses fils qu'il admirait tant et à recevoir un peu d'attention de leur part. La présence des policiers à la recherche de nouveaux témoins de l'incident mettait tout le monde mal à l'aise. On évitait la rue Escalei pour ne pas se faire questionner par l'officier responsable de l'enquête ou par son stagiaire qui y déambulaient même la fin de la semaine. En conséquence, Aurelian refusait de visiter Andronache sous prétexte qu'il était pris avec des dossiers qui exigeaient toute son énergie, dans le centre-ville. Angelo n'avait pas donné signe de vie depuis des semaines. Enfin, Lilian était devenu très évasif et déclarait qu'il aimait passer du temps avec sa femme, ce qui n'était pas arrivé depuis leur lune de miel.

Gabriela avait deviné que quelque chose ne tournait pas rond chez Lilian depuis que Spiridon avait été transporté à l'hôpital. Elle se plaisait à espionner l'ingénieur avec Andrei. Le plus souvent, son oncle bricolait dans son garage, en s'adressant de temps en temps affectueusement à son Hirondelle. À force de recevoir autant d'attention, elle s'était mise à briller.

— Arrête de t'en prendre à Mircea, avait marmonné l'oncle Lilian en se tournant vers Andrei.

— Je ne l'ai même pas touché! J'étais juste fâché parce qu'il lançait des roches. Il voulait détruire les nids d'oiseaux chez nous. C'est *nea* Tica qui lui a montré comment faire, en visant juste en dessous du toit de notre maison.

Lilian restait concentré sur ses réparations.

— Mais je ne l'aime pas, Mircea. Gabriela non plus.

Lilian ne réagit pas.

— Il vole plein de choses chez mamie. Des livres, des jouets, des photos.

— Est-ce que tu l'as déjà surpris à voler ?

— Non, mais il y a toujours des choses qui disparaissent quand il vient jouer chez nous. Je ne sais pas comment il fait.

— …

— Mes amis disent que Mircea ramasse tout ça pour sa grand-mère. La femme de *nea* Tica fait de la magie noire.

Lilian ne répondit pas. Il se contenta de claquer le capot, puis se mit à nettoyer méthodiquement le pare-brise de l'Hirondelle.

6

En manque de café fort et d'une bonne dose de motivation, le stagiaire resta planté devant la clôture des Filipescu. Le domaine princier des propriétaires avait piqué sa curiosité. Il se mit en tête de les aborder tout de suite, de les surprendre avec un interrogatoire, même si la stratégie qu'il avait élaborée avec son supérieur dans le dossier Spiridon Popescu lui intimait d'entreprendre d'autres démarches avant de leur parler.

Personne en vue. Les bergers allemands aboyaient autour de la maison. Il décida de s'approcher et de les braver. Pour éviter d'avoir à grimper par-dessus les barbelés, le stagiaire longea la clôture jusqu'à ce qu'il parvienne devant une entrée dont le mécanisme rappelait celui d'un enclos. Il réalisa qu'il ne savait pas comment l'ouvrir. Il poussa sur la porte, secoua, tira, regarda autour, puis fit un dernier essai. Dans sa hâte, le jeune homme se blessa avec un clou rouillé qui dépassait de la surface rugueuse des lattes. La pointe métallique laissa une trace pourpre sur sa main. En soupirant, il décida de tenter sa chance avec un autre suspect.

Dissimulés dans le vignoble des Marcu, Gabriela et Andrei le regardèrent s'éloigner avant de reprendre leur jeu sur un ton de plus en plus tendu :

— Tu ne devineras jamais qui l'a fait.

— Je ne devine pas, je représente la loi, les méthodes logiques, l'intelligence…

— Non, dis plutôt : « les professionnels ».

— Je dis ce que je veux.

— Tu es peut-être bien le chef de la police au centre-ville, mais pas à Andronache !

— T'es bonne, tu parles vraiment comme dans les films !

Les épais sourcils noirs de la fille trépidèrent de joie. Pour mieux savourer sa victoire, elle sortit dans la rue et occupa la grande pierre en forme de cœur qu'Andrei avait découverte au milieu du pavé, celle sur laquelle tous les enfants aimaient sauter à pieds joints. Ensuite, elle s'approcha de la clôture et observa les tiges des jupes d'hirondelle qui grimpaient le long des mailles métalliques. Des dizaines de fleurs blanches en forme d'entonnoir frissonnaient dans la brise. Gabriela les regardait s'ouvrir le matin, pousser vertigineusement pendant le jour et refermer leurs corolles le soir venu. Ce cycle incessant lui rappelait les moments où elle attendait avec impatience que sa mère vienne la chercher, dans sa petite enfance. Chaque fois que la plante avait gagné six centimètres, sa mère apparaissait à l'intersection des rues Escalei et Ciucă-Ştefan, avançant sans hâte vers la propriété des Marcu. Maintenant, les seules visites qui se succédaient à la même fréquence étaient celles des enquêteurs qui cherchaient l'agresseur du mari de Florica avec l'habileté de souris aveugles titubant dans le vide.

7

Les feuilles de vigne étaient géantes. Le soleil pénétrait avec peine à travers elles, se rendant difficilement jusqu'aux mauvaises herbes. Le roucoulement monotone des pigeons sauvages invitait à la sieste. Andrei résista à la tentation de s'allonger dans la chambre à coucher sombre et fraîche de ses grands-parents et de s'endormir dans leurs draps de flanelle.

Depuis quelques jours, il était le seul pensionnaire chez les Marcu. Mircea avait attrapé la varicelle et ne sortait plus de chez lui. Gabriela était partie avec une tante éloignée pour une rare sortie au centre-ville. Ces escapades, au terme desquelles Gabriela revenait muette et maussade, duraient parfois deux-trois jours. Même l'aviateur Stănescu était resté chez lui pour la sieste, ce qui arrivait très rarement.

La solitude amena Andrei à penser à son père. Cela faisait plusieurs semaines qu'il ne l'avait pas vu. Il était incapable de décider s'il s'ennuyait de lui ou s'il était plutôt content de ne pas se faire poser des questions sur ce qu'il avait lu ou étudié. Il aimait les livres, mais pas l'école. C'était pour cela qu'il préférait vivre chez ses grands-parents : ici, personne ne s'intéressait à sa situation scolaire. Les jours s'écoulaient paisiblement, même si la routine pouvait parfois varier. Sofia n'avait jamais l'air pressée. Les rares fois où Andrei avait quelque chose à confier à sa grand-mère, celle-ci était toujours prête à l'écouter. Cette fois-ci pourtant, c'était à Gabriela qu'Andrei, exaspéré, avait ouvert son cœur, pendant que sa cousine attendait l'arrivée de sa tante philanthrope sur le seuil de la propriété des Marcu.

— Je ne veux pas être seul…

— …

— Qu'est-ce que je fais si ma mère ne retourne pas à la maison ? s'impatienta Andrei. J'ai entendu mamie dire qu'elle n'est déjà plus là.

Gabriela s'accroupit au pied de la clôture pour caresser quelques jupes d'hirondelle.

— Mais tu vis ici maintenant. Ta maman, c'est Sofia.

— …

— Tu n'es pas bien à Andronache ? En ce qui me concerne, je ne me suis jamais sentie mieux qu'ici. Tu voudrais aller où à la place ? Si tu appelles trop tes parents, s'ils se séparent, ils vont te demander de vivre avec ton père *ou* ta mère. Est-ce que tu veux choisir entre eux, dévoiler qui tu préfères ?

— …

— Ben, vas-y, choisis ! Comme ça, j'aurais mamie Sofia juste pour moi.

*

Trois mois auparavant, à la veille de Pâques, Aurelian avait tiré son fils du lit pour lui annoncer qu'il irait passer une semaine à Andronache. Andrei avait eu le cœur en fête tout au long du trajet. À travers la vitre du tramway, la capitale se réveillait doucement dans l'air frais du printemps. Après une dizaine de stations, les édifices du centre-ville firent place à des maisons de plus en plus petites, englouties sous des îlots de verdure.

À ce moment-là, rien ne pouvait faire obstacle au bonheur qu'il ressentait de vivre sur la rue Escalei. La seule chose qui le mécontentait, c'était de devoir partager l'attention et l'amour de Sofia avec Gabriela. Ces derniers temps, il avait toutefois constaté que ni sa mère ni son père ne donnaient plus signe de vie. Andrei se cachait alors de plus en plus souvent derrière la maison de Constantin pour réfléchir sur son sort d'enfant abandonné.

En quête d'un conseil, il fit part de son malheur à l'aviateur Stănescu :

— Je pense que mes parents vont divorcer.

— Je suis sûr qu'ils font de leur mieux pour rester ensemble. Ils ne veulent faire de mal à personne. Surtout pas à toi.

— Je ne sais pas quoi faire.

— Il n'y a rien à faire. Rien ne va changer pour toi. Tu seras toujours leur fils. C'est ça la beauté d'être l'enfant de quelqu'un. Tu le seras toujours.

Le jeune garçon ne parut guère convaincu. Il se réfugia derrière la maison de son grand-père et déchargea sa peine en hoquetant. Quand il en eut assez de sa mélancolie, il observa ses grimaces dans les tonneaux d'eau de pluie que Sofia collectait pour les besoins de son foyer.

*

Andrei s'assit dans la balançoire avec le livre de l'aviateur sur les genoux. Il caressa la couverture, puis regarda le ciel, avant de lire un passage.

— « 1913. L'aviateur Aurel Vlaicu tente d'effectuer un vol téméraire au-dessus des Carpates. Son voyage débute sur la plaine de Cotroceni. Après une courte escale à Ploieşti pour alimenter son avion, il décolle de nouveau, mais son appareil s'écrase peu après, près de Cîmpina. »

Andrei réfléchit. Il se dit que la différence entre un ingénieur et un pilote d'avion, c'était que le second avait moins de risques de mourir de vieillesse. Il tourna la page, fixa le cerisier qui dansait devant lui sur la musique d'un petit vent chaud, et replongea dans l'histoire de la capitale.

— « 1950. Traian Vuia meurt à Bucarest. Cela faisait des années qu'il s'était établi en France où, le 18 mars 1906, avait réalisé le premier vol à bord d'un appareil plus lourd que l'air. Vieux et malade, il est revenu en Roumanie un mois avant sa mort. Son corps repose au cimetière Bellu. »

La brise se promenait sur les feuilles de vigne. Andrei soupira et relut un passage.

— « 1966. Après une longue absence, le chercheur et inventeur Henri Coandă revient en Roumanie. Celui qui a découvert "l'effet Coandă" sera nommé directeur de l'Institut de création scientifique et technique. »

Andrei entendit Sofia nettoyer les assiettes et les ustensiles dans son immense chaudron plein d'eau presque bouillante. Les mains de la grand-mère devenaient alors deux morceaux de viande rouge. Elle n'ajoutait pas de détergent pour pouvoir offrir cette soupe aux cochons qui grognaient au fond de la cour. C'est pourquoi la vaisselle des grands-parents était toujours un peu graisseuse.

Andrei s'ennuyait. Il monta dans la vieille Audi de son père, qui avait jadis été une automobile de luxe, importée d'un pays occidental avec beaucoup d'effort et d'enthousiasme. La voiture était en train de s'ankyloser et de se désagréger lentement dans la cour de Constantin. Cela dit, malgré son piteux état, l'Audi gardait son aura glorieuse pour la famille des Marcu. Pour en montrer la puissance et le confort, Aurelian y avait déjà entassé onze personnes et avait réussi à faire un tour dans les rues d'Andronache – la police ne patrouillait pas dans un quartier aussi tranquille. Les adultes comme les enfants étaient au comble de l'hilarité. Derrière le volant, l'avocat riait aux larmes et grimaçait comme un diable satisfait. Depuis, il n'y avait pas eu un repas du dimanche sans que quelqu'un ne racontât sa version de la fameuse balade des onze.

Andrei souleva les sacs de plastique poussiéreux qui couvraient la voiture rouillée et s'installa au volant. Pour ne pas être emportés par le vent, les sacs étaient retenus sur la voiture par quelques briques. Andrei fit semblant de conduire. Lorsqu'il en a eu assez de prendre des virages imaginaires avec l'Audi qui gisait sur quatre pneus dégonflés, il sortit dans la rue et s'arrêta sur sa pierre préférée, celle en forme de cœur. Enfin, il s'avança vers le trottoir d'en face et regarda à travers les barbelés qui entouraient la grande propriété de madame Filipescu. Pour Andrei, c'était comme entrer dans un rêve et contempler l'espace fantastique d'un conte.

Eleonora Filipescu vivait au milieu d'un champ, au sud duquel se trouvait une minuscule forêt, où les chiens sans maître engendraient et élevaient la future génération de chiots vagabonds. De la rue Escalei, on pouvait facilement apercevoir les herbes dorées, les fleurs qui parsemaient le pré et les fruits des champs cachés dans les buissons. Tout l'été, les corolles des marguerites s'agitaient dans le vent. La terre des Filipescu s'étendait très loin, occupant la surface d'au moins huit lots. Sofia et Constantin possédaient un seul lot, lequel semblait déjà bien assez grand à Andrei.

*

Vue de l'autre côté de la rue, madame Filipescu avait la taille d'une coccinelle. Andrei la regarda se lever de sa chaise longue et marcher lentement vers sa maison champêtre, bordée d'arbres et de massifs parfumés. L'envie lui vint de se faufiler à travers les barbelés et d'aller s'allonger dans l'herbe. Il s'imaginait déjà en train de regarder le ciel. Il ne pouvait pas le faire chez ses grands-parents, où les vignes folles, comme des pieuvres géantes, avaient accaparé tout l'espace, rendant le sol craquelé et inhospitalier. S'allonger dans le jardin de Constantin, c'était comme se rouler dans la poussière des terres assoiffées de la plaine du Bărăgan, là où les terres agricoles avoisinaient des paysages en proie aux chaleurs torrides de juillet.

Constantin n'aimait pas les terrains en friche. Chez lui, Andrei risquait de piétiner les tulipes, de se faire égratigner par les roses ou de coller ses pantalons aux traces baveuses des escargots qui se promenaient autour du muguet des bois, sans parler des claques qu'il recevrait s'il détruisait quoi que ce soit. Sur le lot de ses grands-parents, chaque mètre carré était travaillé consciencieusement : dans un joyeux fouillis végétal, des arbres fruitiers côtoyaient des tomates, de l'ail, des oignons, de la salade. Le vieux plantait toutes les semences sur lesquelles il parvenait à mettre la main. Il n'avait jamais pensé à garder un endroit libre sur son terrain pour s'allonger. Ce genre de relâchement était pour les fainéants. Il n'avait pas besoin de traîner, et encore moins de regarder le ciel. Le vieux Marcu disait d'ailleurs qu'il ne l'avait plus regardé depuis que l'aviateur Stănescu était parti en vrille avec son appareil.

Andrei se demanda s'il aimerait vagabonder par-ci, par-là lorsqu'il serait grand. Lorsqu'il enfonça les mains dans ses poches pour mimer sa nonchalance d'adulte, il tomba sur un bonbon à la menthe à moitié fondu dans son emballage coloré. Andrei le croqua joyeusement en continuant à épier les Filipescu.

*

Puiu sortit de la maison. Andrei guetta l'interaction de sa voisine avec son fils comme s'il assistait à un film muet.

La dame agita sa canne. Puiu retourna dans la maison. Il ressortit avec une bouteille de lait dans la main.

Comme elle se mit en colère, il disparut dans la cuisine, pour réapparaître peu après avec une bouteille de lait vide.

Elle agita sa canne et tapa du pied. Il repartit vers la maison. Il bougeait lentement.

Cette fois, madame Filipescu leva les bras au ciel. Puiu courut à l'intérieur et revint avec un sac, dans lequel se balançaient désormais la bouteille et un autre objet, trop petit pour qu'Andrei puisse l'identifier, qu'il tendit à madame Filipescu.

Elle brandit quelques billets qui tremblèrent dans le vent. Puiu partait acheter du lait, ce qu'il ne faisait jamais. La veille, madame Filipescu s'était querellée avec la femme du wattman, et celle-ci avait interdit à Tica de lui livrer du lait comme il le faisait d'habitude.

S'ils voulaient en boire, les Filipescu devraient sortir de chez eux et attendre en file devant le magasin miteux, comme tout le monde. Quelle horreur. L'aristocrate enverrait son fils à sa place.

Ses cheveux blancs étaient attachés en un chignon qui laissait flotter quelques petites mèches rebelles sur son front et autour de ses tempes. Avait-elle oublié de rafraîchir sa coiffure ou gardait-elle coquettement l'allure d'une jeune femme dépeignée pour mettre encore plus en valeur la beauté de son visage symétrique, la perfection de ses yeux ? Madame Filipescu avait fait construire dans son jardin un pavillon assez loin de la maison, ce qui la forçait à se balader fréquemment à travers son champ. Toutefois, la marche ne durait pas trop longtemps. De cette façon, elle gardait son maintien de femme du monde sans s'essouffler. Lorsqu'elle était sûre que personne ne l'épiait, elle s'écroulait dans sa chaise longue.

Depuis quelques mois, malgré son dos droit et son visage sans rides, elle était de plus en plus souvent en proie à des faiblesses inexplicables. Ses jambes semblaient fondre sous son poids. Celles-là mêmes qui avaient déjà dansé fougueusement le charleston et qui avaient virevolté au son des valses. Décidée à ne pas s'avouer vaincue, elle continuait à arpenter quotidiennement son domaine, ignorant les douleurs qui l'accompagnaient en permanence, surtout après ses chutes. Pour garder son secret, elle ne sortait plus en ville. Les dimensions de sa propriété et la végétation environnante la protégeaient de l'indiscrétion des voisins. Même si elle était la femme la plus âgée du quartier, madame Filipescu avait décidé qu'elle n'était pas à la veille de son enterrement.

Andrei la voyait parfois traverser le pré, un livre sous le bras, pour aller s'installer dans son pavillon décoré par un maître charpentier. À l'exception de ses piliers massifs, toute la construction ressemblait à une dentelle blanche, ce qui faisait que, de loin, cette rotonde ressemblait à un jouet cher et sophistiqué. Une fois assise, madame Filipescu disparaissait complètement de la vue d'Andrei. Elle pouvait lire une journée entière sans qu'il la voie ni manger ni bouger. Et lorsqu'elle finissait un volume, il lui arrivait de se promener longtemps parmi les marguerites, le visage rêveur, avant de se diriger vers la maison pour en choisir un autre. C'était le seul moment où, même malade ou torturée par ses douleurs, elle n'acceptait l'aide de personne : c'était à elle, et à elle seule, de choisir le livre qu'elle allait lire.

Comme tout le monde savait qu'elle n'aimait pas être dérangée, personne ne franchissait le seuil de son paradis. Les rares fois où Andrei et ses amis y étaient conviés pour un verre de lait, des biscuits ou du gâteau, ils se voyaient servir cette collation sur une table extérieure, installée vis-à-vis du pavillon. Andrei regardait les autres enfants se dépêcher de goûter aux pâtisseries étalées devant eux. La dame s'était fait une habitude de les inviter une fois par année, à la fin des cours, et annonçait toujours cette fête à la dernière minute. Pour l'occasion, la clôture restait ouverte tout l'après-midi, et on enchaînait les bergers allemands qui patrouillaient dans le domaine derrière la maison. L'hôtesse recevait ses jeunes invités debout, en leur demandant chaque fois de se présenter. Andrei se sentait important : elle se souvenait de son prénom, mais jamais de celui de Gabriela. Elle les remerciait de respecter sa propriété et grondait doucement les petits monstres qu'elle avait surpris en train de voler ses fruits ou qui s'étaient aventurés dans son pré sans sa permission. Puiu faisait office de serveur jusqu'au moment où sa mère, épuisée, lui faisait signe d'escorter les jeunes de l'autre côté des barbelés. Immanquablement, la fête se terminait aussi abruptement qu'elle avait commencé.

*

Andrei aurait aimé explorer l'intérieur de la maison des Filipescu, pour voir la bibliothèque et les meubles. La seule fois où il avait réussi à s'approcher de la porte d'entrée, Puiu l'avait attrapé à deux pas du seuil, juste au moment où il s'apprêtait à tourner la poignée.

Très mal à l'aise, Puiu lui avait chuchoté à l'oreille, comme si cela devait rester leur secret :

— Non, pas là, n'entre pas, s'il te plaît.

Andrei fut tourmenté par cette scène pendant plusieurs jours. Ce qui l'avait frappé le plus, ce n'était pas l'interdiction elle-même, mais plutôt le ton souffrant de Puiu, dont le geste lui avait semblé tellement désespéré. Depuis, chaque fois qu'il avait du temps à tuer, il allait se poster devant les barbelés, à l'affût du moindre mouvement provenant de chez les aristocrates. Le petit-fils des Marcu se plaisait alors à imaginer l'intimité de ce logis privé.

Un jour, puisque l'aviateur était le seul qui semblait connaître sa voisine, Andrei l'aborda sans détour pour lui poser cette question qui le préoccupait :

— Comment se fait-il que madame Filipescu n'achète jamais de livres, mais qu'elle lise tout le temps ?

— C'est qu'elle a accès à l'énorme bibliothèque de son père. Après beaucoup d'événements déplaisants, elle a réussi à sauver cette richesse. Il était professeur universitaire. Il parlait sept langues. Ses livres étaient ses trésors.

— Tu veux dire, comme *ton* livre ?

— Bien plus que mon livre.

— Pourquoi la dame nous reçoit chez elle seulement une fois par année ?

— Elle n'a pas besoin de vous côtoyer plus souvent. Vous êtes pires qu'une bande de moineaux : bruyants et agités, de quoi rendre folle n'importe quelle personne de notre âge. C'est une femme qui a besoin de tranquillité.

— Pourquoi elle nous invite seulement pour le goûter ?

— Je ne sais pas.

— Pourquoi elle fait toujours ça en juin ?

— À cause de la fête des Morts.

— La fête des Morts ?

— Oui. On commémore nos morts quatre fois par année, dont une au mois de juin. Ta grand-mère Sofia fait ça aussi. Tu n'as pas remarqué ? C'est pour ça qu'elle offre des cerises et du riz pilaf à ses voisins, dans des plats de terre cuite. C'est la coutume. Il s'agit d'offrandes, pour le repos de l'âme de ses morts.

— Mais madame Filipescu nous donne juste du dessert. C'est qui, ses morts ?

— Mmmmm…

— Monsieur Stănescu ?

— …

— *Capitaine* Stănescu !

— …

— Monsieur le capitaine Stănescu, s'il vous plaît, qui est-ce qui est mort chez les Filipescu ?

Le capitaine épia le vol des hirondelles très haut dans le ciel. Andrei eut un étrange pressentiment, comme le jour où il avait vu la silhouette d'un avion incendié dans les iris de Stănescu. S'il voulait obtenir la réponse, il savait qu'il devait être brave. Il s'agissait sûrement d'histoires d'adultes malheureux, mais ce n'était pas à travers ses paroles que l'aviateur allait lui dévoiler quoi que ce soit. Andrei devrait plutôt porter attention à son œil de verre.

Le garçon avait déjà essayé de percer ce mystère à l'aide de Constantin. La première fois, son grand-père s'était contenté de détourner la tête et était allé nourrir les cochons. La deuxième fois, papi Costică s'était enfermé dans son atelier à une heure où, d'habitude, il partait faire la sieste. Quelques secondes plus tard, Andrei l'avait entendu frapper de toutes ses forces sur quelque chose avec son marteau sans aucune raison apparente. Sofia était sortie de la cuisine très intriguée. Elle avait écouté le vacarme, avant de se tourner vers Andrei et de lui demander d'un ton brusque :

— Mais qu'est-ce que tu lui as dit ?

Médusé, Andrei ne sut que hausser ses épaules. La réaction de Constantin l'avait sincèrement surpris lui aussi. Avant de se risquer à lui demander d'autres informations sur ses voisins, le jeune garçon se promit d'agir avec davantage de prudence. Plusieurs mois s'écoulèrent, au cours desquels d'autres événements meublèrent le quotidien de ses grands-parents. Puis un matin, alors qu'ils étaient en train de déjeuner tous les trois, Andrei glissa une question anodine avant de s'attaquer au sujet qui le préoccupait vraiment :

— Grand-maman, ça fait longtemps que madame Filipescu est notre voisine ?

Sofia mit des cubes de sucre dans son thé. Elle déposa sa cuillère. Andrei ne leva pas les yeux de sa tasse de lait, dans laquelle il trempait un petit pain sucré. Il ne vit pas Constantin se lever, crisper son visage et devenir rouge du front jusqu'à la poitrine. Il agrippa son petit-fils par la nuque, puis le traîna promptement jusqu'à l'entrée, avant de le lancer dans la cour et de claquer la porte.

Andrei resta immobile pendant de longues minutes. Il n'avait pas mal, il ne pensait à rien, il ne ressentait rien. À un moment donné, il se secoua de cette catalepsie. Il contempla la porte et remarqua que Sofia venait juste de la repeindre en brun. Il ne se rappelait pas ce qu'il faisait dans la cour en pyjama. Il tourna la poignée, vit ses grands-parents en train de manger leur pain beurré et alla s'asseoir à leurs côtés pour mordre goulûment dans son pain ramolli par le lait.

En réfléchissant à la réaction bizarre de Constantin, Andrei conclut que l'aviateur devait détenir la clé de ce mystère.

— Pourquoi madame Filipescu lit-elle toute la journée ? commença doucement Andrei.

— C'est ce qu'elle a fait toute sa vie.

— Vous savez ce qu'elle lit ?

— Parfois.

— Vous vous prêtez des livres ?

— Non. Nous ne sommes pas amis.

— Vous êtes des ennemis ?

— Non plus.

— Est-ce qu'elle vivait déjà ici quand vous avez construit votre maison ?

— Non.

— Quand est-ce qu'elle est arrivée ?

— Après la guerre.

— Avec Puiu ?

— Oui.

— Et avec son mari ?

— Non.

— Elle a déjà eu un mari ?

— Je ne sais pas.

— Qui est le père de Puiu, alors ?

L'aviateur ferma les yeux.

— Capitaine Stănescu, pourquoi est-ce que madame Filipescu nous invite chez elle seulement au mois de juin ?

L'aviateur ne respirait plus. Seul son œil de verre était encore ouvert. Andrei essayait de mémoriser toutes les ombres qu'il voyait passer dans son regard. Et ce qu'il vit le lança dans un tourbillon de lumière.

Une jeune femme élégante, cigarette à la main, parlait à un jeune homme avec un chapeau neuf. Il portait une moustache comme celle de Charlie Chaplin et avait un grain de beauté tatoué au coin de la bouche. Elle riait. Et puis, tout à coup, elle ne riait plus. L'homme avait disparu. Il y a eu d'autres hommes qui se sont mis à défiler après lui. La femme les regardait tous avec indifférence. Ils insistaient. Elle dansait avec eux, mais ses yeux étaient morts et jetaient une lueur étrange. Soudain, la femme se tourna vers Andrei. Son visage était triste. Elle le fixa et lui dit :

— Je n'ai pas voulu garder les *autres*… Lui, c'était mon dernier, le plus petit, le dernier des derniers. Je l'ai gardé parce qu'il ressemblait à Jean Marais.

Andrei sursauta. Devant lui, l'aviateur le regardait fixement, sans cligner des yeux. Il avait la respiration égale, les mains croisées sur son livre.

— Lis-moi, murmura-t-il.

Andrei prit le livre.

— Madame Filipescu a eu d'autres enfants avant Puiu.

L'aviateur ne bougeait pas.

— Madame Filipescu nous invite à goûter chez elle en souvenir de ses enfants morts.

L'aviateur attendait. Ses cheveux étaient lissés comme à son habitude avec de la brillantine, et dans la poche de poitrine de son veston, il y avait un mouchoir qui sentait la lavande. Andrei aperçut son reflet minuscule et déformé dans les yeux du capitaine.

— Qu'est-ce que mon grand-père faisait là ? Qu'est-ce qu'il faisait avec madame Filipescu ?

Le capitaine reprit sa canne et retourna chez lui.

De l'autre côté de la rue, madame Filipescu les surveillait en faisant semblant de tailler un buisson de ronces. Leur parfum la replongeait dans les souvenirs de sa folle jeunesse. Avant de venir s'installer à Andronache, elle n'avait rien de mieux à faire que de courir les bals les samedis soir. Dans une de ces immenses fêtes, elle avait remarqué un jeune homme charmant, à la moustache bien taillée, avec un faux grain de beauté au coin de la bouche. Enthousiaste, il conversait avec deux autres hommes tout aussi élégants. Leur bonheur l'avait rendue jalouse. Quelle chance de pouvoir échanger si librement, de pouvoir faire confiance à quelqu'un, de se livrer avec autant de sincérité à des amis qui formaient un groupe si bien soudé ! Sûre d'elle, mademoiselle Filipescu avait approché le moustachu et, à sa grande surprise, celui-ci s'était esquivé toute la nuit, évitant toute conversation avec elle ou même l'obligation courtoise de lui accorder une danse. Quelques mois plus tard, il lui avait même préféré une apprentie d'un atelier de couture.

Comme si le destin n'avait pas été assez cruel, quelques années plus tard, une fois la guerre terminée et les riches Filipescu déménagés du centre-ville en banlieue, l'aristocrate découvrit avec horreur qui étaient ses voisins. Quelle ne fut pas sa surprise de revoir le moustachu qui avait repoussé ses avances ! Son orgueil ne s'en était jamais remis. Elle avait ajouté d'urgence une deuxième sortie à sa propriété, située cette fois sur la rue Ropotului, pour être sûre qu'elle ne croiserait jamais les Marcu lorsqu'elle irait acheter le journal ou se promener vers l'épicerie Cucu. Chaque fois qu'elle voyait son fils avec Lilian ou qu'elle entendait les rires des petits-enfants de Constantin, elle se demandait de quelle façon elle allait pouvoir venger son honneur blessé.

8

L'officier et deux de ses collègues remontèrent la rue Escalei d'un pas pressé. Personne ne les salua en chemin. Chacun se tenait derrière sa clôture, écoutant des bribes de la conversation des trois hommes. Ils se hâtaient de rejoindre la forêt d'Andronache.

— Ils doivent inspecter les endroits où le chien avait l'habitude de vagabonder. Qu'est-ce qu'ils espèrent découvrir ? dit Puiu.

— Peut-être qu'ils ont trouvé une piste... suggéra Lilian.

L'enquête devait sans doute intéresser l'ingénieur parce que, pour une fois, il avait abandonné sa Skoda et il parlait d'autre chose que de pièces de moteur.

— Est-ce qu'ils nous surveillaient, à ton avis ? demanda-t-il à Puiu dont la tête dépassait à peine de la clôture.

— Qu'est-ce que tu racontes ? le provoqua la femme du wattman.

Cela faisait plusieurs jours qu'elle demandait aux passants s'ils avaient été convoqués pour faire une déclaration.

— Et comment ils s'y prendraient, tu penses, pour nous surveiller? Ils ont un œil sur la nuque, peut-être? pouffa Sofia, avant de retourner dans son salon où elle avait commencé à coudre des draps.

Un œil derrière la tête… Andrei se rappelait bien la dernière fois qu'il avait entendu sa mère prononcer ces mots. Elle avait surpris les Marcu avec une visite en coup de vent et avait voulu discuter avec Sofia en privé, « entre femmes ». Humant les mauvaises nouvelles, qu'il souhaitait apprendre le plus tard possible, Constantin s'était retiré dans son atelier. Le conciliabule ne dura pas longtemps. Avant de partir, sa mère passa quelques minutes avec Andrei, lui demandant de bien obéir à ses grands-parents et d'avoir un comportement exemplaire à l'école.

— N'oublie pas que je continue à te surveiller même quand je ne suis pas là. Mon œil derrière la tête ne se referme jamais.

Intimidé, Andrei n'avait pas réussi à articuler un mot.

— Montre-le-nous! avait demandé Gabriela froidement.

Pour dire cela, elle s'était détournée de la branche d'abricotier dont elle dégustait les fruits encore verts et surets.

— Ton troisième œil. Derrière la tête, insista la jeune fille.

— Il est caché sous la peau. Il s'ouvre seulement quand j'en ai besoin. Tu vois cette bosse ici? C'est lui.

— Non, ça, c'est un os. Ça s'appelle une vertèbre, répliqua Gabriela. Personne ne peut tout savoir.

— Tu ferais une bonne policière, dit la mère d'Andrei, étonnée par le sang-froid de sa nièce.

Gabriela grimaça. Andrei aurait voulu lui adresser un sourire reconnaissant, mais elle lui avait déjà tourné le dos, pensant en son for intérieur que cette scène devenait trop mielleuse à son goût.

*

Une fois que les policiers eurent disparu en direction de la forêt d'Andronache, Lilian se prépara à retourner dans son garage, mais Puiu lui fit signe de le suivre :

— Je sais que tu as sûrement un tas de choses à faire, mais est-ce que tu pourrais jeter un coup d'œil à mon extracteur ? Des fois, la centrifugeuse a de la difficulté à démarrer.

— Ça arrive souvent ?

— Une fois sur deux, je dirais.

Dans l'annexe où Puiu transformait sa cire, Lilian fut surpris de constater que les traits de son ami s'affaissèrent aussitôt que la porte se referma derrière eux.

— Qu'est-ce que je vais faire, Lilian ? La police n'est pas venue fouiller pour rien dans notre quartier. Monsieur Stănescu dit que nous sommes tous des témoins et que nous serons interrogés. Tu te rends compte ? Au vu et au su de tous, ils vont m'appeler moi aussi. Peut-être même qu'ils vont m'accuser de quelque chose !

Étonné par les états d'âme de son ami, l'ingénieur attendit un instant pour être sûr que Puiu avait fini son histoire. Ensuite, il reprit les choses dans l'ordre :

— Alors, la centrifugeuse…

— Je n'ai pas de problème avec l'extracteur, je voulais juste te parler un moment. J'ai peur. Je ne veux rien avoir à faire avec l'enquête.

— Je comprends. C'est normal, personne n'a envie d'être impliqué. Mais pourquoi ça te fait peur ? Au pire, on t'appelle, tu racontes ce que tu sais, si tu as vu quelque chose, et puis tu reviens chez toi après ta déclaration.

— Ah, comment j'ai pu me mettre dans un tel pétrin ? Et dire que ce jour-là, j'aurais pu continuer mon chemin, au lieu de me retrouver bêtement dans le champ de maïs… J'ai entendu Mircea crier, c'est pour ça que j'étais là quand on a découvert Spiridon. Mais ça, maman ne le sait pas encore.

— C'est rien, ça, c'est rien. Écoute, avant de partir, je vais quand même jeter un œil sur la centrifugeuse, si ça ne te dérange pas.

— C'est bon, vas-y, répondit Puiu en se rongeant les ongles.

9

— Je t'ai dit mille fois de regarder où tu mets les pieds ! Tiens, arrête de crier et frotte bien la plaie.

Sofia tendit le bocal à Andrei. Elle l'encouragea à étendre du sel sur la piqûre qui enflait à vue d'œil sur la plante de son pied. Des larmes de désespoir coulaient abondamment sur les joues sales du garçon.

— T'étais où ?

Andrei soupira sans répondre.

Sofia disparut dans la cuisine avec le bocal. À son tour, elle avait besoin du sel pour la soupe de poulet qui bouillait sur le poêle depuis des heures.

Andrei resta longtemps assis dans le kiosque. De temps en temps, il se frottait le pied. Celui-ci lui semblait de plus en plus engourdi. Et s'il allait mourir ? À nouveau, les larmes lui montèrent aux yeux. Sofia revint avec le sel :

— Allez, arrête de pleurnicher comme ça. Ça va passer avant que tu te maries !

Et elle rit.

Andrei apprivoisait tranquillement la douleur. Au moins, la bosse avait arrêté de gonfler. Le garçon rafraîchissait de temps en temps le torchon qu'il appliquait sur sa peau, en le trempant dans un tonneau que la dernière pluie avait rempli.

Autour de lui, la vigne murmurait sous le souffle du vent, le ciel éclatait de lumière.

*

Plus tôt ce matin-là, Andrei avait creusé un tunnel sous la clôture des Filipescu pour les espionner à sa guise. Mircea et ses petits voisins, Eugen et Paul, l'avaient aidé. Il leur restait seulement quelques centimètres de terre à enlever pour arriver de l'autre côté quand Andrei s'était mis à hurler. Craignant d'être surpris sur le terrain de l'apiculteur et d'écoper d'une punition, les autres garçons s'étaient sauvés aussitôt.

Andrei avait marché sur le corps fragile d'une abeille, qui s'était défendue de toutes ses forces contre ce géant qui l'écrasait. Pendant qu'Andrei pleurait au fond du trou, il avait entendu des pas qui se pressaient dans sa direction. *Nea* Puiu s'était ensuite agenouillé près de lui.

— N'aie pas peur, ce n'est pas grave. L'abeille est un être doux et délicat. Elle n'a pas voulu te faire du mal, avait dit Puiu.

Ce faisant, il avait pris le pied du garçon pour retirer le dard.

— Ça va aller maintenant, tu peux remettre ta sandale. Le plus triste, c'est que la pauvre bestiole n'a pas survécu à votre rencontre. Est-ce que tu savais que les abeilles fabriquent du miel ? Elles sont magiques, de véritables merveilles de la nature.

Andrei avait arrêté de gémir. *Nea* Puiu le prenait pour un bébé, bien sûr qu'il savait d'où venait le miel. Son voisin l'avait aidé à se relever :

— La pauvre petite a été éviscérée. Elle a perdu une partie de son ventre, là où se trouvaient son dard et sa glande à venin. Oui, tu as du venin en toi maintenant, c'est pour ça que tu as mal et que ton pied va gonfler.

Déstabilisé par cette information, Andrei s'était lamenté de plus belle. Puiu l'avait soutenu le temps qu'il traverse la rue et l'avait poussé dans la cour de ses grands-parents. Mais déjà, Andrei ne le regardait plus. Il s'était éloigné de lui aussi vite que possible.

La bienveillance de l'apiculteur l'agaçait. À vrai dire, il n'avait jamais été à l'aise auprès de ce voisin qui parlait parfois tout seul. Il l'avait déjà entendu s'adresser à ses abeilles comme si c'étaient des humains.

Puiu était resté sur le seuil du jardin des Marcu, sans savoir quoi faire.

*

Lorsque l'aviateur s'installa dans le kiosque avec son livre, Andrei lui demanda un congé de lecture. Il ne pouvait pas offrir ses services habituels, déclara-t-il, puisqu'il était en proie à des douleurs atroces. En quête d'empathie, il étala devant tout le monde la bosse laissée par la piqûre d'abeille.

À sa grande surprise, l'aviateur sourit. Dans son œil de verre, Andrei vit un autre garçon. Étonné, il reconnut Puiu. Celui-ci était encore plus jeune que lui et semblait souffrir d'une piqûre similaire. Sous l'effet du venin, sa peau avait durci et la tache rouge avait pris des dimensions gigantesques, mais il ne poussait pas le moindre cri.

Andrei oublia tout à coup de faire le martyr. Il observait, fasciné, les images qui fluctuaient sur la surface de verre.

Le Puiu d'alors ne ressemblait pas beaucoup à sa version adulte. Il ne se préoccupait pas de la propreté de ses chaussures ou de la symétrie de son nœud de cravate. Andrei vit un tout petit garçon, guère plus gros qu'un bonhomme allumette, explorant l'orée de la forêt d'Andronache. Il venait de découvrir une ruche dans un acacia. Le va-et-vient des ouvrières qui bourdonnaient dans le soleil de l'après-midi avait attiré son attention.

Puiu s'était mis à observer attentivement la colonie. Il avait réduit progressivement la distance qui le séparait de la ruche, un centimètre après l'autre. Les sentinelles s'approchaient de lui, explorant à l'aide de leurs yeux et de leurs ocelles la lumière qui le nimbait. Dans chacune de ces minuscules facettes, brillantes comme des miroirs, Andrei voyait une image différente. Dans l'une, un bourdon désorienté suivait une ouvrière ; dans l'autre, un champ de marguerites ondoyait sous le vent.

Plus loin, la bouche noire de la ruche engloutissait l'abeille ; et puis des hirondelles s'agitaient près d'un nid. Puiu semblait avoir passé toutes ses vacances sur la cime des arbres, comptant les insectes et leurs allées et venues.

Quand les abeilles se mirent à lui parler, Andrei fit un saut et s'éloigna de l'aviateur. Il ne savait plus s'il devait croire ou non ce qu'il voyait dans son œil.

*

Jadis, l'aviateur lui avait déjà raconté que madame Filipescu s'était souvent rongé les sangs pour Puiu. Inquiète de son mutisme et de son caractère solitaire, elle lui avait offert un chiot pour son anniversaire, sur les conseils d'un pédiatre. L'aristocrate avait un faible pour les bergers allemands. Elle adorait leur air très digne, très distingué.

Le garçonnet avait accueilli avec des pleurs l'animal hyperactif qui essayait en permanence de lui sauter dans les bras. La boule de fourrure reniflait tout et collait, avec un zèle particulier, son nez sur le derrière du gamin. Sous l'effet de la peur, des éruptions cutanées couvrirent le corps de Puiu en seulement quelques heures. C'était comme s'il s'opposait à cette ingérence bruyante et baveuse dans son univers par une réaction allergique. Madame Filipescu fut déçue.

À la fin de l'automne, lorsque sa mère l'interrogea en douceur pour deviner ce qu'il souhaitait recevoir comme cadeau de Noël, l'idée de l'enfant était déjà faite. Il installerait sa première ruche le printemps suivant. Par la suite, le garçon ne se sentit plus jamais seul. Les abeilles lui furent d'excellentes compagnes. Elles devinrent ses amies, et même plus : ses plus discrètes confidentes.

*

Les abeilles piquaient pourtant Puiu à une fréquence régulière. Ce n'est pas parce que sa mère avait installé un rucher au milieu de leur pré que le garçon avait cessé d'être maladroit pour autant. Mais cela n'enlevait rien à son enthousiasme : en se levant le matin, il courait toujours vérifier ce que faisaient ses bestioles, avant d'aller à l'école.

Ses yeux brillaient désormais de joie et de confiance. Il avait cessé de s'accrocher aux jupes de sa maman et parlait beaucoup plus, même si son sujet de prédilection demeurait sans surprise sa chère colonie. Tous les jours, il regardait jusqu'où montait le mercure sur le thermomètre qu'il avait installé à sa fenêtre. Il savait qu'à partir du moment où celui-ci atteignait quatorze degrés Celsius, ses amies pouvaient sortir butiner.

De l'autre côté de la rue, l'aviateur le regardait grandir. Il souriait devant la mine sérieuse de Puiu lorsqu'il s'assurait que le soleil était au rendez-vous et que les ouvrières exploraient les jardins des voisins ou la forêt d'Andronache.

— Maintenant, nous avons quelque chose en commun… quelque chose à partager, fit-il un jour en regardant Puiu de son œil sain.

Comme le jeune ne réagissait pas, l'aviateur s'expliqua en levant sa canne au-dessus de sa tête.

— Toi aussi, maintenant, tu regardes le ciel. Je le connais bien, j'y ai passé des heures et des heures. Jusqu'à ce jour, je ne me lasse jamais de le contempler. Les nuages qui se font et se défont, c'est beau. Tu ne trouves pas ? À chaque instant, le ciel nous raconte une histoire. Moi, je trouve ça fascinant.

Puiu se balançait nerveusement d'une jambe sur l'autre.

— Le ciel ? avait-il murmuré, confus.

Après quelques secondes d'hésitation, il se lança :

— Saviez-vous que les abeilles sont capables de voler jusqu'à dix kilomètres de leur ruche ?

Le capitaine fut surpris d'entendre parler ce gamin habituellement taciturne.

— Et toi, jeune homme, savais-tu que nos ancêtres étaient de merveilleux apiculteurs ? Hérodote disait que les habitants autour de l'Istros, le nom antique du Danube, l'avaient mis en garde contre l'abondance des abeilles au nord du fleuve. Et tout ça se passait ici même, il y a deux mille ans ! Imagine !

— C'est qui, Rodote ?

— Ah, Hérodote ! Le père de l'Histoire !

— Il avait des ruches, lui ?

— Non, je ne crois pas.

Puiu hésita. C'était la première fois qu'il s'entretenait aussi longuement avec quelqu'un. Il n'aurait jamais pensé avoir affaire à cet homme qui bougeait si lentement et dont la voix stridente affolait toutes les tourterelles de la rue Escalei. Il reprit lentement :

— Et saviez-vous que les abeilles couvrent l'entrée de leur ruche avec de la propolis ? C'est pour défendre la colonie…

L'aviateur lui répondit du tac au tac :

— Et toi, savais-tu qu'en Moldavie, vers 1404, dans le temps d'Alexandre le Bon, les apiculteurs avaient inventé une cire verte ? Oui, oui, elle était très appréciée par les Viennois de l'époque. Dans sa *Description de la Moldavie*, Dimitrie Cantemir explique qu'il s'agit d'une combinaison de cire avec de la propolis…

— … la température dans la ruche peut monter jusqu'à quarante-cinq degrés Celsius !

L'aviateur s'était arrêté devant l'aplomb de l'enfant de madame Filipescu qui venait de se livrer à lui avec autant de joie. Son visage déformé par les cicatrices esquissa un sourire asymétrique, plein de bonne volonté.

— Tu es un passionné, toi ! C'est bien, c'est très bien ça.

Ce soir-là, Puiu s'endormit en souriant lui aussi.

10

Avec le temps, les abeilles devinrent la source d'un bonheur infini pour le petit Puiu. Il faisait ses devoirs à côté de sa ruche, en contemplant de temps en temps la danse de ses complices ailées.

— Elles volent comme des hélicoptères. Je veux dire que leur mobilité en vol est meilleure que celle d'un avion, même d'un avion de chasse comme le tien.

Il avait lancé cela un jour à l'aviateur, et celui-ci avait hoché d'un air admiratif sa tête rafistolée.

Le champ sentait bon. Ici, personne ne venait interrompre ou surveiller Puiu. Il était loin des critiques de sa mère et des garçons qui le taquinaient sur son absence de talent pour les activités sportives.

Croyant que ses abeilles allaient rester éternellement avec lui, et qu'il allait peut-être même passer l'hiver avec elles dans la maison, il ne s'était pas dépêché de demander des conseils pour savoir de quoi ces bestioles avaient besoin à l'arrivée du froid. Contente de ne pas voir son petit garçon amorphe toute la journée, madame Filipescu considérait que son investissement avait valu le coup, même s'il lui avait semblé un peu dispendieux.

Un dimanche matin, une crise de larmes mit fin à ses douces rêveries. Entre deux sanglots, Puiu lui apprit que ses protégées avaient disparu. Elle l'avait accompagné dans le champ, où elle avait constaté la diminution de l'activité des abeilles en dépit du beau temps. L'aristocrate avait secoué la ruche, lui avait donné quelques coups avec son ombrelle en dentelle. Finalement, excédée par les hurlements de l'enfant, elle avait pris son courage à deux mains et avait ouvert le couvercle de la boîte en bois qui servait de demeure à la colonie.

Puiu avait raison. Ses amies avaient en partie déserté leur foyer. Seules quelques ouvrières dérangées dans leur routine s'affolaient autour d'eux.

Au comble de la furie, madame Filipescu avait appelé l'apiculteur qui lui avait vendu la ruche. À l'autre bout du fil, ce bonhomme entre deux âges écoutait ses invectives sans répondre à ses reproches. Il lui promit seulement qu'il viendrait à son secours. Ce qu'il fit, d'ailleurs, en garant, moins d'une heure plus tard, sa Wartburg bosselée devant l'entrée des Filipescu.

L'apiculteur vivait juste à côté de la forêt d'Andronache, dans une roulotte minuscule. On le voyait parfois se promener dans le coin avec sa remorque pleine de bocaux, offrant à ses clients du miel de toutes les couleurs. Il déposait le miel roussâtre des fleurs de ronce chez le coiffeur Gică. Le miel doré issu des fleurs de tilleul ou celui, jaune soleil, venu des pissenlits, était acheté par la vendeuse du comptoir de pain. Le miel foncé, verdâtre, venant directement des sapins, allait pour sa part chez la directrice de l'école Andronache, tandis que celui, blanchâtre, des fleurs d'acacias servait à payer ses visites occasionnelles chez le dentiste.

Aussitôt que l'homme avait approché Puiu, le jeune cessa de pleurer. L'inconnu sentait les fleurs et le pollen. Ses ongles portaient des traces de cire et de propolis.

— Qu'est-ce qui est arrivé à ta ruche, mon garçon ?

— Je pense que mes abeilles sont mortes.

— Pourquoi tu penses ça ? As-tu trouvé leurs corps ?

— Non. Mais elles ont disparu.

— Je pense qu'elles se cherchent seulement une autre maison ailleurs. Elles ont peut-être besoin d'un peu plus d'espace.

Avant de retirer le couvercle de la ruche, l'homme mit son masque et en tendit un à Puiu.

— Regarde. Tu vois, leur nombre a diminué, mais elles ne sont pas mortes. C'est le signe d'un essaimage. À ce temps-ci de l'année, la reine pond beaucoup d'œufs. Les ouvrières les nourrissent à la gelée royale et c'est comme ça que les larves se transforment en jeunes reines. Une terrible bataille s'ensuit. Oui... les princesses vont combattre à mort ! Il n'y en a qu'une seule qui peut devenir la nouvelle reine de ta ruche.

Puiu se pencha pour regarder l'intérieur de la boîte de bois, où tout semblait tranquille. Il n'y avait aucun bruit suspect, pas d'épées ni de poignards, ni de corps déchiquetés. L'apiculteur continua :

— Les abeilles sont incroyablement organisées. Tu n'as rien observé d'étrange ces derniers jours ?

Puiu fut pris de remords comme jamais il ne l'avait été dans sa jeune vie. Il se sentit encore plus coupable que la fois où il s'était caché pour manger pendant un Vendredi saint l'énorme lapin de chocolat que sa mère comptait lui offrir *après* la messe de Pâques.

— Avant que l'essaim et la reine prennent leur envol, il y a des signes qui peuvent t'indiquer que ça va arriver. Les abeilles se gavent de miel avant la migration. Comme nous, elles ont besoin d'énergie si elles veulent se trouver une nouvelle maison. D'autres ont l'abdomen plein de cire: c'est pour construire les alvéoles de leur prochaine ruche. Tu n'as rien vu de ça? Ce n'était pas facile, c'est vrai. Il fallait retourner les abeilles...

Fasciné, Puiu observa les gestes calmes de l'homme. Il ressentit le même immense bonheur que la première fois où il avait assisté au réveil des abeilles, à leur sortie de la ruche, où il avait vu la façon dont elles se balançaient en guise de salut, et la beauté des petits corps poilus, suspendus dans la brise.

— Assure-toi que le filet est bien tendu autour de ton cou, l'avertit l'homme. Ça te protégera des piqûres.

Puiu s'approcha pour examiner les alvéoles dorées.

— Est-ce que tu aimerais récupérer tes abeilles voyageuses? Oui? Alors, il faut se dépêcher. La migration dure trois jours. C'est aujourd'hui qu'elles sont disparues, oui? Elles ont dû quitter la ruche ce matin. Avec un peu de chance, on pourrait les retrouver quelque part autour du jardin. Elles aiment le creux des arbres... les grosses branches en hauteur... les mansardes et les toits… Les éclaireuses travaillent fort en ce moment. Elles doivent trouver le meilleur endroit pour déménager la colonie et convaincre le plus grand nombre de leurs congénères de les suivre. C'est comme si les abeilles votaient. Maintenant, allons chercher ton essaim.

Débuta alors la journée la plus inouïe de la vie de Puiu. Il accompagna l'apiculteur le long de la vigne de Constantin, dans la cerisaie de l'aviateur, derrière la maison au toit penché du wattman, devant les acacias qui bordaient la rue Escalei, derrière le kiosque où lisait madame Filipescu… En fin d'après-midi, quand la lumière du soleil prit à son tour la couleur du miel, l'homme et le garçon décidèrent d'élaborer un plan plus rusé pour attraper les fugueuses. Il faut dire qu'ils n'avaient pas encore mangé de la journée.

L'apiculteur promit de revenir tôt le lendemain matin. Il s'alluma une cigarette à côté de sa Wartburg. Il salua l'aviateur qui sortait de la cour des Marcu, traînant dans un sac son fameux livre sur l'histoire de la ville de Bucarest.

— Belle journée, émit le capitaine de sa voix métallique.

D'un mouvement maladroit de sa canne, il pointa vers l'azur encore clair du ciel.

— Oui, magnifique, répondit l'homme en admirant l'immense toile en dépit du rideau que la fumée de sa cigarette tissait autour de sa tête.

Soudain, les yeux de l'apiculteur s'illuminèrent. Il sourit à l'enfant assis dans l'herbe devant lui :

— Je crois bien que nous les avons trouvées.

Il pointait la cime d'un chêne sur la propriété de madame Filipescu, plus précisément une boule noire à la base d'une branche. Tous trois s'émerveillèrent devant cette sphère palpitant de vie. En s'approchant, ils s'aperçurent que la sphère avait également une voix. Des milliers d'ailes transparentes, invisibles à leurs yeux, produisaient un doux murmure constant.

— Mes abeilles !

Des passants s'agglutinèrent devant la clôture des Filipescu. Ils furent témoins des prouesses de l'homme à la chemise quadrillée qui, après avoir ensorcelé l'essaim, l'avait cueilli de ses mains, puis déposé dans une boîte en sapin qu'il avait prêté à son jeune apprenti.

— Je sais reconnaître un ami des abeilles. Toi, tu les aimes de tout ton cœur. Je vais t'aider à les comprendre et à les protéger. Elles nous rendent bien l'affection qu'on leur porte.

Puiu rayonnait en fixant le visage de l'apiculteur. Il sentait qu'il avait trouvé sa place, ici, à côté de sa ruche.

Au moment où l'homme redémarrait sa Wartburg, il colla son visage contre la vitre.

— Aimerais-tu être mon père ?

— J'aimerais bien… mais je n'aimerais pas être son mari, ajouta-t-il en jetant un coup d'œil à madame Filipescu, qui s'approchait d'eux en traversant lentement le pré.

*

Avec le temps, madame Filipescu découvrit que la passion de son fils pour l'apiculture ne cessait de grandir, offrant une heureuse réponse à ses soucis financiers. Comme les résultats scolaires de Puiu jetaient une ombre sur la brillante carrière universitaire qu'elle avait espérée pour lui, madame Filipescu encouragea son garçon à fabriquer lui-même du miel et de la cire, pour en faire commerce. Les affaires allaient bon train. Pour son dix-huitième anniversaire, elle fit construire une annexe près de la maison, où il put entreposer toute la machinerie nécessaire à son métier.

De plus en plus créatif et inspiré, Puiu se mit à décorer l'annexe. Des photos agrandies de toutes les espèces d'abeilles décoraient les murs. Il y avait aussi des planches d'anatomie représentant des insectes, de même que des listes terminologiques détaillant leurs maladies ainsi que la variété de leurs parasites. Il les avait accrochées en réutilisant les cadres d'anciennes photos de famille que sa mère avait condamnées à l'oubli.

Pour la partie technique, Puiu s'était associé à un autre adolescent du voisinage, lui aussi happé par une passion, celle du génie mécanique. Lilian Marcu était ravi que quelqu'un prête enfin une oreille attentive à ses projets d'ingénierie. Qui plus est, il trouva en Puiu un vrai camarade, ce qui le changeait de temps en temps des moteurs rouillés du parc à ferraille de l'aviateur.

Au gré des besoins et des indications du fils Filipescu, il se lança dans toutes sortes de projets insolites. Ensemble, ils construisirent une machine centrifugeuse servant à extraire le miel, et une bande roulante qui permettait de remplir rapidement des dizaines de bocaux, en plus d'y apposer les étiquettes dessinées par Puiu. La passion d'enfance du jeune Filipescu se transforma rapidement en une source d'argent.

Attirés par l'aspect original de ses emballages, plusieurs apiculteurs lui demandèrent de l'aide pour présenter leurs produits. Puiu créa alors des illustrations colorées, dont plusieurs se retrouvèrent sur les étiquettes des bocaux qui contenaient du miel ou de la propolis. Grâce aux contacts de sa mère, le garçon obtint également l'autorisation de fabriquer des cierges. Au début, le prêtre de l'église Andronache en fut scandalisé. Nul n'ignorait que la fabrication des cierges était le monopole de l'Église. Il menaça de leur retirer la protection divine et de leur ôter le droit d'entrer dans sa basilique. Cependant, après avoir reçu de sa part quelques boîtes de cierges, le prêtre retrouva son calme et bénit les talents du jeune homme.

Dans l'ensemble du quartier, Puiu devint le roi du miel et de l'élégance. Il prit de l'assurance. Il manifesta beaucoup de goût dans sa façon de s'habiller et soigna méticuleusement sa personne. Il prit des airs de dandy qui lui convenaient parfaitement, ce qui avait également pour avantage d'enchanter son aristocrate de mère. Celle-ci adorait le voir arriver avec des vêtements neufs, taillés par le meilleur couturier de Calea Victoriei. Il achetait fréquemment des chemises de soie, des vestons de lin couleur lavande ou bleu turquoise, des pantalons d'un blanc impeccable, des cravates et des écharpes assorties, des chapeaux d'été souples. Il aurait voulu couvrir sa mère des plus belles étoffes, mais madame Filipescu avait refusé dignement, lui répondant qu'elle préférait revêtir ses robes d'antan, si nombreuses qu'elles occupaient un étage complet de la maison. Une vie entière ne lui aurait pas suffi pour les porter toutes. Elle acceptait toutefois les gants en dentelle que son fils lui offrait chaque année pour son anniversaire. Ces accessoires l'aidaient à oublier l'arthrite qui ravageait ses doigts, jadis si délicats. Difficile de croire qu'ils avaient taquiné pendant des années les touches du piano.

Dans les poches de son veston, Puiu avait toujours deux pots de miel, sans lesquels il ne quittait jamais la propriété de sa mère. Le premier, Puiu l'offrait régulièrement à l'aviateur, avec lequel il continuait ses échanges sur les thèmes les plus divers, comme il avait pris l'habitude de le faire pendant son enfance.

— Saviez-vous que Darwin était intrigué par la forme hexagonale des alvéoles ? Il pensait qu'au début, l'alvéole a une forme circulaire, mais qu'au fur et à mesure que les abeilles la construisent, elle finit par devenir un hexagone.

— Ça me semble sensé d'un point de vue géométrique, répondit Lilian qui venait d'arriver de l'autre côté de la clôture, heureux de se joindre à la conversation.

Le corps frêle de l'aviateur manqua de perdre l'équilibre lorsque Puiu lui remit son pot de miel mensuel. Le capitaine remercia son ami avec élégance pour ce cadeau qu'il allait présenter un peu plus tard à sa femme. Hochant la tête, il répondit :

— Saviez-vous qu'à l'époque de la conquête de Constantinople par les Ottomans, notre chroniqueur et grand voyageur Miron Costin a écrit une belle histoire sur un apiculteur dans sa *Chronique de la Moldavie* ? Le vieil homme s'appelait Iaţcu et vivait dans une clairière. Ce jour-là, des chevaliers moldaves qui patrouillaient dans les environs avaient repéré une colonne de fumée. Iaţcu en avait besoin pour se protéger des travailleuses qui défendaient les ruches. Les chevaliers se sont arrêtés pour le contempler pendant un bon moment. Absorbé par son travail, le vieil homme continuait à vérifier ses ruches comme si de rien n'était. Il leur sembla que c'était la personne la plus courageuse qu'ils avaient jamais rencontrée. Alors que tout le territoire avait été pillé, ravagé par les attaques des peuples migrateurs, il continuait tranquillement à nourrir sa passion au milieu de la clairière. À aucun moment il ne s'était enfui ou caché. Il était toujours là, à veiller sur ses reines. Je ne suis pas apiculteur mais, pour moi, c'est une des plus belles histoires que j'ai jamais lues dans les chroniques anciennes. Son sens est si… si puissant…

Les deux prodiges se turent pendant un moment, tandis que l'aviateur caressait le pot de miel qui alourdissait sa poche. En fin de compte, ce fut Lilian qui brisa le long silence.

— Eh bien, comme je disais, la forme hexagonale s'explique bien si on tient compte de trois éléments : la cire des parois, la température à l'intérieur de la ruche et le poids du miel.

L'aviateur se tourna vers lui :

— Est-ce qu'on pourrait s'asseoir ? Mes jambes ne me portent plus.

Lilian se dépêcha de l'installer sur une chaise à côté de son garage pour pouvoir se lancer de plus belle dans ses explications :

— L'hexagone est le polygone régulier dont le périmètre est le plus petit, vrai ?

L'aviateur cligna des yeux en signe d'approbation. De temps en temps, il remuait la tête en suivant les étapes de la démonstration scientifique.

— Un calcul mathématique des plus simples a déjà démontré que la structure hexagonale régulière restait le meilleur polygone pour couvrir une surface plane. Alors, dans les rayons de la ruche, les abeilles…

Puiu, qui les avait laissés discuter, était presque parvenu au bout de la rue Escalei. Il sentit le soleil lui brûler la nuque et regretta d'avoir oublié son chapeau. Pourtant, il n'avait aucune envie de retourner dans le pré pour voir sa mère rouler les yeux et remarquer une fois de plus à quel point il était désorganisé dans la vie. Il continuerait à marcher jusqu'à la voie ferrée et même plus loin, vers la forêt d'Andronache, en espérant qu'il ne rencontrerait personne sur son chemin.

11

L'officier responsable de l'enquête en eut bientôt assez des informations incomplètes qui lui parvenaient par l'entremise de son stagiaire. Celui-ci était bien intentionné, mais s'avérait hélas totalement inefficace. Il aurait aimé s'en débarrasser, mais un collègue de longue date qui lui devait un service l'avait discrètement averti que le jeune homme était le neveu de quelqu'un de haut placé dans le ministère. C'est pour cela qu'il avait été accueilli aussi chaleureusement au commissariat central, sans passer par les mois, voire les années de stages en province que devaient généralement faire les jeunes en début de carrière, sans espoir de promotion. On lui avait trouvé un poste tranquille, dans un quartier sans histoire pour qu'il puisse rester près de sa famille, si bien que sa mère l'attendait souvent à midi avec un repas chaud.

Pour ne pas avoir à affronter le jeune homme, l'enquêteur rédigea lui-même les observations préliminaires du rapport et retourna seul à Andronache. La rue Escalei était bizarrement déserte, même si on était au milieu de la journée. La seule personne qu'il croisa dans le quartier ce jour-là, c'était une fille avec d'épais sourcils, qui jouait seule dans l'ancien terrain vague.

*

Gabriela avait défait un épi de maïs et l'avait observé sous tous les angles. Elle l'avait arraché pour faire enrager le wattman, qui les comptait chaque jour en vue de sa future récolte. Son air constamment bourru lui tombait sur les nerfs et elle s'était donné comme but de brouiller ses calculs.

Gabriela examina l'épi. Il avait l'air d'une poupée dont les traits auraient été effacés, mais qui aurait conservé ses cheveux blonds soyeux. Elle hésitait à l'habiller d'une guenille ou à le jeter tout simplement au bord du terrain vague. L'officier la surprit en plein dilemme. Il était venu rafraîchir sa mémoire sur les lieux où Spiridon avait été au bord de l'agonie. Se disant que les enfants sont au courant de tout, il sourit à la fillette et se mit à lui parler d'une voix douce. Comme l'enquête était au point mort, il ne pouvait rien négliger. Le moindre indice pouvait le faire sortir de l'impasse.

Gabriela resta de marbre devant son approche bienveillante. À ses yeux, ce n'était qu'un autre adulte qui l'infantilisait. C'était insupportable. Pour le décourager, elle le gratifia de réponses monosyllabiques. Et quand l'officier mit fin à son interrogatoire, elle le suivit partout sur la parcelle, son épi sous le bras.

L'homme examinait attentivement le sol. Il écarta quelques plantes pour retrouver des traces des pas, tourna autour du périmètre à plusieurs reprises, prit des mesures, nota quelques repères. La fille, l'air sérieux, se déplaçait avec lui.

— Tu ne dois pas retourner chez toi faire la sieste ? Ta maman doit s'inquiéter.

Gabriela le regarda sans rien dire pendant quelques secondes. Ensuite, elle s'approcha de l'officier et lui tendit son épi de maïs.

— Ah, tu me donnes ta poupée ? C'est très gentil.

— …

En manque d'inspiration, l'officier se dit qu'il en avait assez fait pour aujourd'hui. Puisque la jeune fille le surveillait encore, il n'osa pas se départir tout de suite de son cadeau. Il trouverait sûrement une poubelle en chemin pour s'en débarrasser avant d'arriver devant ses collègues.

Dans la chaleur étouffante de juillet, la rue Escalei semblait se dilater comme un ruban métallique. Il emprunta un sentier à l'ombre, sous les acacias, pour éviter d'arriver au commissariat couvert de sueur. Gabriela se tenait désormais au milieu de la rue, sur la pierre en forme de cœur. Elle avait dans la main une tige fine au bout de laquelle pendaient quelques fleurs blanches. Des jupes d'hirondelle, remarqua l'officier.

Surpris de la tournure de sa visite, l'homme accéléra la cadence. Décidément, les habitants de cette rue ne se laissaient pas apprivoiser facilement. Arrivé à la hauteur de la propriété de Tica, il avait toujours l'épi de maïs à la main lorsqu'il salua le wattman et sa femme. Leur attitude méfiante l'irrita encore plus.

Tica gémit en regardant son épi s'éloigner.

— Oui, j'ai vu, répondit la femme. Le voilà qui vole notre maïs !

Gabriela sourit en glissant derrière son oreille une jupe d'hirondelle.

12

Dans la semaine qui avait suivi l'attaque contre Spiridon, *ţaţa*[5] Ioana, une Tsigane aux tresses blanches, dont l'allure était aussi frêle que celle d'une pousse de haricot, arrêta Sofia au coin des rues Escalei et Ciucă-Ştefan. La femme du cordonnier lui tendit deux piécettes pour les graines de tournesol qu'elle vendait dans les rues d'Andronache, mais son panier était vide et la vieille semblait se préoccuper assez peu de son commerce ce jour-là.

— *Coana*[6] Sofia…

— *Coana* Ioana… Tu étais où ? Les enfants t'ont cherchée partout. Ils n'arrêtent pas de me demander de leur acheter des « bonbons agricoles ». C'est comme ça qu'ils appellent tes graines de tournesol grillées !

— *Coana* Sofia… J'ai quelque chose à vous demander… un conseil… Votre voisine, la femme

---

5. *Ţaţa* : tante. Terme familier, vieilli, servant à s'adresser à une femme de façon amicale, surtout en milieu rural. Peut être employé comme un synonyme de *coana*.

6. *Coana* : madame. Terme de politesse, vieilli, servant à désigner une femme mariée.

du wattman… Elle est comment ? Ils sont comment, dans cette famille-là ? Si vous êtes des compères, ils ne peuvent pas être mauvais, n'est-ce pas ?

Sofia ressentit le besoin soudain de s'asperger d'eau bénite.

— Mais pourquoi tu me parles d'eux ?

— La belle-mère de votre fils Lilian veut que je mange chez eux chaque vendredi soir, à partir de cette semaine. Elle ne m'a jamais regardée, encore moins donné un peu de monnaie ou un morceau de pain. Pourquoi elle m'a demandé de venir à sa table, *coana* Sofia ? Je ne sais pas… Elle m'a fait peur, je ne sais pas pourquoi.

— Peut-être qu'elle aimerait te donner l'aumône…

— Elle ? Quand je vais mendier à l'église, elle est là elle aussi, sur le parvis, la main tendue ! Et quand je vais au cimetière, elle essaie toujours de mendier devant moi ! Aux enterrements, elle est la première à sauter sur les offrandes. Elle est toujours là où quelqu'un offre quelque chose à manger. Elle est riche pourtant, elle a une grande maison et une famille. Mais elle m'arrache le pain de la bouche ! Moi, j'ai rien… Et maintenant, elle me dit de venir manger chez elle le soir…

Sofia aimait faire bouillir de grosses marmites sur son poêle, au point où elle aurait pu nourrir un régiment. Elle s'était souvent moquée de sa voisine, surtout lorsqu'elle la voyait faire main basse sur les mets que les familles endeuillées offraient aux gens de la communauté après les obsèques. La belle-mère de Lilian avait la fâcheuse habitude d'apparaître chaque fois que quelqu'un mourait à Andronache, ou même ailleurs. Elle assistait régulièrement aux cérémonies funèbres des églises de Colentina, comme si elle savait à l'avance qui allait rendre l'âme.

La femme du wattman attendait patiemment que les familles endeuillées aient terminé d'honorer la mémoire du défunt, avant de se servir dans les paniers pleins de nourriture qui garnissaient l'entrée du cimetière. Puis elle se retirait sans un mot, les mains pleines de fruits, de plats parfumés au laurier, de vaisselle et de serviettes neuves. Son visage rayonnait de la joie et de la plénitude qu'elle éprouvait à ce moment-là. Le fait de recevoir gratuitement autant de merveilles la rendait euphorique. Elle s'épargnait le temps et l'énergie de nourrir son insatiable mari, en plus de recueillir un vrai trésor. Parce que peu d'initiés savaient tout ce qu'elle pouvait faire avec les objets amassés après les funérailles.

Plantée devant Sofia, la Tsigane attendait encore un conseil de sa part.

— Eh bien, que peut-il t'arriver de mal ? Au pire, si tu n'aimes pas sa soupe, tu le sauras pour la prochaine fois. Comme le dit mon mari : de temps en temps, ça ne fait pas de mal de recevoir une bonne baffe, alors un repas gratuit, encore moins… Vas-y et le bon Dieu te protégera.

— Êtes-vous déjà allée chez elle, *coana* Sofia ?

La femme du cordonnier réfléchit un moment.

— Je les connais depuis tellement longtemps, mais c'est vrai que je ne suis jamais entrée chez eux... Dans ma jeunesse, ils avaient souvent l'habitude de se cacher derrière la clôture quand je passais dans la rue.

— Nooon...

— Je me rappelle, une fois... j'étais partie faire communier mes garçons avant Pâques... Je me suis arrêtée pour les saluer. C'est là qu'ils ont ouvert la porte pour la première fois.

— Nooon, c'est pas vrai.

— Ils ont poussé leur fille vers moi. Elle était jeune, jeune. Elle m'a miaulé un: « Bonjour, madame », puis elle m'a dit son nom, Corina. Elle parlait bien. Elle m'a aussi présenté ses parents, mais j'ai oublié aussitôt comment ils s'appelaient.

— C'est pas vrai, *coana* Sofia. Que vous êtes comique!

— Je m'en suis rendu compte quand je l'ai raconté à mon mari. J'ai voulu lui dire que j'avais enfin parlé à... Et voilà, je ne me rappelais pas leurs noms!

Les femmes riaient si fort qu'elles se tenaient le ventre.

— Et il y a pire! Quand j'ai voulu lui dire à quel point notre voisine était laide, au lieu de dire « la femme », je l'ai appelée « la sorcière ».

Leurs rires résonnèrent dans la rue Escalei. Ioana dut s'appuyer contre une clôture pour ne pas perdre l'équilibre.

— *Coana* Sofia, je ne savais pas que vous étiez comme ça! Alors c'est vous qui les avez baptisés. La femme du wattman, tout le quartier l'appelle « la sorcière » à cause de vous.

— Je n'en suis pas fière, mais c'est sorti tout seul… Et quant à lui… Eh bien, j'ai seulement répété ce que j'ai entendu. Leur petite criait « Tica ! Tica ! » au lieu de dire *tătica*, mon papa. C'est comme ça qu'elle l'appelait, alors qu'est-ce que tu veux… il est devenu « Tica ».

— Et maintenant, elle, elle est votre bru !

— Oui, fit Sofia, moins enthousiaste. Ça, c'est une autre histoire… J'ai trouvé sa mère assise dans notre kiosque un beau matin, à l'ombre de la vigne. « Je suis venue pour que tu me donnes un de tes garçons pour ma belle Corina. » « Mais ça va pas ? », que je me suis dit dans ma tête. Sa fille était à peine majeure. Je l'ai envoyée promener. Quel culot tout de même ! Mais tu sais, elle m'a répondu comme une sorcière : « Le garçon, je l'aurai… » C'est vraiment ce qu'elle m'a dit, tu comprends ?

— Noooon… Et vous avez fait quoi ?

— Eh bien… J'ai balayé l'allée, lavé la table et le banc sur lequel elle s'était assise. J'ai aspergé la maison d'eau bénite. Et la cour. Comme ça, le bon Dieu allait voir ce qui se passait. J'ai même allumé une bougie devant l'icône de Jésus, et puis j'ai imploré la protection de la Vierge Marie. Qu'est-ce que je pouvais faire de plus ? Ensuite, je me suis fait aussi un bon café pour laver ma colère et bien commencer la journée.

— Mais vous avez quand même fini par lui donner le garçon…

— Ce n'était pas mon idée. C'est Lilian qui s'est planté un jour devant moi: «Maman, je veux épouser Corina.» Il a dit ça comme ça, d'un coup.

— Nooon...

Sofia soupira.

— Je lui ai dit: «Est-ce que t'es sûr? Tu n'es pas un peu trop jeune pour te marier?» Il a répondu: «J'ai vingt-cinq ans, maman. S'il te plaît, maman...» Tu sais comment il parle. Avec sa voix toute douce... Que voulais-tu que je fasse? Il nous a eus: il a toujours été gentil, alors je n'ai pas eu le cœur de lui dire non. Je l'ai béni, j'ai fait trois fois le signe de la croix sur son front. À mes yeux, c'était encore un enfant. Mon petit souffreteux qui jouait avec une boîte pleine de vis... Est-ce que la vie passe toujours aussi vite, *coana* Ioana? Du jour au lendemain, c'était un homme marié, avec une famille! Mais moi, je n'ai pas pu m'abstenir. Je lui ai posé cent fois la question: «T'es sûr que tu veux te marier avec elle? Sûr, sûr?» C'est comme ça qu'on est arrivés aux noces... C'est comme ça que je suis devenue la belle-mère de Corina! Mes moqueries m'ont bien rattrapée, ça, je peux te le dire! Mais ne t'en fais pas, ce sont de vieilles histoires. Va chercher ton aumône chez eux, si tu en as envie.

Ioana la remercia et retourna chez elle griller quelques kilos de graines de tournesol pour les vendre dans les prochains jours. Derrière elle, la propriété du wattman restait silencieuse, comme toujours, isolée des autres par les terrains vagues.

L'apparence austère de cette demeure n'avait jamais changé, pas plus que la routine de ses propriétaires. Tica quittait la maison très tôt le matin. Les voisins devinaient qu'il avait choisi de vivre à Andronache pour profiter de la proximité d'un des plus grands entrepôts de tramways de la capitale, un immense terminus situé au fond du quartier. Avant de devenir « la sorcière », sa femme était restée pratiquement invisible aux yeux de ses voisins pendant des années. Ensuite, elle commença à raccompagner sa fille à l'école. Sur leur passage, on se moquait silencieusement de son visage de cochonnet grincheux. De temps à autre, la voix de la sorcière résonnait dans tout Andronache, lorsqu'elle donnait des ordres à son mari ou qu'elle grondait la fillette qui jouait seule dans leur cour.

Le père, quasi muet, commença un beau jour à honorer ses voisins d'un bonjour mal prononcé. En les croisant, il leur faisait un signe de la tête, éternellement coiffée d'une casquette bleu marine. Sensible à tout symbole à l'allure vaguement militaire, l'aviateur avait essayé de l'interroger au sujet de ce couvre-chef, que le wattman portait en toutes circonstances. Il ne l'enlevait jamais, que ce soit pour travailler, pour jardiner, lors de ses journées de congé, ou même tout simplement lorsqu'il partait utiliser le cabinet d'aisances au fond de sa propriété. En fin de compte, la curiosité de l'aviateur ne fut jamais satisfaite. Personne ne découvrit s'il existait un lien entre le wattman et la marine. Plus encore : dans le quartier, des rumeurs persistantes affirmaient que le wattman n'avait jamais fait son service militaire, et encore moins la guerre ! Secrètement, les voisins cherchèrent à deviner quel était le défaut physique ou psychologique qui aurait pu exempter le conducteur de tramway de son devoir patriotique.

Sa maisonnée trouva en Lilian un jeune homme pourvoyeur. Un ingénieur fraîchement sorti de l'université et désireux de construire un monde meilleur, que pouvaient-ils demander de mieux ? Tica prit sa retraite et laissa à son gendre le souci de quitter le lit à l'aube au son strident du réveille-matin. Le wattman enleva son uniforme, mais garda sa casquette, comme si elle avait été vissée sur sa tête le jour de sa naissance.

La retraite rendit Tica très actif autour d'Andronache. Il reprit le service de distribution de lait dans le quartier, laissé vacant à la mort du dernier laitier. Du jour au lendemain, il fut le bienvenu dans toutes les maisons et salué chaleureusement par toutes les dames du voisinage. Un sourire se dessina sur son visage habituellement carré et inexpressif.

D'abord très fière du respect de ses concitoyens que son homme s'attirait, la sorcière s'inquiétait de plus en plus des absences prolongées de son mari, surtout en dehors des journées où il distribuait le lait. Elle dut même le battre avec son balai une fois ou deux pour le convaincre de lui révéler où le conduisaient ses flâneries. Mais son mari resta muet malgré la pluie de coups et d'injures qui lui tombaient dessus.

La sorcière arrêta de le harceler lorsqu'il prit soin de lui apporter des cadeaux après chacune de ses escapades. Un jour, il arriva avec un lilas aux racines intactes, plein de grappes fleuries, et le planta à l'entrée de sa cour, du côté de la propriété des Marcu. La sorcière accueillit ce présent avec enthousiasme : c'était sa fleur préférée. Une autre fois, Tica ramena un chariot dont il se servit pour gagner un peu d'argent en livrant des bonbonnes de gaz, une fois sa distribution de lait de la semaine achevée. Le wattman apporta aussi à sa femme un sac de pommes de terre, une hache, un cochon de lait vivant, une chatte qui remplit leur cour de chatons, un banc en bois que la sorcière fixa derrière sa clôture et dont elle se servit par la suite pour espionner les passants, une boîte de clous, dix œufs de pigeon, une brouette, un hochet et une poupée sans tête. Satisfaite, la sorcière avait cessé ses interrogatoires contondants.

Enhardi par son succès, le wattman poussa la générosité jusqu'à débarquer un jour à Andronache avec un panier plein de chiots. Sans poser de questions, chaque enfant de la rue eut le droit d'en choisir un et de le rapporter à la maison. Tica devint leur héros. Tout le monde se mit à le saluer sur son passage, tout le monde l'appelait avec insistance dès qu'il apparaissait pour distribuer le lait. Malheureusement, les chiots ne firent pas long feu dans le quartier. Deux ou trois semaines après leur adoption, ils moururent les uns après les autres d'une maladie mystérieuse, une diarrhée qui les purgeait de leur dernier souffle. Celui d'Andrei, plus costaud, avait survécu, mais il s'évada pour suivre la meute de chiens vagabonds qui vivaient le long de la voie ferrée. Lors de ses promenades vers la forêt d'Andronache, Andrei et ses amis le croisaient de temps en temps, mais le chiot, qui était maintenant devenu un jeune mâle rebelle, ne voulait plus rien savoir d'eux.

*

Mue par son intuition, Sofia avait pris l'habitude de réciter en sourdine un Notre Père chaque fois qu'elle passait devant la propriété du wattman. Les vendredis soir, lorsqu'elle revenait de l'église avec une bouteille d'eau bénite dans son sac à main en cuir laqué, elle pensait toujours à s'arrêter devant sa porte pour y verser quelques gouttes. Depuis le début de l'enquête, une petite voix à l'intérieur de sa tête l'encourageait à passer à l'action, c'est-à-dire à asperger sa clôture sans plus attendre, mais Sofia s'abstenait de le faire, désireuse de « donner une chance à ces bons chrétiens », s'obstinant à croire qu'ils étaient de bonnes personnes.

*

Pendant plusieurs jours, l'officier responsable de l'enquête avait inspecté le terrain où l'attaque avait été commise un centimètre après l'autre. Une fois que toutes les preuves avaient été recueillies, il était revenu sans préavis et s'était promené dans le jardin improvisé du wattman, regardant furtivement dans les cours des voisins, qu'il saluait d'un léger signe de la tête. Certains lui répondaient et le dévisageaient à leur tour, d'autres rentraient chez eux et attendaient son départ pour sortir à nouveau.

Cette fois, il s'était permis d'examiner rapidement les propriétés en s'approchant des clôtures. Le parc à ferraille semblait avoir davantage retenu son attention que les jardins environnants, mais l'officier ne poussa pas ses recherches plus loin. Quand il partit enfin, tous respirèrent à nouveau, soulagés. Quant à l'aviateur, bien calé dans son siège sous la vigne des Marcu, il avait exigé d'Andrei qu'il accélère le rythme de sa lecture. Et qu'il ne s'arrête pas. Et, surtout, qu'il évite de se tourner vers l'enquêteur.

*

Andrei sentait que tout le monde avait l'aviateur à l'œil. Mais il était impensable que le capitaine Stănescu ait pu frapper un voisin.

Le garçon déposa le livre et contempla le vétéran de la tête aux pieds. Il était convaincu que cet homme pouvait lire dans ses pensées. Le capitaine hocha d'ailleurs la tête lentement, comme pour renforcer l'impression de son jeune liseur.

— Lis-moi, s'il te plaît, répéta-t-il.

Andrei plongea lentement dans le texte. Une fois que l'officier eut quitté le terrain vague et que l'aviateur se sentit assez confiant pour retourner chez lui, Andrei se précipita auprès de sa cousine :

— J'ai entendu l'aviateur dire que Spiridon était un « traître » !

— Un traître ? s'étonna Gabriela.

— Oui. Je lui ai demandé pourquoi il avait dit ça.

— Et ?

— Il m'a demandé de lui apporter un verre d'eau.

— Et ?

— Rien. Je suis sûr que le capitaine est fâché contre Spiridon. Mais c'est quelqu'un de gentil et, en plus, il ne peut pas se battre. Ce n'est pas lui le méchant, n'est-ce pas ?

Gabriela avait cousu ensemble quelques pages avec une ficelle pour se faire un carnet et noter les informations importantes de son enquête.

— C'est ça. Justement parce que personne ne le suspecte, il peut faire tout ce qu'il veut.

— T'es folle, s'insurgea Andrei.

Il était prêt à la frapper pour défendre l'aviateur.

— Si tu me tapes, je le dis à mamie.

— Alors moi, je t'aide plus avec la policière.

— On dit « avec l'enquête », analphabète.

Andrei lui arracha le carnet des mains.

— Puisque l'aviateur ne peut pas se battre… alors il a dû demander à un ami de l'aider. Comme un complice.

Andrei leva son carnet dans les airs, se préparant à le jeter dans une grosse flaque :

— Et ce serait qui, ce complice ?

— Ben, papi Constantin, voyons ! répondit Gabriela avec assurance.

— C'est pas vrai, dis pas ça ! Tu dis toujours des choses méchantes sur tout le monde !

— Mais j'ai toujours raison aussi !

— Cette fois-ci, tu te trompes. Conne jalouse !

— Je vais le dire à mamie !

— Tu vas rien dire du tout !

Pendant de longues minutes, les cousins se portèrent des coups au visage, se tirèrent les cheveux en veillant à frapper autant que possible l'autre à des points sensibles, au niveau des tibias. Mircea les regardait gémir et encaisser, son camion rose sous le bras. Andrei s'essouffla le premier. Il remit sa chemise dans ses pantalons et se dirigea vers la forêt. Gabriela était plutôt soulagée d'avoir expulsé une bonne partie de sa colère dans la bagarre. Au fils de Lilian, elle adressa un court : « Qu'est-ce que tu regardes ? Dégage ! », avant de s'asseoir dans le jardin.

En s'appuyant contre le cerisier, elle relut les premières pages de son carnet, révisa ses schémas et eut une révélation : « Ça y est ! Je vais écrire un scénario de film ! Ou mieux : un roman policier. Ou un article sensationnel ! » Les possibilités étaient infinies. Elle songea même à faire part de ses hypothèses à l'officier. Or, dix minutes plus tard, cette idée l'ennuyait déjà. Cet enthousiasme infantile lui parut même de mauvais goût. Elle se donna donc un autre défi : se débarrasser de son carnet d'une façon grandiose. Valait-il mieux le brûler, ou bien le lancer dans la fontaine qui bordait la chaussée ?

13

Andrei s'installa dans la balançoire pour oublier le cafard des derniers jours. Les moustiques pirouettaient autour de ses jambes, le piquant sans merci.

Le garçon attendait impatiemment le retour de sa cousine, qui passait la fin de la semaine chez une tante. Sans leurs bagarres, la vie chez ses grands-parents devenait trop monotone.

Le grand cerisier greffé qui faisait la fierté de son grand-père se dressait devant lui. La saison des cerises était passée. Il ne restait que ses branches soulevées en prière vers le ciel.

*

Il sursauta lorsqu'il entendit grésiller la voix railleuse de Florica, de l'autre côté de la clôture. Quand il leva les yeux dans sa direction, la femme de Spiridon lui offrit un sourire blanc, coincé entre ses deux joues brunes. Elle cueillait des framboises.

Andrei aurait préféré qu'elle n'essaie pas d'engager la conversation avec lui. Cette voisine polissonne l'agaçait en lui disant que son papa était laid et qu'il n'y avait rien à faire pour corriger une telle monstruosité. Andrei savait pourtant qu'en réalité, Florica trouvait qu'il était beau comme un dieu. À Sofia, elle ne cessait de répéter à quel point son aîné Aurelian, l'avocat, était un homme attirant, presque autant qu'un acteur de cinéma. Pour toute réponse, sa grand-mère l'invitait à confesser son péché de convoitise et de désir charnel au prêtre d'Andronache.

*

Florica travaillait quelque part au centre-ville. Ses horaires alternaient entre le jour et la nuit, si bien qu'elle apparaissait et disparaissait continuellement dans le quartier. D'humeur égale, elle ne semblait pas trop exténuée par ses nuits blanches et paraissait contente d'avoir le porte-monnaie bien rempli à la fin du mois.

Depuis qu'elle vivait à Andronache, Florica habitait avec Spiridon Popescu – « le fonctionnaire », comme elle disait avec fierté lorsqu'elle parlait de lui –, mais personne ne savait s'ils étaient mariés ou non. Même si c'était une femme loquace et prête à satisfaire spontanément la curiosité des voisins, ceux-ci ne l'embarrassaient pas avec des questions délicates. Cela dit, si on se fiait à la façon dont son conjoint la traitait, tout le monde avait déjà conclu qu'il devait s'agir d'un vulgaire concubinage.

Spiridon s'était fait bâtir une maison paysanne, au toit noir et aux murs blanchis à la chaux : la maison de ses rêves. Il s'était acheté une télé et un chien et s'était construit son jardin d'Éden bien à lui, où il n'invitait personne et où il tolérait uniquement la présence de Florica. Il se promenait gaiement derrière ses rangées de maïs et de tournesol, sortait au soleil en shorts rouges pour arpenter les allées de son jardin, et surveillait son royaume du haut d'un escabeau, en écoutant tous les dimanches des matchs de football à la radio nationale.

Florica visitait très souvent Sofia et l'appelait « grand-maman », comme si elle faisait partie de la famille. Les enfants couraient se cacher aussitôt qu'elle entrait dans la cour. Si elle les attrapait, elle les serrait contre sa poitrine jusqu'à les faire suffoquer et posait sur leurs joues des bises sonores et mouillées qu'ils trouvaient particulièrement dégoûtantes. Flattée par le remue-ménage que provoquait son apparition, Florica les poursuivait à travers le jardin, laissant éclater son rire rauque de femme qui avait fumé des montagnes de cigarettes. Mais, chez elle, de l'autre côté de la clôture, la voix de Florica se faisait toute discrète. On n'entendait plus que les ordres de son Spiridon. Florica obéissait alors en perdant son sourire.

Son bougon de conjoint avait pris l'habitude d'inspecter la maison en attendant que le repas soit servi. Sa mine sérieuse, sa moustache fine qui suivait le contour de ses lèvres, ses chemises impeccables et son expression mystérieuse donnaient au fonctionnaire l'apparence d'un danseur de tango. Il n'apparaissait jamais en public sans s'être rasé de près et sans avoir lissé ses cheveux, qui étaient aussi noirs que les plumes des hirondelles. Sofia savait que sa crinière, en réalité, avait déjà blanchi. De son poulailler, elle l'avait aperçu imprégnant ses mèches avec une crème spéciale et parfois même avec du cirage à chaussures.

— Je comprends maintenant pourquoi ton mari ne t'aide jamais et se pavane partout comme un prince ! Il doit rester calme et éviter l'effort, le pauvre. Sinon, la transpiration risque de faire fondre la crasse noire qu'il se met sur la tête.

Sofia taquinait souvent Florica de cette façon autour d'un café.

— Plus doucement, grand-maman, il pourrait vous entendre.

— Et tu penses que ça change quelque chose pour moi ? Tu crois que je ne vois pas ce qui se passe, moi ? Pourquoi tu le défends toujours ? Il se prend pour un autre…

Sofia avait observé que Spiridon ne défronçait les sourcils et n'ouvrait les bras que devant son chien, Lăbuş. Baptisé du nom du personnage canin d'une série à la mode, celui-ci l'accueillait bruyamment. Il sautait sur son maître et le léchait en émettant des vocalises étranges à travers lesquelles il exprimait son bonheur. En quelques secondes, la chemise parfaitement amidonnée de Spiridon devenait une guenille gorgée de toute la bave de Lăbuş, de toute la boue qu'il avait ramassée sur ses pattes en se promenant à travers le jardin. La première vague de câlins échangée, Spiridon enlevait sa chemise et la jetait avec dédain dans le panier à linge sale. Il s'aspergeait le visage et les aisselles d'eau froide. Il nourrissait le chien, le regardait sauter goulûment sur sa gamelle bien remplie. Ensuite, en marcel, avec la même paire de pantalons qu'il avait portée au bureau, le fonctionnaire arrosait son potager pendant environ une heure. Entre-temps, Florica finissait le souper. Lorsque tout était prêt, elle l'appelait d'une voix douce pour venir manger.

Pendant que la femme faisait la vaisselle, Spiridon, bien repu, caressait son chien en fumant quelques cigarettes Carpaţi sans filtre. De temps en temps, il saluait Constantin. Selon lui, le cordonnier était le seul homme bien de toute la rue Escalei. Les autres, ou bien ils l'emmerdaient royalement avec leurs airs de gens éduqués, comme les Stănescu et les Filipescu, ou bien ils le dégoûtaient avec leur vulgarité, comme le compère Tica.

Les cigarettes terminées et le vieux Marcu salué, Spiridon Popescu considérait que son devoir citoyen était accompli pour la journée. Il allait donc se coucher après avoir peigné et nettoyé avec soin ses cheveux. Devant l'entrée, le chien veillait affectueusement sur les rêves de son maître.

*

Le jour où le fonctionnaire avait été découvert inconscient dans le champ de maïs, personne ne fut surpris de voir le corps ensanglanté de Lăbuş gisant près de lui. Les voisins avaient conclu en un coup d'œil qu'au moment de l'attaque, Lăbuş avait sûrement essayé de défendre Spiridon. Or, d'après la police, le chien était déjà mort depuis un ou deux jours au moment où Spiridon avait été agressé. Cela pouvait signifier plusieurs choses, mais l'hypothèse la plus plausible était sans doute celle-ci : en essayant de venger la mort de son compagnon poilu, le maître s'était peut-être exposé à la violence de l'agresseur de Lăbuş. C'était à cause de ce détail que l'enquêteur piétinait dans ses recherches depuis le début.

14

Puisque sa langue la démangeait au point où elle n'arrivait plus à contenir son désir de tout raconter à quelqu'un, Sofia aborda son mari sans détour:

— Tu te rappelles, Costică, comment Spiridon criait souvent après les caissières de chez Cucu avant d'atterrir à l'hôpital?

— Tu n'as rien de mieux à faire aujourd'hui?

— Ça vient de me revenir, comme ça...

— Laisse-le tranquille, ça ne nous regarde pas.

— Très bien, très bien. Mais... il s'en prenait à tout le monde, Spiridon. Il a continué à faire ça jusqu'à ce que quelqu'un lui casse la figure. Pourquoi la police n'interroge pas les commerçants?

— Est-ce que tu veux aller à la police? Dire aux agents que ce sont les caissières qui ont mis un travailleur honnête dans le coma? Tu n'aurais pas l'air d'une femme sérieuse.

— Ben, il n'y a pas que les caissières... La gestionnaire du comptoir de pain aussi s'est disputée avec lui, et il y a le laitier, la fleuriste à côté du cimetière, le barbu qui tient l'atelier mécanique, le coiffeur... il a même menacé *coana* Ioana d'appeler la police si elle continuait à vendre ses graines de tournesol dans la rue.

— T'es mieux informée que les enquêteurs, toi... Vas-y, si tu y tiens, allez, mets de l'huile sur le feu. Parler avec la police, comme si c'était ça dont on avait besoin...

— Parmi les commerçants, il n'y a personne qui apprécie Spiridon. Florica n'a jamais le courage de dire aux vendeurs qu'elle est sa conjointe. Tu sais qu'il est un peu maniaque. Il met son nez partout, n'achète rien. Il se contente de poser des questions, quand il ne menace pas les gens de déposer des plaintes contre eux...

— C'est son travail, c'est parce qu'il est fonctionnaire qu'il tient les petits magasins à l'œil. C'est un homme sérieux. Tu ne l'aimes pas parce que ce n'est pas un charmeur, comme Stănescu. Non, Spiridon ne parle pas à tout le monde. Et alors? Lâche-le un peu et aide-moi à vider les griottes de la dame-jeanne de *vişinată*. Vas-y, penche-la!

Sofia n'arrivait tout simplement pas à se sortir son voisin de la tête. Quelque chose dans son comportement avait attiré la colère de l'agresseur, mais elle n'arrivait pas à décider qui, à Andronache, aurait pu aller si loin sans craindre les conséquences.

Chaque jour, Spiridon partait travailler avant l'aube et revenait à six heures du soir. Il était plus ponctuel et fiable que le train qui passait à peu près en même temps à proximité du quartier, mais personne ne savait ce qu'il faisait au juste. Dans sa main droite, il transportait toujours une serviette en cuir brun et, dans la gauche, partout où il allait, on le voyait toujours avec deux pains frais, qui se balançaient contre sa jambe dans un sac en coton. Alors que Spiridon gisait sur son lit d'hôpital, Florica, seule chez elle, s'était intéressée à cette fameuse serviette. Elle l'avait retrouvée derrière la porte, là où le fonctionnaire l'avait lancée la dernière fois qu'il était revenu du travail. C'était l'odeur de nourriture avariée qui avait attiré son attention sur cet objet qui ne payait pas de mine.

Il s'avérait que le porte-documents de Spiridon était, en fait, un accessoire très cher. Le fonctionnaire se l'était procuré le lendemain de sa promotion comme chef de bureau, pour se donner l'air d'être toujours absorbé par des affaires importantes. Elle contenait invariablement un mouchoir, un sandwich au salami (celui que découvrit Florica était recouvert d'une moisissure verte) et quelques billets de vingt-cinq lei, que Spiridon avait reçus ce jour-là. Il s'agissait d'une délicate attention de la part des citoyens qui avaient apprécié sa flexibilité dans différents dossiers et sa capacité à fermer les yeux lorsqu'il détectait certaines irrégularités.

La femme compta l'argent et le déposa dans son portefeuille. Elle se dit que certaines personnes devaient être particulièrement satisfaites d'apprendre que son mari souffrait à son tour, et cela l'attristait. Elle se promit d'utiliser l'argent avec soin et pour une bonne cause.

LES SUSPECTS

1

L'officier responsable de l'enquête questionna patiemment tous les voisins de Spiridon Popescu qui s'étaient trouvés sur la scène de l'agression. Il les fit répéter leur déposition, feignant de prendre minutieusement des notes tout au long de l'interrogatoire. Les citoyens interrogés avaient admis tous les cinq avoir été sur les lieux au moment où le fonctionnaire avait été retrouvé. Mais la confusion régnait dans leurs histoires quant à l'ordre dans lequel ils étaient arrivés autour de Spiridon. Un détail revenait cependant : les suspects affirmaient tous avoir été alertés par les cris des enfants.

*

Chaque fois qu'il se présentait à un interrogatoire, l'aviateur Stănescu portait le même veston noir. C'était aussi celui qu'il avait revêtu le jour de l'incident. Avant cette rencontre, il y avait ajouté une touche de couleur : une petite fleur rouge dans la poche de poitrine, côté cœur. Il espérait que cette mise en scène l'aiderait à se remémorer plus en détail le malheureux événement.

Comme à son habitude, ses cheveux étaient lissés à la brillantine, et sa main saine reposait sur une boîte de chocolats dont le couvercle était décoré de roses. À l'intérieur, le capitaine gardait les médailles de bravoure qu'il avait obtenues lors de la dernière conflagration mondiale.

— En réalité, j'en ai reçu davantage, des médailles... avait-il confié à l'enquêteur au début de la rencontre. Mais les Soviétiques me les ont confisquées.

— Je comprends, camarade Stănescu. Mais ce n'est pas le moment d'en discuter. Les Soviétiques sont nos camarades maintenant, n'est-ce pas ?

L'officier était déconcerté. Plusieurs de ses suspects étaient des vieillards, très confus sur la chronologie des événements entourant l'agression perpétrée contre leur voisin il y avait quelques semaines. Toutefois, ils devenaient particulièrement loquaces et précis sur tout détail concernant leur participation sur le front il y avait plusieurs décennies.

L'aviateur fit un signe de la tête pour rassurer l'officier. Il faisait de son mieux pour se concentrer sur ses questions, mais ses pensées s'éparpillaient malgré tout. Il se mit à songer, apparemment sans raison, au café de Sofia et à la Skoda de Lilian. Sa jambe pleine de tiges métalliques commençait à lui faire mal. Son œil de verre vibrait de plus en plus fort et les images s'y succédaient à une vitesse folle. L'aviateur ne voyait plus le bureau aux couleurs mornes ni l'officier qui semblait s'adresser à lui d'une voix de plus en plus inquiète. Cela lui arrivait quelques fois par année : l'aviateur se mettait parfois à bouger d'une façon inexplicable, tandis que son œil sain se retournait dans son orbite, comme s'il voulait repêcher des images profondément enfouies dans son cerveau décrépit.

Le vétéran ferma les yeux.

— Vous allez bien ?

— Oui, oui, répondit l'aviateur, mais ses oreilles ne captaient presque plus rien des questions qui lui étaient posées.

Il entendait le bruit assourdissant d'un moteur tournant à plein régime avant le décollage.

Les mains du capitaine étaient à nouveau jeunes et pleines de force. Stănescu tira le manche. Pendant quelques instants, l'accélération le cloua à son siège. Puis, à mesure que la toile du ciel bleu défilait devant l'hélice de son appareil, il exhala un soupir et se détendit.

Plus bas, à sa droite, il vit un avion blanc, dont la queue était ornée d'une croix rouge. C'était un appareil de l'Escadrille blanche. Stănescu pouvait entendre vrombir l'oiseau blanc, quelques centaines de mètres plus bas. Était-ce Smaranda ? Ou Mariana ? Ou Stela ? Le ciel était magnifique. Leur avion, cependant, devait être rempli de blessés gémissants, à l'agonie.

— Camarade Stănescu ? Camarade Stănescu !

L'aviateur sursauta sur sa chaise. L'enquêteur qui l'interrogeait était maintenant accompagné d'un jeune en uniforme, aux cheveux très courts, qui lui tendait un verre d'eau. Le capitaine aurait aimé leur parler, mais il sentait que sa voix était coincée dans sa gorge. Sur ses prunelles se superposaient encore des éclats de ciel bleu, et sur les murs grisâtres du commissariat, il voyait se dessiner plusieurs ailes d'avion.

— Je voudrais rentrer à la maison.

— Une dernière question, une toute dernière : qui est arrivé le premier à côté de Spiridon ? Dites-moi. Camarade Stănescu ?

— J'ai été capitaine.

— La guerre est finie depuis longtemps, camarade. J'ai besoin que quelqu'un me dise la vérité. Vous ne voudriez pas aller en prison, ou faire emprisonner des voisins innocents.

— Je dois partir.

— Qui était avec Spiridon ?

De plus en plus étourdi, l'aviateur eut l'impression d'entendre Andrei crier. « Un chien mort, un chien mort ! »

L'aviateur reprit une gorgée d'eau. Il essaya de se remémorer cet après-midi dans le champ de maïs, puisque celui-ci semblait être devenu si important.

— Il y avait des tiges de maïs qui me faisaient trébucher. Quand je suis arrivé sur place, Constantin était agenouillé. Et le chien couvert de mouches. L'odeur… insoutenable… Mon ami Constantin a eu un haut-le-cœur, ou presque… à cause de ça…

— Un autre verre d'eau, camarade ?

— Oui, s'il vous plaît.

Il y eut un silence. Puis l'aviateur reprit :

— Vous savez, j'ai tenté de m'approcher de Constantin, pour le consoler. C'est à ce moment que j'ai compris que nous n'étions pas seuls. Spiridon Popescu était là lui aussi, à quelques pas de nous.

— Donc, Constantin est arrivé le premier.

— Ce doit être ça. Mais non… il y avait aussi Puiu Filipescu qui nous regardait. Nous étions tous paralysés… et en état de choc. Il y a eu un moment très étrange, de panique.

— C'est normal, camarade. Et ensuite ?

— Puiu a dit qu'il était étonné de voir Popescu à terre. Il lui avait parlé quelques jours auparavant et il était sain et sauf.

— Donc, au moment où vous avez rejoint le blessé, les camarades Marcu et Filipescu étaient déjà là.

— Non, non, l'ancien wattman est arrivé avant Puiu, plutôt après, je ne sais plus. Il nous a menacés avec sa bêche. Il n'est pas méchant, mais il a un peu moins d'éducation, si vous me comprenez… Il n'arrêtait pas de répéter : « C'est mon terrain ! C'est mon terrain à moi ! C'est mon maïs ! C'est à moi ! » Je lui ai dit : « On sait, monsieur, on sait… » Mais je ne me rappelais même plus son nom. Il peut être lourd parfois. Il est en tout cas bien étrange… Le plus incroyable dans tout ça, c'est que c'était la première fois que je l'entendais dire plus que deux ou trois mots. Jamais je ne l'avais vu agir de façon aussi impulsive auparavant.

*

Sur le chemin du retour, dans la voiture de Lilian qui le berçait tout le long des chaussées de la capitale, l'aviateur s'endormit. Jusque dans ses rêves, les tiges de maïs continuaient à l'emprisonner comme les barreaux d'une cage. Il tentait de s'en défaire, les repoussant avec ses bras redevenus puissants. Accablé par l'effort, l'aviateur ne contrôlait plus son agitation. Il craignait de s'écrouler sur son voisin blessé.

Une version diminuée de Puiu, presque un spectre, avait surgi à sa droite. Ce dernier lui posait sans relâche les mêmes questions: « Comment avez-vous fait pour marcher aussi loin ? Lilian vous a-t-il accompagné jusqu'ici ? » L'insistance du fils de madame Filipescu irritait le capitaine. « C'est l'amitié qui m'a donné des ailes ! Je suis venu secourir mon ami ! » répétait-il constamment en pointant Constantin, qui pleurait devant eux.

*

L'Hirondelle s'arrêta sur la rue Escalei, devant la porte des Stănescu. L'aviateur réapprivoisa lentement la réalité et descendit de la voiture avec l'aide de Lilian. Les morceaux de métal cachés dans sa chair le tourmentaient moins que d'habitude et son corps avait récupéré une allure presque normale. Dès le lendemain, la sorcière dirait à qui voudrait l'entendre qu'avec le temps, l'aviateur allait de mieux en mieux, et même qu'il semblait rajeunir sous leurs yeux.

Après le départ de Lilian, l'aviateur se souvint comment il avait perdu l'œillet qui était épinglé à son col le jour de l'incident. Il aurait dû mentionner ce détail lors de l'interrogatoire, mais sa mémoire trouée n'avait pas jugé bon de raviver ces images au moment opportun. En se penchant pour consoler Constantin, l'œillet que sa femme avait accroché à son veston était tombé à terre. L'aviateur l'avait aperçu près d'un plant de maïs, à côté du manche d'un outil à demi recouvert par la végétation.

Les enquêteurs avaient retrouvé la fleur égarée dans le champ et avaient enregistré cet indice comme un signe que le capitaine Stănescu était présent sur les lieux de l'agression. Dans le feu de l'action, rien d'autre ne fut noté dans le procès-verbal du jour où la police et les ambulanciers étaient arrivés sur le terrain vague d'Andronache. Les agents n'avaient pas retrouvé ce bout de bois, que l'aviateur jurait pourtant avoir aperçu sur la scène du crime.

2

Puiu fut le deuxième habitant de la rue Escalei à être convoqué au commissariat. L'officier prit le temps de dévisager l'homme en face de lui, dont l'élégance déplacée le déstabilisait. L'apiculteur portait une chemise rouge sous un léger veston blanc, une écharpe panachée autour du cou, des chaussures bicolores. Toutes ces teintes paraissaient encore plus vives dans le bureau terne.

Le suspect passait sa main dans ses cheveux pour vérifier s'il était toujours bien coiffé. Il gardait sur ses genoux un exemplaire de *Scânteia*, le journal du Parti communiste roumain. Puiu avait déjà mentionné à trois reprises qu'il le lisait au complet tous les matins. L'officier se demandait à quoi pouvaient bien servir ces fanfaronnades. Il se mit à feuilleter le dossier du citoyen et sortit le questionnaire qu'il avait préparé pour lui.

— Nom et prénom ?

— Daniel Filipescu.

Le bruit de mitraillette d'une machine à écrire retentit derrière Puiu. Dans un coin, installée à une table minuscule, une femme énorme, pourvue de mains délicates, allait transcrire tout l'interrogatoire. Puiu ne l'avait pas vue en entrant. Après quelques secondes, la bonne éducation inculquée à coups de bâton par sa mère eut raison de sa timidité :

— Bonjour, madame... ah, bonjour, camarade.

— Pourquoi avez-vous signé votre première déclaration « Puiu Filipescu » ? l'interpella l'officier.

— Oh pardon, tout le monde m'appelle comme ça... J'étais un peu confus lorsque je l'ai écrite, ma déclaration. Vous comprendrez que nous sommes encore tous sous le choc, à cause de l'événement...

— Barrez ceci et veuillez signer correctement, cette fois.

— Oui, oui, bien sûr, camarade.

— Vérifiez si les autres informations personnelles sont exactes.

Puiu se mit à trembler comme chaque fois qu'il se laissait submerger par une émotion. Le bureau gris, la femme qui absorbait chacun de ses mots et les reproduisait à travers ses doigts sur les touches de sa machine à écrire, la porte massive qui l'empêchait de sortir, la figure blanche et inexpressive de l'enquêteur, tout ça faisait apparaître des larmes d'angoisse dans les yeux de Puiu. Il transpirait.

L'irritation de l'officier était maintenant visible. Puiu fixait son uniforme de police, dont la couleur bleu marine semblait désormais tendre vers le jaune citron. La chaise grinça sous son poids. Le jeune homme s'aperçut qu'il se tortillait sur son siège. Pour se calmer, il ferma les yeux et effleura du bout des doigts les bords froids de la table.

— Au moment où la victime a été retrouvée, vous avez déclaré que vous étiez en train de retourner à la maison. Vous avez entendu des cris venant du terrain vague, vis-à-vis de votre cour.

— En fait, ce n'est pas ma cour, c'est celle de maman.

— Mais vous habitez bien à cette adresse ?

— Oui.

— Vous reveniez d'où, comme ça ?

— D'une visite.

— Vous avez visité qui ?

— Je ne peux pas vous le dire.

— Pardon ?

— J'ai rendu visite à un ami.

— Son nom.

— En fait, il s'agissait d'une amie.

— Son nom.

— Une très bonne amie. Nous ne faisions rien de particulier, nous avons seulement joué du piano. Je lui donne des leçons de piano.

— Votre revenu est déclaré ?

— Ce ne sont pas vraiment des leçons, on jouait juste pour le plaisir.

— On verra ça plus tard. Quel est le nom de votre amie ? Est-ce qu'elle peut nous confirmer combien de temps vous avez passé ensemble ?

Puiu se demanda si l'enquêteur avait l'intention de pousser ses recherches plus loin, en l'interrogeant sur la fortune de son grand-père, la nationalisation de ses entreprises et les revenus de sa mère. Le jeune apiculteur se sentit aussi coincé que le jour où la maîtresse d'école lui avait demandé de réciter les tables de multiplication devant toute la classe, en deuxième année. En une fraction de seconde, il constata avec surprise que le temps n'avait rien changé. Malgré toutes les années qui avaient passé, la peur d'être pris en faute eut le même effet sur Puiu.

Il s'évanouit.

*

— Qu'est-ce qui s'est passé avec toi ? Pourquoi t'es mouillé ? T'es malade ? Tu as bu ?

— C'est rien, c'est juste de l'eau, répondit Puiu en arrachant son écharpe.

— La police t'a convoqué, pas vrai ?

— Oui. Ça s'est mal passé... J'ai perdu connaissance...

— Ils t'ont battu ?

— Non, ils ont seulement voulu me réveiller. Ils m'ont convoqué là-bas pour me poser des questions.

— Qui ça, ils ?

— Celui qui vient souvent regarder dans le champ et qui se promène sur la rue Escalei. Je ne sais pas ce qui est arrivé... en paniquant, j'ai menti, ce qui fait que je me suis mis à paniquer encore plus, et à un moment donné, je me suis réveillé dans une flaque d'eau.

— Comment ça, t'as menti ? Pourquoi ? T'as rien fait…

— Oui, je sais bien, mais… Je ne voulais pas leur dire que je revenais de chez *coana* Ioana… Maman ne veut pas que j'aille chez elle. Elle dit que c'est sale… Alors je leur ai raconté que j'allais voir une amie, pour lui donner des leçons de piano.

Lilian n'arrêtait pas de pouffer.

— Ça, c'est la meilleure ! *Coana* Ioana qui prend des leçons de piano !

Les deux hommes éclatèrent alors d'un rire franc.

— Je dois aller me changer vite avant que maman me voie…

Puiu disparut dans le pré.

3

Andrei sortit de la cour de ses grands-parents un ballon sous le bras, en espérant croiser quelques amateurs de foot. En chemin, il rencontra seulement des tourterelles tristes, dont le roucoulement perturbait à peine la paix de la rue Escalei. Andrei avança au milieu du chemin pour sauter sur la grande pierre en forme de cœur. Sa roche préférée.

Au même moment, *nea* Tica, endimanché, parvint devant son jardin. Il semblait fuir d'un pas lourd la voix aiguë de la sorcière. Andrei n'entendit pas distinctement les conseils insistants de la femme, puisque ceux-ci furent engloutis par le vacarme d'une querelle de moineaux. Abandonnant à regret sa pierre en forme de cœur, le garçon courut annoncer à Sofia que le voisin était parti à son tour rencontrer l'officier.

Sa grand-mère lui fit signe de se taire. Dans son atelier, Constantin administrait des coups de marteau acharnés à une paire de chaussures. Sofia conclut qu'il n'avait sans doute pas entendu la conversation. Elle sortit un billet de cinq lei de sa poche et envoya Andrei acheter du pain et des brioches pour accompagner son thé.

*

Alors que la plupart des voisins évitaient soigneusement de parler de l'enquête et ne se permettaient de partager des commentaires et des hypothèses sur le sujet qu'en chuchotant, la sorcière n'hésitait pas à mener en parallèle sa propre croisade :

— Qui est le con qui est encore entré dans mon potager ? Ne me dites pas que vous cherchez Spiridon Popescu parmi mes légumes ?

Depuis l'incident, des dizaines d'inconnus traversaient tous les jours le lopin de terre travaillé illégalement par son mari. Ces gens-là l'enrageaient. Qu'est-ce qu'ils avaient tous à vouloir voir par eux-mêmes la scène du crime, simplement pour pouvoir dire qu'ils avaient assisté à l'événement le plus mémorable de l'année ?

Gabriela, dans son coin, écoutait la voisine étaler sa colère. La jeune fille comprenait bien la source de sa frustration. Elle-même avait déjà été aux prises avec un sentiment similaire le jour où le wattman, secondé par nul autre que la sorcière, avait arraché ses chères jupes d'hirondelle, qui parsemaient le terrain vague, pour semer leur maïs, leur ail et leurs oignons.

Quand le wattman avait détruit toutes ces plantes qu'elle affectionnait tellement, Gabriela s'était promis d'écraser ses légumes aussitôt qu'ils sortiraient de terre. Jusqu'à présent, elle n'avait pas mis sa menace à exécution, mais maintenant que la police et des curieux ne cessaient d'arpenter les lieux, la jeune fille se sentait encouragée à saboter la production agricole du compère Tica.

*

Perdu dans les dédales du centre-ville, Tica parvint au commissariat davantage par hasard que grâce à un quelconque sens de l'orientation. C'est pour cela qu'il affichait un grand sourire : il était amusé d'avoir réussi, sans avoir fait le moindre effort. À son arrivée, l'officier et son stagiaire lui jetèrent un regard solennel. Ils ne pouvaient pas s'empêcher d'admirer son immense stature, la force brute qui se dégageait de ce colosse qui rigolait bêtement comme un bébé après son bain. Le géant fouilla dans la sacoche qu'il avait déposée à ses pieds et, quelques secondes plus tard, l'arôme familier du pain fraîchement sorti du four embauma tout le bureau.

Tica mordit dans la baguette sans façon.

L'officier fit signe à son stagiaire qu'ils pouvaient commencer. Il estimait que le jeune homme avait assisté à suffisamment d'interrogatoires pour savoir de quelle façon il fallait procéder. Il était temps pour lui de montrer ce qu'il avait appris. Repliée sur sa machine à écrire dans son petit coin sombre, la secrétaire attendait leur signal. Ses doigts étaient déjà posés sur les touches.

Tica mastiquait bruyamment son pain. Dans sa poche s'entrechoquaient deux stylos à bille et une statuette qu'il avait trouvée dans un magasin du centre-ville. Songeant que ces objets plairaient sans doute à Mircea, Tica s'en était emparé, puis il avait quitté le magasin sans payer. Personne ne l'avait arrêté.

Cela l'avait diverti outre mesure. Dans la rue, les passants avaient tressailli devant ses éclats de rire. Plusieurs prirent soin de le contourner, de peur que son explosion de joie ne cède brusquement la place à un accès de violence. Seul au milieu du trottoir, son larcin à la main, il continua un bon moment à rire à gorge déployée. Depuis qu'il avait pris sa retraite, Tica s'émerveillait de constater à quel point il était facile de s'approprier toutes sortes d'objets sans que personne ne s'en aperçoive ou n'émette la moindre protestation. Sa cour arrière regorgeait de tels trophées. Chaque nouvelle acquisition le faisait se sentir comme un dragon, sorti tout droit d'une histoire de son enfance. Il devenait une bête invincible, qui veillait sur son trésor.

Dans le commissariat, l'officier, le stagiaire et la secrétaire tressaillirent à leur tour en entendant le rire sonore du wattman, qui leur montrait maintenant les deux stylos volés. Ignorant les gestes fébriles du suspect et la nervosité contenue de l'officier, le stagiaire attendit que l'homme se calmât pour lui adresser la parole.

— Nous vous avons convoqué aujourd'hui pour reparler de l'agression commise contre votre voisin, le camarade Spiridon Popescu. J'aimerais que vous précisiez à nouveau quel est votre nom, votre âge, votre profession, l'adresse de votre domicile, et... ensuite, que vous nous racontiez en détail le déroulement de cette journée.

Le stagiaire fit une pause pour donner du poids à son intervention. Tica mordit à nouveau dans son pain et mâchouilla longuement, la bouche ouverte et les traits inexpressifs.

*

L'interrogatoire de Tica s'avéra le plus long et le plus pénible de toute l'enquête. Le suspect répondait la plupart du temps par des grognements ou des hochements de tête. Tous ses gestes étaient lents, imprécis. Peu de temps après son arrivée, un brouillard engloutit le cerveau des policiers et de la secrétaire, les rendant léthargiques.

L'officier sentit qu'il perdait contact avec la réalité. Il avait l'impression que son corps était en train de flotter, porté par une fumée blanche inodore. Il percevait des sons et des images qui n'avaient aucun lien avec les questions que le stagiaire posait au wattman. Il en vint à se demander si l'homme finirait sa deuxième baguette avant de quitter l'édifice… À un moment donné, le suspect se leva et demanda la permission de rentrer chez lui. À sa grande surprise, l'officier entendit sa propre voix, comme portée par un écho, acquiescer à la demande du compère et l'inviter à passer une belle journée.

L'enquêteur avait conclu que le stagiaire, la secrétaire et lui-même avaient été plongés dans une sorte de transe qui avait perduré plus d'une heure après le départ du géant. Une fois revenu de son état quasi cataleptique, le policier avait bondi de sa chaise et couru lire le procès-verbal. Sa mémoire était vide, mais la transcription dactylographiée de l'interrogatoire était étonnamment riche en informations.

Le plus étrange, c'est qu'il ne se souvenait pas d'avoir entendu une seule phrase compréhensible sortir de la bouche remplie de pain du suspect. L'odeur apaisante de mie restait toutefois une preuve invisible que le wattman était bel et bien passé dans le bureau de l'enquêteur.

Une fois tout le matériel classé, l'officier congédia son subordonné et la secrétaire, attendit que le jeune homme fermât la porte derrière lui, relâcha sa cravate, déboutonna le haut de sa chemise et prit sa tête entre ses mains.

*

Les feuilles dactylographiées l'attendaient sur la pile de documents qui concernaient le cas de plus en plus nébuleux de Spiridon Popescu. Chaque fois que ses recherches semblaient l'entraîner dans une direction, son intuition le tirait dans le sens contraire.

Même s'il s'était promis de laisser la poussière retomber jusqu'à lundi, l'officier se releva, reprit le dossier maudit de la rue Escalei, et recommença à parcourir les dépositions page après page.

Âge : 65 ans
Profession : retraité
Adresse : le suspect habite dans la rue Escalei, à Bucarest

— Selon vous, quelle a été la première personne arrivée sur les lieux ?

— Lilian Marcu.

— Qui vous a alerté de la présence de votre voisin blessé ?

— Lilian Marcu.

— Comment se présentait la victime au moment où vous l'avez aperçue pour la première fois ?

— Spiridon Popescu était couché à plat ventre. Je l'ai trouvé allongé, la tête vers l'ouest. Ses cheveux étaient imbibés de sang. Il était blessé à plusieurs endroits. Plus précisément, j'ai remarqué qu'il présentait des ecchymoses sur les bras, et des traces d'urticaire sur les mains. Il lui manquait sa chaussure gauche. Sa main droite était dirigée vers le cadavre de son chien Lăbuş, qui avait été molesté. Lilian Marcu était agenouillé devant Spiridon Popescu. Il a pris son pouls et, parce que ses doigts ont été maculés de sang pendant cette opération, il a dû les essuyer par terre avant d'appeler la police. Il est revenu quelques minutes plus tard, puis est resté derrière moi. Ensuite, Lilian Marcu…

La déposition continuait ainsi sur vingt pages. Tout semblait impeccablement expliqué, à l'exception d'un détail que l'officier interpréta comme une faute ou une blague pas trop réussie. À deux reprises, à côté du nom de l'aviateur, il trouva un surnom : « le vampire ».

Devant cette déclaration qu'il ne se rappelait toujours pas avoir entendue, l'officier s'était arraché les cheveux :

— Non, ce n'est pas possible qu'un tel idiot puisse parler de cette façon ! Ce n'est qu'un imbécile complètement illettré !

Pourtant, la déposition était là, devant lui, noir sur blanc, enregistrée par une employée loyale et compétente, avec laquelle il travaillait depuis une décennie.

Essayant désespérément de comprendre ce qui s'était passé dans son bureau cet après-midi-là, l'officier tomba dans ce qui lui parut être un trou noir et s'endormit la tête sur son bureau. Sa joue s'écrasa sur le dernier *verbatim*, celui dans lequel sa secrétaire avait retranscrit si étrangement les paroles du wattman.

Il demeura prisonnier jusqu'à l'aube d'un sommeil sans rêves.

4

Lilian fut surpris de recevoir la convocation de l'officier plusieurs semaines après l'incident. Avait-il été oublié lors des interrogatoires précédents ? Et pourquoi l'appelait-on maintenant, précisément au moment où il avait démonté l'Hirondelle morceau par morceau et venait d'avoir une révélation sur le mode de fonctionnement des Skoda ? Il ne pouvait pas abandonner ce chantier comme ça et aller en ville… La situation le mit au comble de la nervosité.

Lilian entra dans la maison pour demander conseil à sa femme, mais sa belle-mère lui coupa la voie et l'invita plutôt à ramasser la ferraille éparpillée dans la cour. Elle ne voulait pas avoir à emprunter le sentier qui entourait le terrain vague pour la contourner.

Alerté par les cris de la sorcière, l'aviateur s'était traîné jusqu'au seuil de sa propriété. Il proposa à Lilian de mettre temporairement les pièces de la voiture dans son jardin, afin qu'il puisse aller rencontrer l'officier sans plus tarder.

— En soignant ton apparence, évidemment, avait-il ajouté affectueusement.

En disant cela, le capitaine laissa s'attarder son regard sur les pantalons tachés d'huile à moteur et sur les cheveux en friche de son protégé.

*

Malgré tous ses efforts, l'ingénieur arriva en retard. Pendant qu'il se justifiait devant l'officier et le stagiaire, il grattait alternativement son derrière et sa nuque :

— J'ai oublié de descendre du tramway, je pensais à l'Hirondelle…

— À qui ?

— À ma voiture… et je me suis retrouvé dans un autre quartier…

— Bon, ça promet, chuchota l'enquêteur en aparté et il l'invita à s'asseoir.

Le stagiaire lui proposa un verre d'eau, tellement la figure du jeune Marcu semblait décomposée. L'ingénieur avait parcouru des kilomètres en panique avant de trouver la bonne adresse.

Au début, les questions du stagiaire furent très simples : il lui demanda son nom, son prénom, son âge, l'adresse de son domicile, et sa profession.

— Pouvez-vous nous raconter ce que vous avez fait le jour où le camarade Spiridon Popescu a été trouvé inconscient sur le terrain avoisinant votre domicile ?

— Je me suis réveillé, j'ai préparé le café pour moi et ma femme, j'ai tiré de l'eau du puits pour…

— Cela s'est passé le matin, c'est bien ça ?

— Oui, vers six heures, je me suis réveillé…

— Très bien, très bien, mais les enfants ont découvert votre voisin blessé dans l'après-midi. Alors, qu'avez-vous fait ce jour-là de votre après-midi ?

— J'étais dans mon garage…

— Parlez-moi seulement de ce que vous avez fait en lien avec Spiridon Popescu, s'il vous plaît.

— Ah… eh bien, ce jour-là, je suis parti déposer des documents au ministère et, ensuite, j'ai pris une demi-journée de congé. J'avais négocié ça le matin même avec mon chef de l'Institut de recherches et de projets mécaniques. J'avais déjà réalisé mon plan de production du mois, j'avais aussi aidé des collègues à atteindre leurs objectifs… et comme je n'ai presque pas pris de vacances cette année…

— Bref… Spiridon Popescu ?

— Je ne le connais pas très bien… Le jour dont vous parlez… j'étais seul à la maison. Ou du moins, je pensais que j'étais seul…

— Pourquoi dites-vous ça ?

— Mon beau-père était censé faire des courses en ville… Mais il a dû rentrer plus tôt, parce que je l'ai trouvé dans le champ de maïs à côté de mon père, comme je vous l'ai dit la première fois que vous êtes venus à Andronache…

— C'est étrange, répliqua l'enquêteur. Votre beau-père insiste sur le fait que vous étiez tout le temps autour de la victime… Il vous pointe du doigt comme étant le principal suspect.

Surpris, Lilian rougit et baissa les yeux.

— Je ne comprends pas. J'étais seulement là parce que j'ai pris quelques heures de congé ! Je rêvais d'avoir la paix chez moi, de faire un peu l'inventaire du garage… de nettoyer mes outils… d'installer des tablettes…

— Vous avez beaucoup d'outils ?

— Bien sûr ! Je les collectionne depuis que je suis petit. J'en ai toute une panoplie, tout ce que vous voulez pour réparer une auto ! Des plus vieux aux plus modernes. Je pourrais ouvrir un musée ! Ou un atelier mécanique !

— Justement, il ne vous manque aucun d'outil dans votre garage ?

— Il m'en manque tout le temps. Il m'arrive d'oublier où je les ai laissés. Ma mère me dit qu'elle ne m'a jamais vu sans un outil à la main depuis que j'ai appris à marcher. Mais je les perds constamment ! Je ne sors jamais sans outils, je ne sais jamais quand je pourrais en avoir besoin. Une fois, j'ai rencontré un gars de Constanţa qui était tombé en panne sur Calea Victoriei, devant le Comité central du Parti communiste…

« Mais qu'est-ce qu'il m'énerve avec ses balivernes… », se dit l'officier, prêt à intervenir.

— … Tout le monde lui criait de déplacer sa voiture et de ne plus bloquer la circulation. J'avais seulement deux outils avec moi, mais j'ai réparé sa Dacia. En moins d'une heure, en plus. L'homme était tellement reconnaissant. Pour me remercier, il m'a donné son adresse, et il m'a invité à passer mes vacances chez lui au bord de la mer Noire ! Mais ma femme n'a pas voulu, donc... on a pris nos vacances chez nous, comme d'habitude, avec la belle-famille...

— Pour revenir au cas de Spiridon Popescu... Vous savez que le crime semble avoir été commis à l'aide d'un outil...

— Votre équipe a déjà inspecté mon garage...

— Mais les outils dont vous me parliez, ceux que vous perdez constamment...

— Oui ?

— Comment vous les récupérez ?

— C'est mon beau-père qui s'en occupe, dit timidement Lilian. De temps en temps, il rapporte un tournevis, ou un marteau, ou d'autres choses comme ça... Il a un don pour ça, mon beau-père. Il sait que j'y tiens, à mes outils, et il finit tout le temps par les retrouver...

*

Lilian sortit étourdi du commissariat. L'interrogatoire lui avait laissé dans le corps une sensation de fragilité. L'ingénieur s'étonnait de ses hésitations et de son manque de cohérence devant l'officier. Lui qui était si clair et si convaincant dans ses explications d'habitude... Mais en présence de l'officier, il avait eu l'impression de débiter uniquement des bêtises.

Il trouvait cela étrange qu'ils aient parlé autant de son beau-père, avec lequel il échangeait si peu. Alors que toute cette histoire avec Spiridon Popescu n'avait rien à voir avec lui et qu'il n'avait strictement rien fait à son voisin, voilà qu'il commençait à se sentir coupable. Ce sentiment de malaise et d'impuissance qui accompagnait toute discussion reliée à l'incident lui donnait la chair de poule. Ces picotements pouvaient durer des heures. Si lui-même avait réussi à se mettre dans un tel état, ça ne l'étonnait plus que Puiu ait perdu connaissance au bureau de police.

De retour dans la rue Escalei, Lilian sentit qu'il commençait à étouffer. Il n'était pas d'humeur à affronter sa belle-famille, avec ses silences lourds autour de la table à manger. Il se faufila plutôt dans la cour de l'aviateur et rassembla les morceaux de l'Hirondelle qu'il y avait laissés le matin même. Tout en revissant patiemment les pièces métalliques, il retrouva sa sérénité. Il se sentit bercé par la même insouciance qui l'accompagnait dans tous ses autres projets, celle qui le prenait lorsqu'il était blotti contre ses engins, séduit par l'odeur et la brillance du métal, utilisant son imagination pour construire des objets de plus en plus sophistiqués et des machines de plus en plus performantes.

5

Andrei apparut sur le seuil du garage où Lilian avait fini de rapatrier les pièces détachées de sa Skoda. Le garçon regarda, dubitatif, les portes que son oncle avait peintes en rouge. Il se souvint d'un spectacle de cirque auquel il avait assisté avec sa mère, alors qu'il était en première année du primaire. La voiture des clowns était couverte de taches de couleurs, comme celle de Lilian.

— Prêt pour un tour ? lui demanda l'ingénieur.

Andrei secoua la tête et sortit. Gabriela prit sa place auprès de l'oncle.

— Alors, tu es revenue ? C'était bien, chez ta tante ?

— Je suis en probation.

— Pourquoi ?

— Elle veut voir si je mérite qu'elle me laisse son appartement quand elle va mourir.

— C'est ce qu'elle t'a dit ?

— Non, je l'ai entendue quand elle parlait au téléphone avec une autre dame.

Lilian ne sut quoi ajouter.

— Tu ne devais pas aller aider ta grand-maman ?

Gabriela ne répondit pas. Elle s'assit sur un pot de peinture et lui tendit en silence, une par une, toutes les vis dont il avait besoin. Lorsque la voiture fut enfin prête, Lilian la gara dans la rue Escalei, installa son fils Mircea sur la banquette avant, même si c'était contre les règlements, et Gabriela s'assit à l'arrière, pour leur tour du quartier. Des jeunes qui jouaient à la balle et d'autres qui s'agglutinaient autour d'une collection de timbres s'arrêtèrent pour le saluer. Ils pointèrent l'Hirondelle du doigt en riant. Satisfait, Lilian appuya sur la pédale d'accélération.

En tournant sur la rue Periş, les bruits en provenance du capot se mirent à changer. L'Hirondelle ralentit. Voilà qu'elle faisait à nouveau des siennes.

— Ça va, ça va, dit Lilian pour rassurer les enfants. On rentre à la maison.

Son Hirondelle grippée avait besoin de soins, mais, lorsqu'il tourna le volant, la voiture ne l'écouta plus. Au lieu d'aller vers la droite, elle fit brusquement un virage vers la gauche, quitta la route et frôla le tronc d'un mûrier sous lequel sommeillait la vendeuse de pain. Tout se passa si vite que personne n'eut le temps de crier. La vendeuse sauta aussitôt de sa chaise.

Mircea vomit sur le tableau de bord et Gabriela se signa pour la première fois de sa vie :

— Je suis une miraculée !

Lilian se confondit en excuses :

— J'avais les yeux ouverts, pourtant, j'étais très concentré, ce n'est pas comme si j'avais fait une erreur de conduite. C'est juste une petite panne. Ça va s'arranger. Demain, c'est promis, on fait un autre tour. Demain…

— Si tu nous achètes des brioches, nous ne dirons à personne ce qui vient de se passer, le coupa Gabriela.

Lilian offrit une viennoiserie à tous les jeunes qui acceptèrent de pousser l'Hirondelle jusqu'à la maison.

La sorcière les attendait devant le garage, les mains sur les hanches.

— T'as fini avec la police ? Ou tu dois y retourner ?

Avant qu'il puisse répondre, son épouse apparut elle aussi derrière sa belle-mère et prit la même posture qu'elle :

— T'as fini avec la police ? Ou tu dois y retourner ?

6

L'officier responsable de l'enquête s'agita sur sa chaise.

— Alors, vous avez un atelier de cordonnerie chez vous ?

— Oui.

L'officier détourna alors son attention vers le stagiaire. Ce détail leur avait échappé : son assistant irait immédiatement examiner les lieux pour y chercher des preuves. Toute la nuit, s'il le fallait.

Costică attendait, les mains sur les genoux, le dos un peu courbé. Ses cheveux étaient convenablement peignés. Il était nu-tête et jouait avec les rebords de son couvre-chef. Ses doigts étaient tachés en permanence par les cires et les teintures avec lesquelles il travaillait le cuir.

Observant les gestes du suspect, l'officier conclut qu'il se trouvait devant un homme habitué à s'exprimer avec ses mains, et sans doute inaccoutumé à s'aventurer dans les méandres des doubles sens. Avec une telle personne, l'interrogatoire serait clair et concis. Le témoignage de Constantin Marcu jetterait sûrement une lumière nouvelle sur l'enquête.

— Vous dites que vous êtes arrivé le premier à côté de la victime.

— Oui. Je suis arrivé en courant. J'avais entendu mon petit-fils crier. J'ai eu peur. Il aurait pu être blessé. Les enfants… on ne sait jamais…

Constantin se tut, le regard rivé sur ses mains. En le voyant froncer les sourcils, l'enquêteur comprit qu'il attendait la prochaine question.

— Et puis, qu'avez-vous vu lorsque vous êtes arrivé dans le champ de maïs ?

— J'ai vu le chien, le pauvre. On l'a frappé très fort. Lăbuş était doux… joyeux… C'est terrible…

La secrétaire qui tapait la déposition s'arrêta pendant plusieurs minutes, attendant la suite.

— Et après ? lui demanda l'officier, pour l'encourager.

— Après… J'ai compris qu'il n'y avait aucun espoir pour Lăbuş. Il faisait chaud. Il était déjà…

— … mort ? décomposé ?

— Je me suis dit que c'était juste un chien.

— Et Spiridon ?

— Je ne l'ai pas vu immédiatement. Je me suis d'abord levé. Je voulais chercher une pelle pour enterrer le chien. C'est à ce moment-là que j'ai entendu quelqu'un. Comme je pensais que les enfants ne m'avaient pas obéi, j'ai fait demi-tour pour les renvoyer à la maison. Mais ce n'étaient pas mes petits-enfants.

— Qui avez-vous vu ?

— Personne. J'ai juste entendu quelqu'un courir entre les rangs de maïs, en direction de la rue Escalei.

— Donc, vous n'étiez pas seul dans le champ à ce moment-là.

— Non.

— Et vous ne savez pas qui était là avec vous ?

— Non.

— À votre avis, cette personne avait-elle vu le chien ? Ou Spiridon ?

— Je ne sais pas.

— Alors vous avez fait demi-tour pour poursuivre cette personne ?

— Non, je suis retourné près de Lăbuş. Mais en chemin, je me suis un peu perdu entre les plants de maïs. Je ne suis pas arrivé derrière Lăbuş, comme la première fois, mais du côté opposé. Et là, j'ai vu une main qui tenait une de ses pattes. C'était la main de Spiridon…

— Continuez.

— … Spiridon était à terre… Il y avait du sang…

— L'avez-vous touché ? Avez-vous essayé de le réveiller ?

— Non.

— Pourquoi ? Vous n'avez pas pensé le secourir ?

— J'ai voulu l'appeler, mais je n'ai pas pu. Je ne sais pas, je ne pouvais pas. J'aurais voulu l'aider, oui, mais… ça m'a pris du temps… Je ne comprenais pas ce qui s'était passé… et je ne savais pas quoi faire. Mes voisins sont arrivés avant…

— Avant quoi ?

— Avant que je…

— Qui est arrivé le premier?

— Je ne me souviens pas. Ils étaient tous là.

— Pouvez-vous les identifier, camarade Marcu?

— Il y avait mon compère, *nea* Tica... le capitaine Stănescu... mon fils, Lilian... Puiu Filipescu, je pense.

— Qu'est-ce que vous leur avez dit?

— Rien. Il n'y avait rien à dire. Ils avaient tous vu...

— Vous n'avez échangé aucune parole? J'ai du mal à le croire, camarade!

— Je ne sais pas. En tout cas, moi, je n'ai rien dit.

— Est-ce qu'ils ont essayé de secourir le camarade Popescu?

— Non, je ne crois pas. Aucun d'entre nous n'est médecin. Mais je ne m'en souviens pas. Tout était si...

— Avez-vous touché la victime?

— Non.

— Est-ce que vous savez si quelqu'un d'autre a essayé de la déplacer?

— Je ne sais pas.

— Pourtant, vos voisins affirment dans leurs déclarations que c'est vous qui avez enterré le chien.

— Oui, c'est vrai.

— Alors, vous avez été assez lucide pour enterrer le chien, mais vous ne vous rappelez plus ce que vous avez fait de son maître?

— ...

— Pourquoi n'avez-vous pas appelé la police?

— *Nea* Spiridon était encore vivant. C'est ce qu'on disait.

— Qui ?

— …

— C'est vous qui avez appelé l'ambulance ?

— Non, je n'ai pas de téléphone.

— Pourquoi avez-vous enterré le chien sans attendre que la police l'examine ?

— C'était juste un chien. Il sentait fort la charogne. Nous n'en pouvions plus de cette odeur… Plusieurs d'entre nous ont fait la guerre… Nous avons eu cette puanteur dans le nez pendant des années. Nous ne pouvons plus l'endurer. Surtout si proche de chez nous…

*

Le stagiaire avait raccompagné Constantin à son domicile pour examiner l'atelier de cordonnerie. L'hôte, un peu plus tendu que la première fois, avait conduit le jeune policier directement vers l'atelier situé au fond de sa propriété. Il l'avait invité poliment à entrer, après avoir allumé la seule ampoule qui descendait du plafond, pendue à un fil électrique. Sofia s'y trouvait déjà et, touchée par l'air innocent du jeune homme, elle l'avait invité sans détour à souper avec eux :

— J'ai préparé un bon bouillon. C'est avec ça que j'ai élevé mes garçons.

Costică lui avait fait un bref signe de la tête et, sans un mot de plus, son épouse s'était retirée dans la cuisine.

*

L'atelier ressemblait à une maison hantée. L'épaisse poussière qui recouvrait le sol en couches multicolores cohabitait avec des toiles d'araignées de dimensions diverses. L'endroit dégageait malgré tout beaucoup de paix et d'amour, ce qui enveloppait d'un lien invisible ceux qui y pénétraient. Le stagiaire ressentit aussitôt le besoin de se détendre, de se fondre dans l'obscurité de la pièce, et d'y languir quelques instants. Mais les fortes odeurs des produits chimiques de tannerie le saisirent bientôt, l'obligeant à reprendre sa perquisition.

Des aiguilles immenses, des fils durs et épais en chanvre, des semelles, mille et un morceaux de cuir coloré et de caoutchouc formaient une couche douillette sur le plancher de l'atelier. Des outils en métal, reluisants, aux têtes arrondies, étaient déjà prêts, attendant que le cordonnier commence sa journée de travail. Le stagiaire observait avec étonnement cet univers soumis aux mains de Constantin, habituées à manipuler le marteau ou le couteau à découper le cuir. Étourdi par ce capharnaüm, le jeune homme accepta la proposition du cordonnier, qui voulait lui faire une démonstration de ses habiletés en réparant ses chaussures. Constantin glissa des petits clous entre ses lèvres, dans le coin de sa bouche. Il les retirait un par un et les enfonçait à grands coups dans la chair noire du caoutchouc qui habillait le talon. Le cordonnier n'y allait pas de main morte. Les clous toujours au coin de sa bouche, il marmonnait :

— Je répare tout ce qui me tombe sous la main. C'est un don, c'est ce que les gens aiment de moi.

Le stagiaire approuvait courtoisement. Il regrettait d'avoir accepté la soupe de Sofia. Sa visite se prolongeait déjà au-delà de ce qu'il aurait souhaité.

Pour ne pas froisser la fierté de l'artisan, il fit semblant de s'intéresser aux rangées de chaussures exposées à l'entrée de l'atelier. Il constata, horrifié, que son suspect n'avait aucun sens esthétique. Les bottes, les sandales, les souliers et les mocassins qu'il confectionnait, de même que les meubles qu'il avait fabriqués pour décorer son espace de travail, avaient tous l'air de chars d'assaut, lourds et bruts.

— Ils durent une éternité ! s'enorgueillit Constantin.

— C'est vrai ? l'encouragea le stagiaire.

Pieds nus et impatient de récupérer ses chaussures, il se rappela tout à coup pourquoi il était venu dans l'atelier.

Laissant de côté les considérations stylistiques et plein d'espoir à la vue de tant d'objets amalgamés dans un espace si réduit, il se mit à chercher l'arme qui avait terrassé Spiridon Popescu. Mais plus il fouillait parmi les outils du cordonnier, moins il était convaincu qu'il allait la trouver ici. Pourtant, lorsqu'il tomba sur un marteau un peu sale, avec un manche en bois usé, il eut bon espoir que ses efforts allaient être récompensés.

Quelques jours plus tard, il fut très déçu. Après une inspection minutieuse, les spécialistes de la police affirmèrent sans équivoque qu'il ne s'agissait pas de l'arme recherchée. Le rapport spécifiait que le marteau ne présentait pas de traces de sang ni d'autres matières organiques. À l'exception des initiales du propriétaire qui étaient gravées dans le manche (une habitude que le cordonnier avait conservée depuis ses années d'apprentissage), l'outil n'avait aucune caractéristique particulière. Il témoignait uniquement des signes d'usure d'un objet utilisé au quotidien pour réparer des chaussures.

*

Constantin resta muet pendant des jours en attendant le rapport de police. Son soulagement fut visible quand le marteau lui fut enfin restitué sans aucune autre question. Dès le lendemain, il répara quelques semelles, en sifflotant joyeusement. Andrei, Gabriela et Mircea demandèrent la permission de jouer dans son atelier. Ils étaient contents que leur grand-père eût repris possession de son paradis, ce qui avait ramené les lieux à leur état normal de chaos contrôlé. Ils lui firent la promesse qu'ils ne briseraient rien.

Ils s'entourèrent de chaussures usées et de boîtes ouvertes ou fermées de Prenandez, une colle infaillible qui recollait n'importe quelles semelles et qui ressemblait à de la bave de dragon, élastique et verdâtre. Son odeur unique en son genre rivalisait avec celle des gaz mortels de la Grande Guerre. Les enfants se la passaient à tour de rôle en riant, pressentant que le poison corrodait les muqueuses de leurs narines. Ils rigolèrent aussi en se lançant des morceaux de cuir de toutes les couleurs, arrachés à l'épaisse couche qui couvrait le sol de l'atelier. Ils imitèrent leur grand-père en chantant des mélodies folkloriques : *Paysanne, paysanne/ Aux joues rouges comme les pivoines…*

Constantin les laissa faire. Il passa la journée à se remémorer des souvenirs de cette époque bénie où il était jeune, avec des étincelles dans son regard vert et une moustache noire, taillée avec soin. Le cordonnier avait besoin d'oublier la visite de la police et son impuissance. Ses yeux étaient cachés sous d'énormes sourcils blancs. Le grain de beauté tatoué sur sa peau, jadis noir, avait tourné au bleu délavé. Un duvet blanc qu'il dissimulait, en hiver comme en été, sous une tuque en laine, avait remplacé sa chevelure autrefois si épaisse. C'est comme si, d'un seul coup, la vieillesse l'avait finalement rattrapé. Elle avait déversé dans son âme tout son lot d'angoisse et d'amertume. Depuis le jour où il avait découvert Spiridon, il ne cessait de penser à sa mort et aux êtres chers qu'il avait perdus.

Pour soulager un brin le poids de ses soucis, il trancha les pastèques qu'il avait achetées au marché Obor et en offrit à ses voisins. Pendant qu'il dévorait sa portion entouré des siens, le grand-père se dit qu'il trouverait bien une façon de rendre sa vie à nouveau lumineuse.

*

— Pour connaître une personne, il suffit de jeter un coup d'œil à ses chaussures, dit Costică, observant Gabriela par-dessus ses lunettes.

Après une fin de semaine terne, elle ne décollait plus le nez de la fenêtre de son atelier. La jeune fille avait encore du mal à digérer son humiliation lorsque, avec Andrei, ils avaient écopé d'une punition.

Sofia les avait surpris devant la porte d'entrée :

— Qu'est-ce que vous faites ici ?

— On joue aux policiers.

— Et pourquoi avez-vous sali mon mur ?

— On a pris des empreintes.

Après avoir trempé leurs mains dans la boue, les cousins avaient étampé tout le mur, en prenant soin d'ajouter à la craie jaune le nom de chaque suspect sous chaque paire de traces brunes. La grand-mère les avait fait nettoyer leur dossier d'enquête pendant qu'elle regardait seule dans le salon leur série préférée, où un détective à l'imperméable froissé trouvait la réponse à toutes les énigmes.

Gabriela s'assit pour mieux observer son grand-père. La fille le regarda prendre une semelle, une claque, un garant, une doublure, et donner forme à une chaussure autour d'un embauchoir. Constantin en avait des dizaines dans son atelier, alignés sur ses tablettes comme des poupées en bois. Après des décennies d'usage, leur surface s'était recouverte d'une patine lustrée. Avant de commencer à travailler, le cordonnier les caressait doucement, comme s'il massait les pieds de ballerines avant leur danse. Ensuite, ses gros doigts tachés par la colle Prenandez inspectaient ses outils. La boîte de cire n'était jamais bien loin ; le chausse-pied et l'arrache-bottes non plus. Reprenant sa chanson préférée sur la paysanne aux joues carmin, le vieux Marcu s'assoyait au milieu d'une montagne de chaussures à moitié terminées. Il confectionnait sa marchandise accroupi comme un lutin sur une chaise qu'il avait bricolée avec des morceaux de bois, des cadres métalliques et du similicuir récupéré d'un sac de voyage. Tout dans l'atelier avait l'air improvisé et instable, c'était un bric-à-brac de formes simples et de designs grossiers, mais Constantin régnait en maître sur ce désordre. Quand il sortait de l'atelier, il sentait le cuir et le caoutchouc. Ces odeurs corsées le rendaient unique aux yeux de ses petits-enfants.

Chaque semaine, le cordonnier terminait plusieurs dizaines de paires. Il les fabriquait toujours selon le même modèle, mais de tailles différentes. Gabriela savait qu'il était prêt à les apporter à la coopérative du centre-ville lorsqu'il les alignait, les mesurait pour s'assurer que les deux semelles de chaque paire étaient parfaitement égales et qu'il lustrait vigoureusement ses créations. Constantin étendait la cire noire avec une guenille, crachait dessus, puis il mélangeait le tout et se mettait à frotter. Sa salive voyageait d'une chaussure à l'autre, comme la signature d'un peintre au bas d'une toile. Il marquait ainsi d'une touche personnelle un travail bien fait et achevé. D'habitude, le cirage lui prenait une journée au complet. Ce jour-là, Sofia repassait sa chemise blanche et rafraîchissait son veston beige, pendant qu'Andrei et Gabriela essayaient son chapeau en grimaçant devant le miroir. Le mouchoir plié dans la poche de son veston dépassait du rebord d'exactement un centimètre.

Constantin retrouvait généralement cette tenue le lendemain, à dix heures, moment où il quittait la maison endimanché, chargé de plusieurs sacs de chaussures. Gabriela l'accompagnait jusqu'à la fontaine publique. Son grand-père sortait alors du quartier Andronache et se dirigeait vers l'arrêt le plus proche du tramway 21. Il longeait le terrain vague où mûrissaient les tomates du compère Tica, sur lesquelles Gabriela lançait des roches, après avoir vérifié que personne ne la surprendrait.

Un jour, lorsque Constantin revint du centre-ville, Andrei lui prit son chapeau et s'en coiffa. Ainsi accoutré, il chercha à apercevoir son reflet dans l'œil de verre de Stănescu. Il se vit alors entouré de voitures d'époque sur Calea Victoriei. Sous le bras d'un vendeur de journaux, il put lire la date de l'édition du jour et découvrit qu'il avait été transporté au 3 mars 1930.

— Gabriela ! Ce chapeau est déjà allé au centre-ville en 1930 !

— Qu'est-ce que tu veux dire ? Papi vient juste de l'acheter.

— Oui, mais le chapeau n'est pas neuf.

— Mamie, Andrei dit que papi s'habille au marché aux puces.

— C'est pas vrai ! Et je sais que j'ai raison pour le chapeau.

— Mamie, Andrei raconte encore n'importe quoi.

— Vous deux, là ! Ça suffit !

Une autre fois, son reflet dans l'œil de l'aviateur semblait brouillé par une pluie incessante. Un autre chapeau, plus foncé, semblait avoir accompagné Constantin jusqu'à un restaurant d'Obor où chantait la grande Maria Tănase. Enthousiaste, Andrei se tourna vers son grand-père :

— Papi, tu as déjà vu Maria Tănase dans sa jeunesse !

— Oui.

— Je t'ai vu ! Tu portais un chapeau gris !

— Sofia, Andrei fait encore le fou ! se fâcha Constantin.

— Laisse-le tranquille, il n'est pas fou, répondit la grand-mère, qui remuait son bouillon devant le poêle.

7

De la journée où Spiridon avait été découvert dans le champ de maïs, Puiu n'avait retenu que des bribes. Cependant, sans tenir compte de ses excuses et de ses explications, l'officier l'avait convoqué une deuxième fois dans son petit bureau, pour clarifier sa déclaration.

En entrant, Puiu regarda derrière la porte. Il tenait à saluer la femme dissimulée dans l'ombre qui, la dernière fois, avait tapé sa déclaration. Mais il n'y avait personne dans la pièce, à part l'officier et son stagiaire. Celui-ci lui fit signe de s'installer face au mur. Des feuilles vierges, des copies carbone violettes et un stylo l'attendaient sur un pupitre.

L'officier lui demanda de noter tout ce dont il se souvenait de « cette journée-là ». S'il avait des questions, il pourrait les lui poser un autre jour. La perspective d'une troisième visite au commissariat créa une agitation inhabituelle dans les entrailles de Puiu, comme celle d'une colonie d'abeilles à la veille de l'essaimage. Le stagiaire promit qu'ils lui laisseraient tout le temps nécessaire pour écrire sa déposition. « Avec un maximum de détails », avait-il souligné. Puiu se demandait ce qu'il devait écrire pour qu'il n'eût plus jamais à revenir dans cette pièce où il se sentait si vulnérable.

L'enquêteur le laissa seul, sous la surveillance du stagiaire. Le jeune homme ouvrit un journal et prétendit s'intéresser à la section des sports. Puiu fixa ses mains, les feuilles blanches et, enfin, le mur gris. Écrire cette déclaration lui semblait pire qu'un examen de trigonométrie.

*

Quelques jours avant l'incident, sa mère avait décidé qu'ils devaient boire ensemble un café au lait. C'était un vendredi. Il l'avait suivie dans le pavillon. Comme elle était de bonne humeur, Puiu s'était mis à lui parler de son ami d'enfance, l'homme à la chemise quadrillée, celui qui lui avait tout enseigné sur l'apiculture. Comme il avait un train de vie modeste, madame Filipescu n'avait toujours montré qu'indifférence à son égard. L'homme portait encore le même type de vêtements, mais à mesure qu'il avait avancé en âge, il avait perdu de sa force. La fougue qui l'avait poussé à traverser la Roumanie pour chercher les plus belles forêts d'acacias de Bărăgan, les champs de tournesols les plus ensoleillés de Dobroudja, les fleurs sauvages les plus colorées de la Transylvanie et le pollen le plus foncé des conifères du nord de la Moldavie, toute cette énergie vitale s'était hélas dissipée. Il avait demandé à Puiu si, cet été, il pouvait entreposer dans son pré le camion qui servait à héberger ses abeilles, pendant qu'il passerait quelques examens à l'hôpital. Étant donné que Puiu avait envoyé ses colonies dans les collines des Carpates, il se dit que la prairie pouvait accueillir d'autres ruches en attendant.

Alors qu'il était en train d'expliquer la situation à sa mère, Puiu entendit rugir la Skoda de Lilian. Son ami essayait de sortir de son garage. Une femme enceinte, en talons hauts, vêtue d'une robe rose, l'attendait dans la rue. Son visage ressemblait à celui d'un petit cochon boudeur. C'était bien son épouse, Corina. S'agitant sur place à côté d'une valise, elle lui faisait des signes contradictoires, l'invitant simultanément à reculer et à s'arrêter. Le vacarme interrompit la conversation des Filipescu. La mère et le fils observèrent quelque temps le couple qui peinait à s'entendre.

Enfin, la Skoda fut stationnée dans la rue. Toute la famille Marcu partait assister au mariage d'un cousin à Fierbinți. Lilian n'arrêta pas le moteur, de peur que celui-ci refusât de redémarrer.

— Pourquoi tu me parles encore de cet apiculteur et de ses problèmes ? J'aimerais plutôt que tu me demandes la permission d'installer ici une bru, une belle femme, une famille. Je veux des petits-enfants. D'autres beaux Filipescu. Dépêche-toi un peu. Tu seras bientôt vieux garçon.

Puiu soupira et, pour éviter de croiser son regard, il continua à fixer son ami Lilian. Celui-ci attendait encore ses parents dans la rue, impatient de prendre la route.

— Je n'ai pas dit que tu seras comme lui, fit la mère en pointant l'ingénieur d'un petit signe de la tête. Tu es plus beau, plus riche, de bonne famille. N'aie pas peur. Tu te marieras mieux.

— Je ne sais pas, maman.

— Ah, tu vas me tuer un jour avec ton indécision. Sois un homme ! Prends des risques ! Qu'est-ce qui peut t'arriver ? Au pire, si ça ne marche pas, tu divorceras !

L'aviateur apparut à côté de la voiture. Lilian l'avait aidé à marcher dans la rue pour saluer les voyageurs.

— Bon, ça va, tu peux lui dire d'apporter ses ruches. À condition que tu lui rappelles qu'ici, c'est moi, la reine !

— Merci, maman.

Puiu partit rejoindre le groupe autour de la Skoda.

L'aviateur fit ses adieux à Constantin et Sofia qui s'apprêtaient à monter dans l'automobile. Tous les joints de l'Hirondelle étaient en train de trembler. Puiu se joignit à la discussion :

— Saviez-vous que les abeilles ont la notion du zéro ? Pour calculer et s'orienter…

— Et vous, jeune homme, saviez-vous que la bibliothèque de Blaj conserve des tablettes de cire que les Romains utilisaient il y a deux mille ans comme acte de vente ? répliqua l'aviateur d'un trait, sans reprendre son souffle. Je viens de lire un article qui…

— Bon, on va y aller, déclara Constantin. On aimerait arriver chez mes cousins avant midi.

— Saviez-vous que les abeilles domestiquées peuvent reconnaître les traits du visage de leur apiculteur ?

Le dialogue avait l'air d'agacer Constantin, qui voulait s'installer dans la voiture.

— Saviez-vous que la plus vieille monnaie connue qui utilise l'abeille comme symbole d'assiduité et de dur labeur a été frappée à Éphèse au quatrième siècle avant notre ère ? répondit l'aviateur.

— J'ai verrouillé à double tour et j'ai laissé la clé accrochée sur le tronc du cerisier. Il faudrait seulement nourrir les poules et les cochons trois fois par jour. On revient demain soir. On ne restera pas jusqu'à dimanche. À notre âge…

— Je veux aller voir l'église, il y a une belle église à Fierbinţi.

— On s'arrêtera au moulin aussi. Et peut-être au cimetière… Mettre quelques fleurs sur la tombe de mes parents.

— Non ! Pas au cimetière ! Pas avant un mariage, ça porte malheur.

Les portières claquèrent. La voiture démarra. Parvenu à l'intersection, Lilian emprunta la voie asphaltée de la rue Ciucă-Ştefan, pour éviter de secouer sa femme enceinte.

— Saviez-vous que les abeilles battent des ailes deux cents fois par seconde ?

— Et vous, saviez-vous que le plus vieux document concernant les privilèges des apiculteurs au sud des Carpates date de 1368, du temps de Vlaicu Vodă ?

Comme le visage de l'aviateur était soudain devenu très blanc, Puiu proposa de l'escorter jusque chez lui. L'aviateur refusa et libéra son bras sain, que Puiu avait agrippé pour le soutenir. Le jeune homme n'insista pas. Il salua le capitaine et retourna auprès de sa mère. À sa grande surprise, lorsqu'il tourna la tête pour vérifier si l'aviateur se débrouillait tout seul, il constata que celui-ci s'appuyait désormais sur sa canne pour rejoindre le jardin des Marcu au lieu de retourner chez lui. La vigne engloutit bientôt sa silhouette.

*

Puiu fixait le mur gris du petit bureau. Était-il bien nécessaire d'écrire tout cela ? La feuille devant lui était encore blanche. Le stagiaire tourna la page de son journal et se replongea dans sa lecture.

*

Donc… ce vendredi-là, trois jours avant la découverte de Spiridon… Puiu était parti se promener jusqu'à la forêt d'Andronache. À son retour, il s'arrêta devant la roulotte du maître apiculteur pour lui annoncer la bonne nouvelle : il pouvait venir installer ses ruches dans leur pré. En longeant la voie ferrée, avant de tourner sur la rue Escalei, Puiu avait croisé *ţaţa* Ioana. La Tsigane portait plusieurs couches superposées de vêtements parce qu'elle était vieille, maigre et qu'elle avait continuellement froid. Elle avait placé sa marchandise dans son panier de rotin et était prête à lui vendre des graines de tournesol.

Avant de retourner chez lui, il s'était installé à l'ombre pour grignoter tout le contenu grillé et salé du cornet. En vérité, il se cachait de sa mère, qui désapprouvait ce rituel païen. Selon elle, il était atrocement disgracieux de prendre les graines entre ses doigts, de les déposer entre ses lèvres, de les faire craquer sous la dent et de garder la pulpe sous la langue pendant qu'on recrachait la coquille noire et dure sur la terre battue autour du banc d'un terrain public. Puiu fit tout cela avec délectation : il sentit sur sa langue le goût délicatement sucré des graines de tournesol grillées, mêlé à celui du gros sel qu'employait la Tsigane. Quand il eut fini sa collation, il défit le cornet pour pouvoir lire ce qui était écrit sur la feuille de papier dans laquelle *ţaţa* Ioana avait enveloppé sa marchandise. C'était une page tirée d'un carnet quadrillé. Elle comportait des équations mathématiques écrites à l'encre bleue. Puiu sourit : il reconnut l'écriture de Lilian.

Sofia donnait souvent à Ioana des vêtements, des pantoufles, des cahiers dont personne n'avait plus besoin, des vieux journaux et des livres auxquels les membres de sa famille ne s'intéressaient plus. Chaque fois que ces cadeaux comportaient des papiers, Ioana les découpait en petits carrés, qu'elle roulait en cônes parfaitement égaux. Et elle y glissait les graines de tournesol grillées qu'elle vendait.

Avant de rejoindre sa mère, Puiu alla se rincer les doigts et la bouche à la fontaine de la rue Ciucă-Ştefan. Il espérait ainsi faire disparaître de son haleine les traces de son forfait avant d'arriver à la maison.

C'était tout ce qu'il avait à dire sur ce vendredi-là…

Samedi matin, il faisait déjà chaud. Le camion de son ami l'apiculteur était arrivé vers midi, avec toutes ses abeilles. À partir de là, il ne fit attention à rien d'autre qu'à l'installation de cette immense colonie. La journée passa en un éclair.

Dans l'après-midi, il avait accompagné sa mère à l'hôpital. Elle avait perdu connaissance dans le pré. Encore à moitié inconsciente, elle lui avait demandé de la conduire à l'église après la messe, parce qu'elle avait une chose pressante à dire au prêtre. Il se souvient qu'il avait été très étonné par ce délire. Sa mère, qui avait toujours été une femme pleine de secrets, n'avait jamais inclus le prêtre d'Andronache dans son univers farouchement privé.

Dimanche en fin de journée, le médecin l'avait informé qu'il allait la garder quelques jours en observation, même si, à première vue, il n'y avait pas de danger pour sa santé. Une fois à la maison, Puiu n'avait pas réussi à fermer l'œil de la nuit.

Lundi, il s'était mis sur son trente et un et était sorti marcher très tôt dans la forêt d'Andronache. À son retour dans l'après-midi, il avait été surpris par les hurlements des enfants dans le champ de maïs. Avant même de se rendre compte de ce qu'il était en train de faire, Puiu s'était mis à courir vers eux, écartant les plantes qui couvraient de pollen son beau veston. Il avait alors senti cette odeur étrange qui ne quitta plus ses narines par la suite. Il avait observé sans comprendre les visages de Lilian et de l'aviateur qui regardaient fixement quelque chose à terre, il ne savait pas quoi.

C'était Spiridon qui gisait à leurs pieds. Son visage était tourné vers la tête ensanglantée de son chien. Constantin pleurait, agenouillé près de l'animal. Le wattman était arrivé par la suite. L'odeur pestilentielle ne semblait pas le déranger, pas plus que le tableau désolant que formaient le maître inerte et sa bête trépassée. Il menaçait tout le monde de sa bêche en leur répétant de quitter immédiatement son champ de maïs.

Lorsqu'il s'était éloigné de la scène en titubant, Puiu s'était demandé si quelqu'un d'autre avait observé les piqûres d'abeilles sur la main de Spiridon.

Son voisin allongé dans le champ portait sans l'ombre d'un doute les traces du sacrifice des butineuses. Probablement surpris par son intrusion, les insectes affolés avaient dû punir sa maladresse en se jetant sur lui. Puiu vérifia aussitôt ses ruches pour s'assurer qu'elles ne présentaient pas la moindre trace de vol ou d'ingérence. Elles semblaient toutes intactes, à l'exception d'une seule, qui avait dû essaimer. Cela avait eu lieu cette fin de semaine, peut-être même le jour où la victime avait été blessée. Comment avait-il pu manquer un événement aussi important ? Il était trop tard dans la saison pour les essaimages, pourtant...

L'essaim avait-il pu se fixer quelque part dans la cour de Spiridon Popescu ? Les piqûres sur sa main signifiaient-elles que le bonhomme avait essayé de se débarrasser lui-même de la grappe d'abeilles ? Est-ce que cela voulait dire que Puiu allait devenir un suspect ? On pourrait facilement conclure qu'il avait cherché à se venger du fonctionnaire parce que celui-ci avait tué ses abeilles…

Puiu se mit à transpirer.

*

Au moment où l'apiculteur quitta enfin le commissariat, la nuit était déjà tombée et les grillons chantaient dans toutes les cours de la rue Escalei.

Sur une feuille qu'il avait pliée en sortant de la pièce grise, il avait raconté, dans des phrases simples, les brefs instants où il avait aperçu Spiridon Popescu.

Puiu était resté figé sur place, surpris par la laideur du corps, par sa posture disgracieuse. Il avait parlé à Spiridon deux jours auparavant pour lui poser quelques questions anodines. Il le connaissait à peine. Le fonctionnaire était sans doute aussi agacé par son allure de dandy qu'il l'était lui-même par ses airs de gaucho argentin.

Aux yeux des Filipescu, ce voisin moustachu avait toujours été pratiquement invisible. Puiu n'avait d'ailleurs jamais retenu son nom jusqu'au jour où la police avait commencé son enquête. Il s'appelait Spiridon, Spiridon comment déjà ? Puiu avait voulu faire un geste noble en s'arrêtant parler à ce voisin que sa maman qualifiait d'insignifiant. Et quelques jours plus tard, voilà qu'il était tombé sur lui à nouveau, à la différence près que Spiridon ne pouvait plus engager la conversation avec quiconque cette fois-ci, et que son chien était mort. Et si des témoins « bienveillants » laissaient entendre que Puiu était peut-être une des dernières personnes qui avait conversé avec la victime ? Juste comme ça, pour se venger de sa mère, pour leur faire vivre des horreurs comme en 1949 quand grand-papa Filipescu s'était fait confisquer ses maisons et la fabrique...

Puiu se sentit rougir. Il s'était fait interroger à cause d'un incident, survenu à un concitoyen qu'il ne connaissait presque pas. Sa maman lui avait intimé plusieurs fois l'ordre de garder profil bas.

En relisant la feuille remplie de phrases décousues, le jeune homme s'était assuré de ne pas fournir des informations qui auraient pu incriminer ses proches. Il tenait à protéger sa famille et à préserver la paix dans le voisinage.

Il espérait que l'officier ne tiendrait pas compte de ses fautes de grammaire. Pendant des années, elles avaient fait jaillir des réprimandes de la bouche de sa mère. L'aristocrate n'acceptait pas l'idée que l'héritier de sa famille d'intellectuels et d'hommes d'affaires pouvait avoir autant de mal à écrire dans sa langue maternelle...

8

Le jour où il avait été dépêché pour la première fois dans la rue Escalei, l'officier avait été saisi par un détail comique : la victime avait les lèvres et les joues tachées de confiture. Il l'avait remarqué avant même de se soucier de sa blessure à la tête. Curieusement, ce fait n'apparaissait dans aucun des témoignages consignés par la secrétaire qui dactylographiait les dépositions. Le bruit de sa machine à écrire l'épuisait, lui et son stagiaire. Il les empêchait de réfléchir clairement et de faire le lien entre cette information et le reste des événements.

*

La confection des confitures maison faisait partie de la routine des Marcu. Ils se servaient pour cela de tout ce qu'ils avaient à portée de la main : des griottes, des fraises, des mûres, des myrtilles, des framboises, des abricots, des coings... L'arôme des fruits mijotés parfumait souvent la maison et la cour. L'officier avait été séduit par ce parfum lorsqu'il était passé recueillir les déclarations des suspects avec son équipe. Cette promesse d'une dégustation gastronomique lui avait semblé salutaire, après le dégoût que lui avait inspiré la scène du crime. Déconcentré, tout en faisant semblant de conduire les investigations, il s'était dépêché de témoigner de l'intérêt pour l'arôme qui embaumait la cuisine des Marcu. Comme il l'espérait, Sofia l'avait accueilli avec un verre d'eau et deux bols emplis de confiture à peine refroidie.

Pendant qu'il savourait cette gâterie, il avait appris que, contre toute attente, ce n'était pas la grand-mère qui était responsable de la préparation de ces marmelades. C'était plutôt Constantin qui s'attardait autour des marmites ce jour-là, lui qui avait autrefois été chargé de la popote des officiers dans l'armée roumaine. Il passait des heures magiques à cuire ses confitures, surtout celle qu'il cuisinait à partir de pétales de roses, et que ses amis louaient avec tant d'enthousiasme. Ayant à cœur de conserver le rôle que la nature a attribué à chacun – aux femmes la cuisine, et aux hommes le soin de défendre leur pays –, l'aviateur observait son ami avec épouvante. Il se sentait comme l'assistant d'un savant fou qui voit celui-ci manipuler nonchalamment de la nitroglycérine. Pourtant, une fois que la confiture était prête à déguster, il était le premier à vouloir y goûter.

Au contact des plantes, Constantin devenait doux et délicat. Il les touchait avec joie, les soignait avec amour, les protégeait farouchement. Et par-dessus tout, il les croisait et les greffait comme un sorcier, faisant apparaître des fleurs et des fruits aux endroits les plus inattendus. Il aurait aimé cultiver des roses sur les tiges lisses des tulipes, mais il n'avait pas encore découvert le secret d'une telle ingénierie génétique.

Son ami Stănescu aimait l'accompagner dans le jardin lorsqu'il défiait ainsi les règles de la botanique. Il l'admirait particulièrement lorsqu'il ajoutait une nouvelle variété de vigne à sa collection. Il avait surnommé sa cour « le jardin d'Éden », même si l'effet étrange produit par ces plantes modifiées – les belles, les fortes, les colorées, les carnivores, toutes pêle-mêle – évoquait davantage une œuvre méphistophélique.

*

Au coucher du soleil, Costică écoutait ce que ses invités avaient à raconter, stimulés par un café ou par quelques cuillères de confiture. Avec ses grandes oreilles rouges cachées sous sa tuque en laine grise, le vieux semblait rêveur et inoffensif. Peu de gens savaient qu'il pouvait devenir dangereux tout à coup. Une fois, parce que les jeux de ses petits-enfants avaient interrompu sa sieste, il les avait fouettés avec un cordon en caoutchouc.

Les petits n'en avaient pas fait grand cas, habitués qu'ils étaient à recevoir des châtiments corporels, mais Stănescu avait été indigné par cette violence gratuite. En plus, le capitaine avait entendu son ami se vanter auprès de Spiridon de la correction qu'il avait donnée aux enfants. Par la suite, il avait gardé ses distances avec

Constantin, et avait même ressenti une sorte de malaise en sa présence. Il se rappelait une discussion au cours de laquelle le cordonnier avait juré qu'après tout ce qu'il avait vu pendant la guerre, il ne tolérerait plus jamais les coups et la violence dans sa vie. Malheureusement, sa promesse n'avait jamais inclus les jeunes, sur lesquels il déversait encore ses accès de colère.

9

Lorsque l'officier responsable de l'enquête reçut le rapport qui affirmait que Spiridon Popescu avait la bouche et les joues généreusement barbouillées de confiture de rose, Constantin fut de nouveau convoqué au commissariat. Le stagiaire qui était venu lui remettre sa convocation en mains propres précisa qu'il devait se présenter sans faute à la date inscrite sur le document, en apportant un pot – non! *deux* pots – de confiture de rose, pour fins d'analyses. Constantin demanda s'il pourrait récupérer les pots une fois qu'ils auraient été vidés. Embarrassé, le jeune policier répondit que tout le matériel resterait en possession des enquêteurs qui investiguaient le cas Popescu.

*

Venue finaliser et signer sa déclaration, Florica, d'habitude si triste et plaintive, eut un sursaut de joie en reconnaissant la confiture qui avait été placée dans un bol bien en évidence sur le bureau du stagiaire, entre deux piles de documents.

— Ça, c'est *nea* Costică qui te l'a donnée ! fit-elle, enthousiaste. Il est incroyable, mon voisin ! Je ne sais pas ce qu'il met dedans, mais quand je tombe sur une de ses marmelades, je ne peux pas m'arrêter jusqu'à ce que je l'ai finie !

Le stagiaire ne répondit pas. Le regard inquisiteur de la femme l'intimidait. Elle semblait dégager elle-même une odeur de sucre, de cannelle et de griottes.

— Avez-vous goûté à sa gelée de coings ? Ou à celle aux mûres ? Non ? C'est la meilleure chose au monde ! Vous savez, mon mari, il ne complimente jamais rien ni personne, mais je l'ai déjà surpris avec un pot de *nea* Costică. Il a mangé le pot au grand complet à la cuillère, comme ça, à la place du repas. Les hommes sont tous un peu des grands enfants, n'est-ce pas ?

Le stagiaire roula les yeux en signe de désapprobation.

— Avez-vous reçu dernièrement du camarade Constantin Marcu un de ces… produits ?

— Oui, bien sûr ! C'est le temps de la confiture de rose ! Il ne m'oublie jamais, *nea* Costică, il est comme un père pour moi. Il m'en a justement apporté un pot quelques jours avant que mon Spiridon… ne soit envoyé à l'hôpital. Cette année, il l'a encore bien réussie : tu prends une cuillère et ça te parfume la bouche pour la journée.

— Pourriez-vous m'attendre un petit instant ?

— Bien sûr, mon beau.

Le stagiaire courut chercher l'officier. Il sentait qu'il tenait quelque chose. Florica fut invitée à se rasseoir devant eux.

— Alors, vous dites que vous avez reçu un pot de confiture de Constantin Marcu.

— De la confiture de rose, insista Florica.

— Nous essayons de remonter le fil des événements… Votre mari avait de la confiture sur le visage lorsqu'il s'est fait attaquer… Nous essayons de tenir compte de tous les détails, de comprendre les raisons de l'agression, d'évaluer toutes les pistes…

Le stagiaire se tut. Il craignait d'avoir trop parlé. Il pouvait sentir la nervosité de son supérieur à côté de lui.

— Vous pensez que mon Spiridon s'est fait battre parce qu'on a voulu lui voler un peu de confiture ? C'est ridicule ! J'ai toujours le pot. Je l'ai trouvé sur la niche de Lăbuş. Lăbuş, notre chien mort, répéta Florica devant la mine figée des deux hommes.

— Vous avez retrouvé le bocal…

— Oui, il est presque fini, et la cuillère est encore à l'intérieur. Exactement comme mon mari la laisse toujours. Je vous l'ai dit : il est comme un enfant. Quand je ne suis pas là, au lieu de manger sa soupe, il saute sur la confiture. Il a dû trouver le pot de *nea* Costică. J'avais oublié de le cacher.

— Vous aviez pourtant déclaré que Spiridon n'avait pas mangé de la journée…

— J'ai dit qu'il n'avait pas touché à sa soupe…

— … les voisins l'ont retrouvé lundi, mais nous avons pensé que, peut-être, il avait pu se faire attaquer dimanche durant la journée, ou même samedi, compte tenu de son degré de déshydratation et du fait que sa soupe n'avait pas été entamée… Bon, et maintenant, vous nous dites qu'il a peut-être choisi de laisser sa soupe au frigo pour lui préférer un pot de confiture… Cela change quelque chose pour nous, parce que dans ce cas, il est possible que l'agression ait eu lieu plus tôt… Il va falloir tout reprendre depuis le début…

— Tant mieux si ça peut vous aider dans votre travail parce que… pour mon pauvre Spiridon…

La femme essuya ses yeux avec un mouchoir délicatement plié.

— … parce que, pour mon pauvre Spiridon, il se peut que ça ne fasse plus aucune différence…

LES INDICES

1

Pendant qu'elle replaçait les branches de saule séchées autour de l'icône de la Vierge, Sofia entendit dehors, dans le kiosque, un miaulement familier. Elle s'aspergea d'eau bénite, finit de réciter sa prière et courut chercher son balai derrière la porte. Vaillamment armée, elle poursuivit le chat noir de la sorcière, espérant l'envoyer valser par-dessus la clôture d'un seul coup bien placé. La grand-mère sentait que le diable lui-même essayait de voler son âme à travers le regard vert de cet animal. Pour prouver sa foi, Sofia l'attaquait donc avec tout ce qui lui tombait sous la main. Le félin se sauva, déçu et vexé, mais pas avant d'avoir tourné son museau vers le poisson que le cordonnier éviscérait avec des gestes tendres. Épuisée par son ennemi à quatre pattes, Sofia décida de passer le reste de la journée au calme, dans son salon.

La sagesse inhabituelle d'Andrei, ces dernières semaines, méritait une récompense. Elle décida de lui confectionner une chemise une taille ou deux trop grandes, pour qu'il pût la porter plus longtemps.

La grand-mère prit la paire de ciseaux qu'elle gardait uniquement pour ses travaux de couture et la déposa sur la table. Elle étala le tissu blanc, le regarda en rêvassant pendant qu'elle avalait quelques gorgées de café, puis se passa autour du cou un ruban à mesurer. Le col de sa robe était percé d'épingles avec lesquelles elle marquerait les endroits à découper.

Une fois l'heure du café passée, Sofia se mit au travail. De ses doigts déformés par l'arthrite, elle prit deux-trois épingles qu'elle glissa entre ses lèvres, de la même façon que procédait son mari avec des clous au coin de sa bouche lorsqu'il rafistolait des chaussures. Ensuite, elle enfonça les tiges de métal entre les fibres, marquant un sentier sur l'étoffe blanche, que les ciseaux échancrèrent avec un cri de cigale enrhumée. Ensuite, elle découpa les morceaux et les assembla lentement, avec délicatesse. Sofia les regarda de près et de loin, puis les ajusta, jusqu'à ce que le tout prît la forme d'un habit, maintenu ensemble à l'aide d'un fil multicolore.

Andrei enfila cette version fragile de sa future chemise. Sofia tourna son petit-fils transformé en mannequin de tous les côtés. S'étant déclarée satisfaite du résultat, elle lui annonça qu'elle finirait la chemise le jour même. Son visage plissé fut traversé d'un sourire. Elle entraîna alors Andrei dans le couloir qui les ramenait vers la cour. Constantin avait servi le dîner dans le kiosque.

Le grand-père fit le signe de la croix au-dessus de la polenta fumante, avant de la couper. Les poissons qu'il venait de griller sur la braise avaient la peau noircie et croquante. L'humus à l'ail embaumait l'air, se mêlant au parfum des géraniums et de la citronnelle. Sofia soupira, se signa, chuchota vite un Notre Père et se servit un filet, remplissant joyeusement son assiette.

— Gabriela ne vient pas manger ?

— Elle a dit qu'elle restait jouer chez Mihaela.

La femme apporta une quatrième assiette, dans laquelle elle déposa une portion qu'elle mit de côté pour sa petite-fille.

2

Sofia retourna avec allégresse derrière sa machine à coudre. Elle était aussi fière de sa création que l'avait été son fils aîné le jour où il était monté pour la première fois au volant de sa Audi toute neuve. La grand-mère festonna les bords, ourla, surfila et broda, accompagnant son labeur de petits mots doux. Ses chansons se mêlaient au ronronnement de la Singer, sur laquelle elle penchait son dos bossu à intervalles réguliers.

Andrei s'assit pas loin dans le salon, d'où il pouvait l'observer sans se faire houspiller. Sofia semblait adroite et sûre d'elle. Elle devenait gracieuse devant sa machine à coudre. Sa maîtrise de la couture ne s'arrêtait pas au rapiéçage des pantalons de ses petits-enfants, déchirés lors de chutes ou de jeux périlleux avec des petits voisins. Ses mouvements étaient suaves comme ceux d'une jeune femme manipulant un voile précieux. Le reste du temps, elle redevenait une vieille paysanne qui cuisinait et nourrissait sans cesse des humains, des poules et des cochons.

*

Depuis quelque temps, une Tsigane prénommée Geta avait pris l'habitude de débarquer chez les Marcu sans s'annoncer et de repartir de la même façon, sans aviser personne. Elle savait lire l'avenir dans les cartes et déclamait des prophéties à tout visiteur intéressé par ce qu'elle affirmait être de la magie blanche. Geta n'était ni belle ni charismatique, et encore moins mystérieuse, donc personne ne la prenait réellement au sérieux. Personne, sauf Sofia. Les gens qui venaient chez les Marcu acceptaient qu'elle leur lise l'avenir dans les cartes par curiosité, mais aussi parce que la Tsigane n'exigeait jamais de se faire payer. Elle se satisfaisait d'être nourrie et logée, en plus d'être accueillie parmi le généreux cercle d'amis de Sofia. En retour, la grand-mère se contentait de faire profiter sa parenté des talents de Geta.

Ce n'est qu'à titre posthume que celle-ci acquerrait sa notoriété. En effet, Geta brasserait et interpréterait les cartes pour Andrei deux fois dans sa vie, le convainquant que son avenir serait des plus incroyables. Même si les frontières avaient été fermées, elle prédit à Andrei qu'il quitterait la Roumanie pour aller vivre dans un pays lointain.

— Il y a sept cartes qui te séparent de ton destin pour le moment. Cela veut dire sept jours, ou sept mois, ou sept ans.

Gabriela s'était souvent moquée de ce destin farfelu : « Dans sept jours, tu vas aller cueillir du maïs avec ta classe, dans Dieu sait quel village perdu !... Dans sept mois, on va t'envoyer en province pour participer aux olympiades d'histoire avec d'autres rats de bibliothèque !... Après l'université, grâce à la bienveillance du Parti, tu vas recevoir un poste d'enseignant dans le coin le plus reculé de la République et tu vas y rester pendant sept ans ! »

Devant la moue affligée du garçon, la Tsigane s'était sentie obligée d'intervenir :

— Si les choses ne se passent pas comme je le dis, vous pouvez me cracher dans la bouche.

L'image était forte et Geta l'utilisait comme gage de son honnêteté, chaque fois que sa parole était mise en doute. La grand-mère se raidissait un peu devant un tel langage, mais elle croyait trop dans la magie blanche pour manquer de respect à la diseuse de bonne aventure.

Vingt et un ans plus tard, le jour où Andrei déposerait ses bagages dans un appartement à l'autre bout de l'Europe, il repenserait à ce moment avec un sourire aux lèvres, en se demandant si Gabriela était au courant de ce qui lui arrivait. Il aurait aussi un petit frisson en constatant que même les détails de la prophétie s'étaient révélés exacts : pour que son destin s'accomplisse, il aurait fallu qu'il traverse trois fois sept années d'errances.

*

Autant, certains jours, Andrei se réjouissait à l'idée qu'il était voué à connaître un destin d'aventurier, autant il lui arrivait quelquefois d'en ressentir de l'angoisse. Comment allait-il vivre sans sa mamie Sofia ? Et les jours où il oubliait complètement cette prophétie et se laissait plutôt ensevelir par ses peines quotidiennes, ses amitiés brisées et ses mauvaises notes, Gabriela était là pour la lui rappeler :

— Mais tu seras loin d'ici sept ans ! Tu auras un passeport et tous tes problèmes auront été résolus ! Peut-être même que tu seras riche aussi, comme tout le monde dans l'Ouest. Tu vas te moquer de nous ! Mais, prends garde à toi ! Le seul grand voyageur que je connais, c'est l'oncle Mitică, le petit frère de mamie. Et regarde-le maintenant ! Vieux, aveugle et marié à une hystérique ! C'est tout ce qu'il a ramené de ses fameux voyages.

— L'oncle Mitică n'a jamais quitté la Roumanie.

— Non, mais s'il l'avait fait... il aurait eu l'occasion de nous éblouir avec sa sagesse et sa fortune.

— Éblou... quoi ? Geta m'a dit que tout ira bien !

— C'est ça, parce que tout ce que Geta dit est vrai...

*

Ce jour-là, Geta était arrivée sans s'annoncer, comme à son habitude, après une absence de presque un an. Sofia leva aussitôt les yeux de sa machine à coudre. À travers ses lunettes épaisses, elle regarda cette invitée impromptue de la tête aux pieds, tout en tapotant la chemise blanche qu'elle confectionnait pour Andrei.

Une valise à la main, la Tsigane attendait qu'elle dise quelque chose. À la place, le tissu chuchota entre ses doigts.

— Bonjour, grand-maman. Je peux rester ?

Sans esquisser le moindre signe de surprise, Sofia l'invita à se servir un café. Geta s'assit. Elle soupira, remplit deux tasses – une pour elle-même, une pour la couturière –, avant de s'enfoncer dans les coussins du fauteuil.

— C'est ma belle-fille qui m'a donné ce fauteuil-là, précisa Sofia.

Elle remit ensuite la Singer en marche.

Lorsqu'elle souleva la chemise pour vérifier le résultat, sa visiteuse s'était déjà endormie, sa tasse de café en équilibre sur ses genoux.

*

Personne ne savait depuis combien de temps Sofia connaissait Geta, ni dans quelles circonstances elles s'étaient rencontrées. Les deux femmes semblaient avoir une entente tacite. Plus que tout, Geta la Tsigane semblait vouer à Sofia une loyauté sans faille.

Ce jour-là, la cartomancienne était partie de Constanţa pour rejoindre Sofia à Bucarest. Si elle s'était dépêchée d'embarquer dans un train, c'est parce qu'elle craignait pour la vie des Marcu : dans un de ses rêves, elle avait vu la Mort entrer chez son amie. La Mort, maigre et noire, avait murmuré des mots étranges en arpentant la rue Escalei. À chaque fois, elle ne cessait de revenir vers la maison de Constantin.

— Je sais comment l'éloigner. Laisse-moi essayer, avait demandé Geta d'un souffle à Sofia.

— Ce ne sera pas nécessaire. Ce n'est pas chez nous qu'elle rôde, c'est chez Florica. Quelqu'un a essayé de tuer son mari juste ici, de l'autre côté de notre vignoble.

Geta écoutait Sofia attentivement, mais ne paraissait pas surprise.

— Ce n'est pas encore fini.

— C'est sûr, la police pose des questions à tout le monde. Jusqu'à présent, personne n'a été arrêté.

— Ce n'est pas ça que je voulais dire, *tanti*[7] Sofia…

Une silhouette frêle apparut alors à la fenêtre du salon. Une nouvelle visiteuse attendait qu'on l'invite à entrer. *Coana* Ioana était venue leur présenter son panier, dans lequel elle avait déposé une dizaine de cornets remplis de graines noirâtres. Si la vendeuse ambulante voulait se procurer du pain et du lait le lendemain matin, elle devait écouler sa marchandise avant la tombée de la nuit. Elle avait frappé à la bonne adresse. Elle savait que, quand Sofia ne lui offrait pas un repas en mémoire de ses ancêtres, elle donnait au moins quelques sous à ses petits-enfants pour qu'ils lui achètent ses graines de tournesol grillées.

---

7. *Tanti* : tante. Terme familier servant à s'adresser à une femme plus âgée de façon amicale.

Sofia lui fit signe d'entrer et prépara une autre cafetière. Après les avoir servies toutes les trois, elle fit chanter sa Singer de plus en plus rapidement.

Ioana était étonnée de trouver Geta là. Si la tireuse de cartes était revenue, c'est que l'affaire devait être sérieuse. Ioana n'osa pas lui demander quel était le problème. Elle s'était accroupie sur une petite chaise confectionnée par Constantin pour ses petits-enfants et avait accepté sans broncher la tasse de café que lui avait tendu Sofia en murmurant un *bogdaproste*[8].

Après quelque temps, Sofia rompit le silence en faisant une curieuse remarque à ses invitées.

— Est-ce que je vous ai déjà dit que mon beau-frère n'a jamais croisé Tica au travail du temps où il était employé de la Société de transport de Bucarest ? Il n'avait même jamais entendu parler de lui dans son entreprise.

— Il y a beaucoup de tramways dans la ville ! Il ne pouvait pas connaître tout le monde ! dit Ioana avant de prendre une autre gorgée de café.

— Ou peut-être que *nea* Tica n'a jamais été wattman, suggéra Geta.

— Mais alors, son uniforme… ? chuchota Ioana.

— Quel uniforme ? Il a porté une veste bleue toute sa vie. Et la casquette, il la porte même maintenant quand il va nourrir ses poules. Non, je l'ai bien regardé

8. *Bogdaproste* : Dieu t'en bénisse. Formule de remerciement d'origine bulgare, employée par quelqu'un qui reçoit une aumône.

depuis qu'il a pris sa retraite. Il y a quelque chose qui ne tourne pas rond chez lui. Méfiez-vous de cet homme, *coana* Sofia ! Il y a de la magie noire dans sa maison, c'est sûr ! Tout s'embrouille quand j'essaie de voir ce qui se passe de l'autre côté de la clôture. Il y a quelqu'un là-bas qui sait comment faire *ces choses-là*...

— Noooonn ! s'écria Ioana. Tu es sûre ?

— Ioana les connaît bien... Elle va manger chez eux tous les vendredis, précisa Sofia, toujours penchée sur sa machine à coudre.

— C'est pas vrai ! Depuis quand tu fais ça ? explosa Geta.

— Depuis que le mari de notre pauvre Florica a presque été battu à mort...

— Je vous jure sur la tombe de ma mère que la cour de Tica n'est pas... *propre*. Méfiez-vous, *coana* Sofia.

— Le bon Dieu me protège.

— Vous, oui, mais les autres ? Pourquoi avez-vous accepté que Lilian s'unisse à la fille de Tica ?

— Je n'ai pas accepté. Tel était son destin.

— C'est bien ce que je disais. On lui a sûrement jeté un sort ! Quelqu'un l'a aveuglé... Autrement, il n'aurait jamais épousé cette fille-là. Un bel homme, et un ingénieur en plus ! C'est du gâchis !

— Il semble heureux, rétorqua Ioana.

— Heureux. Tu parles !

— Il a une famille, un enfant... renchérit Ioana en regardant sa tasse.

— Bientôt deux, ajouta Sofia.

Elle enfonça à nouveau la pédale de sa Singer. Les Tsiganes remplirent une fois de plus leurs tasses.

— Est-ce que je vous avais déjà raconté que j'ai été apprentie chez la couturière la plus célèbre de Calea Victoriei ? demanda l'hôtesse. Non ? Elle avait étudié à Paris ! Elle ne travaillait que pour les grandes dames de l'époque.

Sofia sourit en repensant au jour où la grande patronne l'avait envoyée porter des vêtements chez ses clientes pour la première fois. Elle avait onze ans. Même si son père avait payé la dame pour qu'elle enseigne le métier à la petite, une année entière s'écoula avant que celle-ci ait le droit de toucher à une aiguille et à des étoffes. Elle livrait les robes en traversant la capitale les bras chargés de colis, balayait l'atelier et préparait le café – pour la patronne, pour les clientes, pour les invités, et même pour les apprenties plus âgées qui avaient passé leur période d'essai. La jeune fille prenait sa tâche très au sérieux. Pas de retards, pas de dégâts, et beaucoup de respect. La patronne exigeait d'ailleurs d'elle une obéissance totale. L'art de confectionner des vêtements viendrait après tout cela.

Petit à petit, les autres filles se mirent à lui montrer comment coudre les ourlets, réparer le bas d'une manche, repasser les étoffes les plus fines sans les brûler. Au bout de quelques années, Sofia avait appris à tout assembler, des draps jusqu'aux manteaux.

La patronne l'appréciait. Avec le temps, elle avait appris à lui faire entièrement confiance. Le jour où

Sofia quitta son atelier pour se marier, elle fondit en pleurs, comme si elle perdait sa propre fille. Des années plus tard, après la guerre, quand tout était rationné, Sofia reçut de sa part quelques mètres de tissu. Grâce à cela, elle put confectionner des chemises, des pantalons et des habits d'hiver pour ses trois enfants.

C'était un secret bien gardé de Sofia : une fois mariée, elle s'était souvent ennuyée de ses années d'apprentissage.

*

— Moi, je ne peux pas dire que ma jeunesse ait été un pur bonheur ! Surtout pas avec une belle-famille comme la mienne ! fit Geta en roulant les yeux. Avant que mon mari ne me quitte pour une dévergondée, la ville entière venait fêter chez moi. On me laissait avec une montagne de vaisselle à faire. Le dimanche soir, il ne restait déjà plus rien de ce que j'avais préparé à manger pour la semaine ! Je ne pouvais rien dire, sinon mon mari m'aurait tuée. J'étais sa bonne à tout faire… Heureusement, le divorce m'a sauvée. Quand il est parti, je suis enfin devenue maîtresse de mon temps et de mon argent.

Coana Ioana leva les épaules.

— Moi, je n'ai jamais eu personne.

La maisonnette de Ioana comportait en tout et pour tout deux pièces et deux fenêtres. Son mobilier était composé d'une civière ainsi que de trois bûches : la plus large servait de table à manger, tandis que les petites faisaient office de chaises. Le seul luxe que Ioana s'était permis, c'était les deux carrés de tissu fleuri qu'elle avait installés en guise de rideaux. Le vacarme des trains qui passaient quasiment à côté de son lit ne la dérangeait jamais. Elle aimait les trains. Ils en avaient de la chance, les voyageurs : pour le coût d'un billet, ils achetaient le plaisir de découvrir le monde.

Coana Ioana rêvait souvent qu'elle montait dans ce train. Lors de son premier passage de la journée, vers trois heures du matin, elle s'imaginait à Constanţa, au bord de la mer Noire où, pendant son enfance, son clan était parti rejoindre une grand-mère centenaire.

Ioana ne s'en était pas souvent vantée, mais sa grand-mère était dotée d'un immense pouvoir. Elle avait beau être une harpie, il s'agissait de la meilleure chiromancienne que l'Europe ait jamais connue.

*

— Est-ce que tu penses parfois à tes parents ? demanda Geta.

Elle se promenait dans le salon et son regard s'attardait sur les cadres accrochés aux murs.

— Oui. Je les vois encore quand je ferme les yeux, répondit Sofia. Surtout ma mère, Anica.

Elle se laissa submerger par une vague de nostalgie. Une boule au fond de la gorge, elle reprit :

— Quand j'allais la visiter avec mes enfants, on allait souvent marcher ensemble à travers le village. Elle me tenait le bras et on avançait à pas de fourmi… En chemin vers l'église ou le cimetière, elle saluait les gens, reconnaissait leur voix. On allumait des bougies. Ses cataractes l'avaient rendue aveugle. Elle est morte à plus de quatre-vingt-dix ans. Ça faisait des années qu'elle ne portait que du noir. Depuis qu'elle était veuve. Toutes les femmes de ma famille ont vécu longtemps…

Elle prit une pause pour savourer ces souvenirs.

— Maman aimait l'odeur des acacias qui longeaient le chemin. En route vers le cimetière, on s'arrêtait pour les sentir. Une fois, nous avons croisé un voisin qui marchait plus vite. Elle m'a dit : « Arrête un peu, Sofia. Il ne faut pas couper l'élan de ce brave homme. » Elle disait des choses comme ça tout le temps. Elle ne voulait jamais contrarier personne.

La Singer se remit à chanter. Les Tsiganes s'approchèrent des cadres pour examiner les portraits.

— Sur la photo à gauche, c'est mon père, en 1916, leur confia Sofia, contente d'avoir éveillé leur curiosité. Il était dans la cavalerie. Il adorait son cheval. Il avait fière allure dans ses habits de soldat ! Ma mère le trouvait très beau. Dans les années quarante, il était déjà vieux, mais il est tout de même parti au front avec ses deux fils.

Les Tsiganes retinrent leur souffle. Sofia s'empressa de les rassurer :

— Ils sont revenus tous les trois. Ma mère était tellement soulagée. Elle avait prié jour et nuit pour qu'il ne leur arrive rien… Mon père avait quand même été blessé. Il boitait. Mais sa blessure à la jambe ne l'inquiétait pas. Il disait : « Laissez, ça va guérir, ça va passer. » Philosophie d'homme simple... La blessure s'est infectée et il est mort en 1947.

— Ça n'a pas dû être facile pour ta mère, Anica...

— Non, ça n'a pas été facile.

— ...

— Mes parents vivaient à la campagne. Leur village n'était pas situé près d'une route principale, mais mon père se doutait que, tôt ou tard, les soldats finiraient par passer par là. Le jour où l'ordre de partir pour la guerre a été donné, mes frères ont creusé un gros trou au fond de la cour. Ils l'ont camouflé avec des tiges de maïs. C'est là que mes sœurs se sont cachées pendant l'occupation allemande. Et après, quand l'armée soviétique est arrivée, elles ont dû y retourner. Elles ont passé des années sous terre, à côté de la viande et des fromages.

— Et les garçons ?

— Le jour où ils sont partis, ça a été difficile... Et pas seulement pour notre famille, pour tout le village. Nous sommes allés à Broşteni juste à côté de la voie ferrée. Le train passait par là lorsqu'il amenait les militaires au front... Tout le monde est sorti pour saluer une dernière fois des fils, des amis, des cousins, des pères... On voulait les voir en habits militaires. On voulait les voir avant que...

— Pourquoi on parlait de la guerre, déjà ? demanda Ioana, un peu perdue.

— Parce que le beau-frère de Sofia n'a jamais croisé *nea* Tica du temps où il travaillait pour la Société de transport de Bucarest. Nous pensons que ce voisin n'était peut-être pas vraiment un wattman…

— Alors, il était quoi ?

— Il était… même le bon Dieu ne pourrait pas me le dire…

— Et c'est mauvais, ça ?

Geta la rassura.

— Non, *coana* Ioana. Ne t'inquiète pas. Est-ce que tu vends des graines de tournesol à *nea* Tica ?

— Non.

Geta regretta d'avoir parlé du wattman devant Ioana. Elle se dit cependant que, la prochaine fois qu'elle le verrait, la vendeuse de graines de tournesol aurait déjà oublié leurs potins.

— C'est plutôt sa femme qui est ma cliente, précisa Ioana après avoir dûment réfléchi. Elle me demande toujours à qui je parle, ce qui se dit dans le quartier…

— Et toi, qu'est-ce que tu lui dis ?

— Rien, je ne lui dis rien.

Ioana remercia Sofia pour le café et partit avec sa corbeille en quête de clients. Préoccupée, Geta constata qu'à Andronache, son rêve semblait prendre des contours ténébreux. La femme de Tica tendait déjà ses antennes en quête d'informations.

3

Le cordonnier achevait de réparer une paire de talons hauts dans son atelier lorsque Sofia vint lui annoncer que le dîner était prêt. Elle demanda à son mari d'en apporter une portion à Angelo. C'était sa façon de l'amadouer et de l'encourager à se trouver du travail. Elle voulait lui rappeler qu'il était père et qu'il devrait maintenir un lien avec Gabriela.

Constantin s'éloigna, emportant avec lui plusieurs casseroles. Dans la rue, il laissait sur son passage un joyeux arôme d'ail et de laurier.

Sofia secoua l'épaule de Geta :

— Alors, à ton avis, qu'est-il arrivé au mari de Florica ?

La Tsigane se frotta les yeux.

— Est-ce que tu sais qui a bien pu faire ça ?

— Non, mais le Très-Haut doit le savoir, répondit Geta.

Les femmes fermèrent derrière elles la porte du salon, tirèrent les rideaux et débarrassèrent la table de ses fruits en plastique et de ses fleurs en papier. Geta y étala alors cérémonieusement ses cartes. Depuis son divorce, elle les emportait partout avec elle dans une valise qu'elle surveillait en permanence, presque aussi jalousement que si celle-ci avait contenu les restes de son mari qu'elle aurait méthodiquement dépecé.

Le paquet était enroulé dans deux tissus différents. Un noir et un rouge. Sofia s'installa sur une chaise et attendit que Geta y déposât ses objets de divination. Geta ne travaillait jamais sans une croix en argent, héritée de sa mère, et sans allumer devant elle quatre bougies, qui symbolisaient les quatre points cardinaux. La Tsigane noua ses cheveux sous un foulard avant de laver son visage avec de l'eau bénite et de chantonner une mélodie truffée de mots incompréhensibles.

— Qu'est-ce que vous voulez savoir, grand-maman ?

— Qui s'en est pris à Spiridon.

— Êtes-vous prête à accepter la vérité, aussi cruelle soit-elle ?

— Oui.

— Jurez-vous de garder cette information pour vous-même ?

— Je le jure, répondit Sofia en se signant.

— Respecterez-vous la volonté du Très-Haut ? Vous ne pouvez pas juger ce que vous allez voir et entendre.

Sofia acquiesça en fixant le visage de Geta.

— Je vois un homme…

— Oh, mon Dieu ! Ça ne peut pas être mon Constantin, dis-moi que ce n'est pas lui ! Est-ce qu'il est vieux ?

— Pas vraiment. Il s'agit d'un homme entreprenant… qui aime faire de l'argent avec ses petites affaires…

— Puiu ?

— Un homme mûr, disent les cartes…

— Alors ce n'est pas Puiu…

— On dirait que sa bouche est cousue…

— Ah, un homme discret ! Ce ne peut pas être Angelo, lui, c'est un vrai moulin à paroles !

— Habile de ses mains…

— Ce ne peut pas être l'aviateur, il a de la difficulté à boutonner une chemise ou à tourner les pages d'un livre !

— Toujours là, à guetter…

— C'est l'aviateur ? C'est lui qui a un seul œil !

— C'est quelqu'un qui aime bien manipuler du métal…

— Le métal ? Oh, non ! Ne me dis pas que c'est Lilian ? Il ne ferait pas de mal à une mouche ! Celui qui a frappé Spiridon et son chien avait la haine dans les tripes.

Les visions de Geta se succédèrent à un rythme de plus en plus rapide. La Tsigane se mit à convulser. Sofia sauta aussitôt sur ses pieds. Elle traîna Geta avec elle dans la cuisine et mit une infusion de tilleul à bouillir sur le poêle. Toujours en transe, et chancelant sur une chaise à trois pattes, la Tsigane se mit alors à raconter ses rêves d'il y avait quelques semaines, dans lesquels elle avait vu des ombres traversant un champ de maïs.

4

La visite de Geta chez les Marcu rendit la sorcière particulièrement curieuse. Si elle avait tant insisté auprès de son mari pour que celui-ci aille planter du maïs dans le terrain vague, c'est parce qu'elle voulait pouvoir écouter les conversations de ses voisins. Cachée par la végétation, elle avança vers la vigne des Marcu et s'arrêta à quelques pas de la fenêtre. La sorcière s'efforça de distinguer chaque mot, mais le bruit intermittent de la Singer l'empêchait de bien suivre ce que disait la Tsigane. Après un moment, fatiguée d'attendre debout et de se faire torturer par les insectes et par la chaleur, elle retourna chez elle sur la pointe des pieds.

Ses armoires étaient pleines de tasses, d'assiettes et de cuillères dépareillées, recueillies ici et là à des funérailles. De temps en temps, elle aimait exposer cette vaisselle hétéroclite sur la table à manger. Surtout quand son mari faisait ses livraisons de lait, que sa fille et son gendre partaient déposer Mircea à la maternelle – où il pouvait s'adonner avec délice à son habitude préférée : mordre les autres enfants. De toutes les personnes qu'elle connaissait, *ţaţa* Ioana était la seule qui s'était déjà émerveillée devant sa collection.

La sorcière s'installa confortablement pour contempler son trésor. Nul besoin d'attendre jusqu'à minuit pour faire de la magie. Elle commençait à midi, lorsqu'elle régnait en maîtresse sur la maison.

Satisfaite, la sorcière aligna les cuillères devant elle :

— Celle-ci, elle vient de la veuve du vétérinaire… Celle-là, je l'ai prise à l'enterrement de tante Marcela. Et ici, je m'en souviens… c'était pour le mari de Stela la couturière. Ça ?… le vieux en face de l'école. Ça… le jeune électrocuté. Ça m'en prendrait encore quelques-unes… Peut-être que je pourrai en ramasser à l'enterrement de Spiridon… ou de *coana* Ioana… ou du policier… ou bien de Constantin… ou encore…

Les morts pouvaient parfois apparaître sur des surfaces lustrées, avait-elle appris, ou bien dans les miroirs. Et si elle parvenait à réunir suffisamment d'objets autour d'elle… et qu'elle s'emmurait dans un silence parfait… La sorcière fixa longtemps les ustensiles en acier inoxydable. Sous l'effet du miroir convexe, elle n'aperçut que son visage déformé, surmonté de bigoudis géants.

Elle trouvait la vieillesse répugnante. Pour se changer les idées, elle sortit de la poche de sa robe de chambre le mouchoir dans lequel elle gardait ses pièces de monnaie. Elles aussi, elle les avait ramassées à des funérailles. De ce pécule-là, elle n'avait jamais partagé un seul sou. Chaque pièce avait le pouvoir d'influencer le destin d'une personne. Elle ne s'en était servie qu'à deux reprises : la première fois, lorsqu'elle avait épousé le wattman et, la deuxième fois, lorsqu'elle s'était mise en quête d'un époux pour sa fille.

Depuis quelque temps, elle avait envie de réessayer. Surtout quand elle entendait des gens rire chez les Marcu. Mais comment pouvait-elle faire usage de ses enchantements ? Que pouvait-elle souhaiter ? Qu'est-ce qu'elle n'avait pas déjà obtenu ? Avait-elle envie de porter des bijoux ? De se couper les cheveux, comme le faisaient désormais les jeunes femmes ? De se débarrasser du foulard qui lui couvrait la tête et qui la faisait paraître encore plus rabougrie ? Si elle était plus jeune, ou si elle était veuve, elle aurait pu jeter un sort au beau policier qui venait examiner son champ de maïs… un bel homme… célibataire…

Ennuyée, elle rangea son arsenal et sortit dans la cour. Tout était calme dans les environs. Du côté des Stănescu, elle entendait seulement souffler le vent et roucouler les tourterelles. Du côté des Filipescu, les chiens errants aboyaient. Un inconnu engagé par la famille pour couper l'herbe le long de la clôture venait tout juste d'entrer sur leur propriété.

Sortant de la cour des Marcu, *ţaţa* Ioana commençait sa ronde dans Andronache. Son panier à la main, elle traînait péniblement ses pieds dans une paire de sandales pour hommes qu'elle avait trouvées au bord de la voie ferrée. La sorcière se cacha derrière un bosquet de lilas et la laissa passer sans lui poser de questions.

Le temps n'était pas encore venu de lui parler de Geta. Elle aurait le loisir de le faire tôt ou tard, sans éveiller ses soupçons.

Ioana était comme un chat qui trottait sans bruit dans le quartier. Elle apparaissait et disparaissait dans la rue à n'importe quelle heure du jour ou de la nuit. À de nombreuses reprises, la sorcière avait essayé de découvrir ce qu'elle pouvait dissimuler derrière ce regard neutre, derrière ces traits qui ne sursautaient jamais, dans cette tête qui ne semblait jamais calculer ses paroles, pas plus qu'elle ne mesurait ses gestes ni ses alliances. Ioana semblait figée dans le même état d'esprit depuis des décennies. Sa placidité lui donnait l'apparence d'un mannequin. Son panier rempli de cornets de graines grillées paraissait véritablement former son seul ancrage.

La sorcière tenait surtout à savoir ce que Ioana avait vu ou entendu le jour où Spiridon Popescu avait été transporté en ambulance. Que pouvaient bien dissimuler ses pensées? Rien, peut-être. Mais alors, pourquoi tous ses efforts visant à la faire parler n'avaient-ils jamais porté fruit? Chaque fois qu'elle abordait la vendeuse pour la pousser à se livrer et à commérer, elle se heurtait à son silence. Et ce qui l'irritait le plus, c'était que, chez Sofia, Ioana n'hésitait jamais à se délier la langue.

Elle avait essayé de la troubler, de l'empoisonner, de lui jeter un sort, mais Ioana n'avait jamais montré aucun signe de détresse, aucune volonté de parler. Tout au plus s'était-elle plainte une fois ou deux de maux de ventre et de flatulences excessives.

*

La sorcière s'assit sur le banc que son mari lui avait rapporté d'une de ses promenades. Elle se retrouva alors projetée en arrière, jusqu'au jour où Spiridon avait été retrouvé.

Elle avait deviné qu'il se passait quelque chose au va-et-vient des hommes dans la rue Escalei, que les cris des enfants avaient attirés dans le champ de maïs. En plissant un peu les yeux, elle vit son mari qui agitait sa bêche. Puiu et Lilian accoururent maladroitement vers le terrain vague... Elle savait qu'un de ses voisins était blessé, mais elle avait envoyé des mauvais sorts à tellement de personnes qu'elle ne savait pas qui, de tous ses ennemis, avait eu la malchance de souffrir le premier.

La sorcière tendit l'oreille, mais elle dut attendre le retour des hommes de sa famille pour comprendre les détails de ce qui s'était passé.

— C'est mon terrain ! C'est mon terrain à moi ! C'est mon maïs ! C'est mon maïs à moi !

C'est tout ce qu'elle fut capable de tirer de Tica. Lilian, quant à lui, bégayait et avait le teint blême.

— Pourquoi as-tu du sang sur ta chemise ?

— Ce n'est pas du sang, c'est de la peinture. Je faisais des essais sur la porte de l'Hirondelle. Spiridon est blessé. Il faut appeler une ambulance.

— Ah, fit la sorcière.

Elle avait le sentiment d'avoir raté sa cible. Elle souhaitait beaucoup plus de mal à d'autres voisins. Elle fut étonnée d'apprendre que Spiridon Popescu s'était laissé atteindre si facilement par sa magie.

5

Bien avant de devenir un vétéran distingué et d'avoir la poitrine poinçonnée de médailles, l'aviateur Stănescu avait déjà élu résidence à Andronache, dans ce grand domaine dissimulé derrière un parc à ferraille. Celui-ci était devenu en quelque sorte son dépotoir personnel, et, encore aujourd'hui, il se plaisait à y entreposer des engins de toutes sortes.

Bien que la guerre lui ait ravi la santé, les rêves du capitaine étaient restés intacts. Vers la fin de la guerre, quelques semaines avant sa chute irrémédiable, une idée folle lui avait traversé l'esprit. Il caressait le projet de construire un moteur puissant, pareil à nul autre, qui serait au cœur d'une machine invincible. Il avait gardé pour lui cet espoir secret, de peur que ses plans tombent entre de mauvaises mains. La guerre avait déjà déréglé l'esprit d'assez de fanatiques comme ça, il n'avait pas envie de contribuer avec sa machine à plus de destruction.

Lorsque Lilian avait rendu manifeste sa passion pour l'ingénierie, le capitaine avait aussitôt reconnu son talent. Il y avait aussi vu une occasion de mettre son dessein à exécution. Cependant, il comprit très vite que le dévouement du jeune génie ne suffirait pas à garantir le succès de cette entreprise. Ils avaient besoin de financement. Et comme ils manquaient terriblement de liquidités, l'aviateur décida d'attendre qu'un moment plus opportun se présentât. Jour après jour, il contemplait d'un air énigmatique les morceaux qu'il avait rassemblés au fil des années, sans que personne ne soupçonnât leur utilité.

Son intuition lui avait commandé de se préparer discrètement à passer à l'action, sans jamais faire de vagues. L'agression inexplicable contre son voisin l'incitait à la prudence. L'invention qu'il projetait de réaliser depuis des années ne devait être dévoilée qu'en prenant d'infinies précautions.

*

Cela faisait longtemps que l'entrée de sa cour avait été laissée à l'abandon. Cette zone le séparait de la rue où circulaient ses concitoyens. C'était comme s'il avait besoin de conserver un espace chaotique entre lui et le monde, pour se soustraire à la curiosité de ses voisins et préserver son intimité avec Margareta. À l'arrière de sa propriété, il s'était aménagé au contraire un petit coin de paix et de verdure. Pour que le mystère soit complet, ni lui ni son épouse ne sortaient jamais faire les courses, bien que l'aviateur se vantât d'être toujours bien nourri.

Madame Stănescu avait jadis été infirmière au centre-ville. C'était avant la guerre. Depuis lors, elle semblait s'être détournée entièrement de la vie publique. Pourtant, son mari continuait à apporter ses chaussures chez Costică, en le priant de remplacer ses talons hauts lorsqu'ils étaient cassés. En été comme en hiver, une dizaine de chemises blanches flottaient au vent, sur une corde à linge suspendue à l'arrière de la maison, jusqu'au cerisier qui avoisinait la clôture du wattman. Cette lessive disparaissait invariablement avant le coucher du soleil. Il s'agissait d'un des rares signes dévoilant la présence constante, mais discrète, de l'épouse qui veillait sur l'aviateur toujours tiré à quatre épingles.

Les Stănescu ne recevaient jamais de courrier, pas même les factures d'électricité que scrutaient leurs voisins chaque mois d'un œil mécontent. À son retour de la guerre, le capitaine avait arraché la boîte à lettres qui se dressait devant chez lui. À la place, il avait installé une cabane à oiseaux, où un couple de tourterelles tristes avait élu domicile dès le lendemain matin.

*

L'aviateur se dirigea lentement vers le kiosque des Marcu. Il transportait un sac au bout de son bâton.

— Ma femme et moi, nous avons dansé toute la nuit. Elle aime encore ça, la valse ! Mais ce n'est pas comme avant. Tu te rappelles, Constantin, les bals d'avant la guerre ? Dis-moi, tu t'en souviens ?

Le cordonnier hocha la tête en attendant la suite. Même en s'appuyant sur une canne et, parfois, sur une béquille, l'aviateur trébuchait à chaque pas. La courte marche séparant son parc à ferraille de la propriété de son ami l'avait épuisé. Il faut dire qu'il pouvait chavirer à tout moment: le simple fait d'avancer sur cette surface pavée de roches inégales exigeait de sa part beaucoup de concentration. Aussi le cordonnier se demandait-il qui valsait réellement avec Margareta...

Costică plongea la main dans le bol de Prenandez, la fameuse colle « qui durait une vie ». Il reconnut sans peine les chaussures laquées en cuir rouge qu'il avait rafraîchies un mois auparavant.

— La colle n'est pas suffisante. J'ajoute deux petits clous. Elle ne va pas les sentir sous son talon. Ça va tout tenir en place.

L'aviateur sourit. Les cicatrices de son visage se déplacèrent alors vers ses oreilles, étirant sa peau comme un élastique. Son regard croisa celui d'Andrei. Installé confortablement dans le kiosque des Marcu, celui-ci attendait le signal pour commencer sa lecture, le livre ouvert sur les genoux.

— La guerre n'a jamais rendu personne heureux. Ni les Roumains, ni les Russes, ni même les Allemands. Personne. Quand elle a fini, nous avons juste compté nos morts et contemplé des ruines.

Sofia se joignit au groupe pour servir à leur hôte un verre de *vişinată*. L'aviateur poursuivit:

— À chacun sa souffrance. La mienne a été de savoir que ma femme n'aurait jamais la famille qu'elle avait désirée. Elle avait déjà deviné que nous n'aurions pas d'enfants, avant même de me rejoindre à Vienne et de voir devant elle le gros tas de bandages qu'était devenu son mari... Ma pauvre Margareta. Elle n'a jamais fait de mal à personne. Je lui ai dit qu'elle pouvait refaire sa vie avec quelqu'un d'autre. J'étais riche, ma famille pouvait prendre soin de moi... Je le pensais vraiment... Et elle, elle s'est contentée de secouer la tête, comme ça.

L'émotion faisait trembler la voix de l'aviateur.

— Il y a des êtres qui sont capables de donner tant d'amour... C'est grâce à elle que je n'ai pas perdu mon âme en même temps que mon corps. C'est ma Margareta qui a veillé sur elle... Andrei, quand tu seras grand, je te souhaite de rencontrer une femme aussi exceptionnelle... J'ai été un bon pilote, ça prend du courage. Mais je n'ai jamais été aussi courageux que ma femme, qui a affronté le quotidien d'une guerre. Et après, elle a encore trouvé la force de reconstruire une vie pour nous... C'est elle qui m'a reconstruit. Allez, vas-y, lis-moi.

*

Invoquant les besoins de l'enquête, les policiers avaient demandé au vétéran la permission d'examiner le parc à ferraille, parce qu'il avoisinait le champ de maïs où la victime avait été découverte. Après avoir fixé les intrus pendant de longues secondes, l'aviateur leur fit un signe de la tête, les invitant à le suivre.

L'équipe d'experts se divisa bientôt en deux groupes. Les plus jeunes se mirent à arpenter le terrain, tandis que les plus vieux vaquèrent à des tâches plus indéterminées. En vérité, les policiers plus expérimentés se contentèrent de humer l'air ambiant et de tenir compagnie à l'aviateur. Pour se changer les idées, celui-ci caressait un moteur rouillé, à moitié enfoncé dans la terre, encourageant ses visiteurs à examiner cette pièce de collection.

Les représentants de l'ordre quittèrent la propriété après quelques heures, incertains de ce qu'ils avaient découvert. L'aviateur était parti se reposer peu après leur départ. Le stagiaire, quant à lui, oublia de rapporter qu'il avait trouvé des traces de pas entre le parc à ferraille et le champ de maïs. L'œil de verre de l'aviateur lui avait fait peur.

6

Des pigeons roucoulaient très doucement sur le toit du kiosque. En ce début de journée qui s'annonçait caniculaire, ils semblaient déjà à moitié assommés par la chaleur.

Sofia s'était réveillée très tôt pour cuisiner avant que l'air d'Andronache ne devînt étouffant. Elle bourdonna longtemps d'un bout à l'autre de la maison, nettoyant toutes les surfaces, rangeant ce qui traînait, assaisonnant les plats. L'aviateur arriva tôt chez les Marcu lui aussi. Il s'assit près de Constantin, le dos calé contre le mur de la maison, en regardant tour à tour le ciel, puis la vigne. Sofia lui offrit comme à son habitude de sa liqueur de griottes, mais l'aviateur préféra qu'elle lui fît un café.

— Et toi ? Tu ne veux pas un petit verre ? Tu es sûr ? insista Sofia auprès de son époux.

— Non, j'ai mal aux dents, soupira Constantin.

Le cordonnier aurait préféré se gargariser avec de l'eau-de-vie, le seul remède fiable qu'il utilisait contre l'infection, mais il ne se sentait pas à l'aise de le faire devant le capitaine. Ce type de soins intimes devrait attendre au soir.

Avant de se mettre au lit, Sofia et Constantin se pliaient désormais à la même routine que leurs parents avaient adoptée avant eux, pour lutter contre la vieillesse et les souffrances passagères. Sofia prenait la bouteille d'huile de tournesol et massait lentement les collines que l'arthrite avait fait apparaître sur ses mains osseuses, et les bosses rondes comme des choux qui entouraient ses genoux. Elle soupirait :

— L'huile. C'est bon, ça, contre la douleur.

Après avoir passé la journée à clouer des semelles, Constantin appliquait quant à lui des feuilles de raifort sur le bas de son dos. Il étalait ensuite des feuilles de chou sur son ventre pour tempérer les ardeurs de son foie. Enfin, il se rafraîchissait l'haleine avec de l'eau-de-vie, et retenait aussi longtemps que possible le liquide brûlant contre ses molaires, surtout lorsque celles-ci ne le laissaient pas fermer l'œil de la nuit. Apaisé, il s'endormait avec sa tuque sur la tête, protection efficace contre les courants d'air. Il se plaignait toujours que la maison devenait trop fraîche vers minuit, parce qu'elle avait été construite en briques.

*

L'aviateur déposa devant lui la tasse de café vide. La journée commençait bien. Il se sentit revigoré. Il attendait l'arrivée de Pandrea, un ancien camarade d'armes de Costică, avec qui il n'avait pas pris un verre depuis la fin des hostilités en 1945.

Quelques jours plus tôt, le cordonnier l'avait rencontré par hasard à la Grande Halle du marché Unirea. Il l'avait serré aussitôt dans ses bras, l'invitant à venir faire un tour à Andronache pour profiter de la fraîcheur de sa vigne, et échanger des nouvelles. L'aviateur, qui l'avait croisé brièvement sur le front, se rappelait à peine à quoi il ressemblait. Il se dit que les souvenirs ne servaient pas à grand-chose de toute façon, après une séparation de plus de trente ans. Pandrea avait dû beaucoup changer depuis la guerre, comme tout le monde, sans doute…

Il fut interrompu dans ses réflexions par des éclats de voix. Costică grondait Andrei dans l'atelier. Le garçon parcourut au pas de course l'espace qui le séparait de la rue, puis trouva refuge sur la pierre en forme de cœur que sa cousine et lui affectionnaient tellement.

— Jamais capable de s'occuper de ses affaires, ce garçon ! s'insurgea son grand-père.

— Non mais ! Laisse le petit tranquille ! intervint l'aviateur.

— Il n'a fait que nous embêter cet été. Il s'habille comme un vagabond, il n'apprend rien… Son père est toujours rouge de honte lorsqu'il rencontre d'autres parents. Quand il avait son âge, il était premier de classe. J'ai été orphelin de guerre et j'ai reçu dans ma vie plus d'une claque. Aurelian n'a jamais levé la main sur Andrei, et regarde ce que ça donne, maintenant !

— Andrei ne pourrait pas revenir nous faire un peu la lecture ?

— Non, il ne mérite pas autant d'attention. Il faut qu'on le punisse plus souvent. Il ne rêve que de lire et de jouer au foot.

— Lire, c'est bon. Jouer au foot aussi…

— Il passe la journée à errer dans le quartier au lieu de mettre le nez dans ses cahiers. Il a toujours reçu de beaux vêtements, des manuels scolaires, mais il n'apprécie pas leur valeur… C'est parce qu'il les a eus gratuitement, j'imagine… Son père voudrait qu'il devienne avocat.

— Non, pas Andrei, non, il n'a pas ce qu'il faut pour cela. Il fera plutôt un bon pilote.

Mécontent de la réponse de son ami, Constantin bouda sur sa chaise, mais il ne le contredit pas. Pandrea arrivait justement. À côté de la porte du jardin, le nouveau venu ôtait son chapeau pour saluer Sofia, à qui il tendit une boîte de chocolats qu'il venait d'acheter dans une pâtisserie du centre-ville.

Après quoi Pandrea s'assit à son tour à l'ombre de la vigne. Les mains sur les genoux, il apprivoisait en silence ses anciens camarades.

— C'est beau chez vous.

— Montre-lui le jardin, Costică, suggéra Sofia.

Le cordonnier lui fit faire le tour de la propriété, depuis le poulailler jusqu'au jardin de roses, en passant par le verger et le petit vignoble. Pendant ce temps, Sofia prépara une collation composée de quelques tranches de pain, de beaucoup de fromage et de deux-trois tomates.

— Trotter comme ça en ville, ça a dû te creuser l'appétit. Aimerais-tu une bonne soupe ? Nous avons fait du bouillon, avec une de mes poules...

— Ne vous dérangez pas pour moi ! Un verre d'eau-de-vie sera bien suffisant.

L'aviateur regardait fixement la verdure luxuriante qui s'étalait devant lui. Quand il ne savait pas de quoi parler, il trouvait cela commode de se remémorer les jours de combat.

— Les jeunes ne savent plus ce que c'est que le sacrifice, le courage, le dévouement, lança-t-il. Regarde-les partir travailler le matin : on ne voit que des visages apathiques, fatigués et sans joie. Ils occupent un petit emploi dans une usine, ou bien dans un bureau, mais ils sont indifférents à tout. Rien ne leur semble important, ni ce qu'ils produisent ni leurs camarades... Moi, j'ai toujours brûlé de joie en montant dans mon avion. J'aurais fait ça encore et encore ! Et c'était pareil pour les autres pilotes. Surtout les filles de l'Escadrille blanche... La guerre a fini par nous couper les ailes. Mais qu'est-ce qu'on aimait voler ! Quand je me souviens de ma jeunesse, je ne vois autour de moi que des gens passionnés !

— Ce n'est pas tout le monde qui a la chance de travailler par plaisir... ou par choix... soupira Pandrea.

Son hôte lui offrit poliment de cirer ses chaussures ou de vérifier l'état de ses semelles, une offre que le nouveau venu déclina tout aussi poliment. Il tendit cependant son verre vide en direction de Constantin, qui s'empressa d'offrir une autre tournée de son eau-de-vie de mirabelles.

— On boit pour qui, cette fois ?

Le cordonnier décida de prendre lui aussi une gorgée d'alcool, même s'il ne buvait jamais avant le coucher du soleil.

— À la mémoire de mon frère Nicolae. Il est mort en 44, l'année où on a cessé de lutter contre les Soviétiques. Peu après qu'on nous a ordonné de libérer la capitale de l'occupation allemande. J'avais dit à mon frère : « Fais comme moi, demande de rester en Roumanie, d'être démobilisé. » Nicolae avait déjà assez risqué sa vie. Il avait passé l'hiver à Stalingrad. Il avait bravé le froid, la misère… Il ne m'a pas écouté. Je ne sais pas ce qui lui a pris. Nous ne sommes pas des héros dans ma famille. Après la mort de ma mère, on a seulement essayé de survivre. On voulait juste une vie normale, avec une femme, un métier… Il était tellement jeune… Il n'a même pas eu le temps de se rendre au front de l'Ouest. Son unité défendait nos raffineries de pétrole contre les Allemands. Il s'est fait faucher par une mitraillette, à quelques kilomètres de Ploieşti… On l'a enterré sur place, au cimetière militaire. Il y a quelques années, j'y suis allé avec son fils pour chercher sa tombe. Et nous l'avons trouvée ! Son fils était si content.

— Est-ce qu'il avait connu ton frère ?

— Non. Nicolae a laissé derrière lui quatre enfants. L'histoire s'est répétée : nous aussi, nous étions devenus des orphelins, après la Grande Guerre. Mais au moins, ses jeunes ont eu la chance de grandir au sein d'une famille. C'est mon autre frère, Matei, et sa femme Mira, qui les ont adoptés. Mira ne pouvait pas avoir d'enfants. Elle s'était brisé la colonne vertébrale en tombant de la charrette de son père lorsqu'elle était petite. Et elle a fini par prendre soin de ses quatre neveux. Comme c'est étrange, la vie, comme c'est étrange… Que Dieu pardonne à Nicolae et qu'il repose en paix !

— À Nicolae ! lança le capitaine.

Les trois hommes versèrent quelques gouttes d'alcool sur la terre poussiéreuse, avant de vider leur verre cul sec.

— Et leur mère, aux petits ? Que lui est-il arrivé ?

— La femme de Nicolae… À vrai dire, je n'en sais rien. Personne ne se souvient de ce qui lui est arrivé. C'est comme ça, la guerre.

Les pigeons s'étaient tus. Les camarades regardèrent en silence les rayons dorés qui se posaient gracieusement sur la vigne.

— Et toi, Pandrea ?

— Moi ?

— Qu'est-ce que tu es devenu, depuis 45 ?

— Dieu merci, j'ai pu retrouver ma femme et mon garçon. Tout le monde était en santé. Mais Smaranda ne voulait plus vivre au centre-ville. Elle avait trop peur des grandes agglomérations, après les bombardements… Alors nous avons pris notre garçon – mon Dieu, comme il était chétif –, et nous avons loué un appartement à côté de l'usine du 23-Août. C'est là que j'ai travaillé, jusqu'à ma retraite. En grandissant, notre fils est tombé amoureux des chiffres. Il comptait tout ce qui lui tombait sous la main. On ne pouvait plus l'arrêter, alors nous nous sommes dit : « Quand il sera grand, il deviendra… » Devinez quoi !

— Comptable ?

— C'est ça ! Il a épousé une infirmière, une fille très gentille. On l'aime beaucoup. Elle m'appelle *papi*. Comme elle n'a pas connu son père, je suis devenu son papi à elle et à ses deux grandes filles, qui sont maintenant des Pionnières[9]. Smaranda n'arrête pas de les gâter. La seule chose que je n'ai pas réussi à avoir, c'est un jardin. Il est beau, le tien, mon Costică.

— Tu sais, tu n'as pas besoin d'avoir un grand terrain pour faire pousser des légumes. Je donne toujours des plantes à mes amis. Même dans un pot sur un balcon, je te promets qu'elles réussissent à pousser !

— Je te crois. J'ai un voisin qui fait ça. Un policier, un bel homme intelligent, au grand cœur, capable de tout deviner comme un deuxième Columbo ! Il y a des orangers qui poussent dans son appartement, vous imaginez ! Évidemment, on ne peut pas manger les fruits, tellement ils sont amers, mais alors les fleurs… Tout l'immeuble le remercie pour cette belle odeur-là.

Le roucoulement endormi des pigeons les berça à nouveau tous les trois. Pandrea reprit alors d'un ton plus enthousiaste :

9. Mouvement des pionniers : organisation du Parti communiste pour la jeunesse.

— Il nous parlait justement d'un cas, l'autre jour. Une histoire assez bizarre. Imaginez-vous qu'un après-midi, on l'a appelé pour déterrer un chien, quelque part en banlieue. Preuve au dossier, paraît-il ! Aussitôt rentré à la maison, il a passé toute la soirée dans ses fleurs d'oranger, pour se sortir la puanteur du nez !

Stănescu et Constantin se servirent un verre.

— Comment disais-tu qu'il s'appelle, ton policier ? demanda calmement l'aviateur.

— Justement, je ne l'ai pas dit ! lança Pandrea, taquin.

Comme la bouteille d'alcool de mirabelles était terminée, leur hôte s'empressa d'aller chercher la dame-jeanne dans son garde-manger. À son retour, Pandrea changea de sujet.

— Est-ce qu'il y a des choses que tu regrettes, Costică ?

— Je ne sais pas... je ne pense pas, non. J'ai une famille, la paix et de la nourriture à mettre sur la table. C'est bien.

— Tu as travaillé fort !

— Qu'est-ce que je pouvais faire d'autre ? Sans mon métier, je ne vaux pas grand-chose ! Après tout, je n'étais qu'un orphelin. Je ne suis devenu quelqu'un qu'à partir du moment où j'ai rejoint l'atelier de mon premier patron, le Grec. Il confectionnait des chaussures de luxe. Quelle qualité ! Quelle finesse ! Ce que je pouvais être fier ! Un jour, je cirais une nouvelle paire de chaussures, et le lendemain matin, celles-ci étaient déjà exposées dans la vitrine au regard des passants. Le magasin était situé au coin de la rue Făinari et de Calea Moşilor.

— Tu n'étais pas au centre-ville, sur Calea Victoriei ?

— Non. Ça, c'est venu plus tard… J'avais seulement onze ans quand je travaillais chez le Grec. Je vivais chez un cousin. Il avait une maison au coin de la rue Doamna-Ghica et de l'ancienne rue Turtucaia. Plus tard, quand j'ai épousé Sofia, on a mis de l'argent de côté pour louer une propriété sur la rue Porţile-de-Fier, avec ma cousine Dobriţa. Sacrée mauvaise idée ! On n'y a pas fait long feu. Dobriţa était jeune, célibataire… Elle allait danser et rentrait toujours à la maison à l'aube. Elle commençait sérieusement à taper sur les nerfs de Sofia. On avait déjà des petits qui nous réveillaient la nuit. Elle avait besoin de se reposer…

— On ne met pas deux femmes dans une même maison ! Ça ne marche jamais.

— Comme Dobriţa était jeune, je pensais qu'elle allait obéir à Sofia. Une femme mariée et sérieuse, son aînée en plus… Bon, enfin, j'ai appris ma leçon. À partir de là, j'ai travaillé encore plus fort. On mettait pratiquement tout ce que je gagnais de côté. On voulait amasser assez d'argent pour payer tout le loyer, sans Dobriţa. Mais finalement, ma cousine s'est montrée plus orgueilleuse et têtue qu'on pensait. C'est elle qui nous a envoyés promener ! Dès qu'elle a eu assez d'argent pour se débarrasser de nous, elle nous a demandé de quitter *sa maison* le plus vite possible.

— Et c'est comme ça que vous êtes arrivés sur la rue Escalei ?

— Oui… Toute une histoire.

— Ma femme vous a toujours adorés. On vous aurait pris comme locataires, si la guerre n'était pas arrivée. Notre rêve était de bâtir des maisons pour les louer à des jeunes couples. Nous aurions pu vivre ensemble…

— Madame Stănescu n'aurait jamais pu endurer mes garçons.

— Elle a toujours été très attachée à Lilian.

— Je veux dire *tous* mes garçons.

7

Laissant à Constantin le souci d'entretenir Pandrea, l'aviateur reprit un verre et se remémora avec nostalgie le jour de son départ pour les manœuvres militaires. On l'avait averti que les entraînements s'étaleraient sur une période de plusieurs mois, et il s'attendait à être mobilisé quelque temps. Personne ne savait que le jour où il reviendrait de la guerre, cinq ans plus tard, il serait en morceaux.

Ce matin-là, un beau matin de printemps, Stănescu était sorti très tôt de sa maison pour fumer une cigarette. Tout autour de lui, dans le quartier Andronache, on n'entendait que la brise caressant la forêt et le chant d'un coq, dont les vocalises retentissaient bien au-delà du poulailler. Ému par tant d'enthousiasme, il s'était approché de la clôture pour mieux l'apercevoir. Au passage, il frôla un petit cerisier, dont les branches étaient alourdies de fleurs. Jusqu'à ce jour, il se souvenait distinctement de l'explosion de pétales qui s'en était ensuivie. Il en avait dans les cheveux, sur ses épaules, sur la main qui tenait sa cigarette. Il fut alors en proie à un sentiment très étrange. Il s'arrêta au milieu du verger.

Observant les quelques pétales qu'il avait recueillis dans le creux de sa paume, il continua de fumer. Puis il leva le regard jusqu'à la cime des arbres. Le temps s'était arrêté pour lui, au moment même où une joie soudaine lui avait réchauffé le corps.

Il accepta de vivre ce bonheur intense. Des branches fleuries ondulaient sous le vent printanier. Sur la ville assoupie, un ciel bleu se déployait à l'infini, paisible et généreux. Il s'agissait d'un des derniers jours de paix, d'insouciance, avant que Bucarest soit happée dans la spirale de la conflagration. Il vivait un des derniers moments d'espoir avant l'effondrement. Jamais l'aviateur n'avait été si heureux qu'à cet instant-là. C'est comme si, en une respiration, il avait compris le sens de son existence.

Avant de partir, il avait chuchoté aux cerisiers : « Je reviendrai. »

*

Le rire de Pandrea fit remonter une vague de souvenirs dans le cœur de Constantin. Son camarade n'avait pas changé tant que ça. Il louchait encore aussitôt qu'il était réchauffé par l'alcool, comme il y a trente ans à la popote, pendant leurs rares périodes de délassement. Il se rappelait encore distinctement comment il avait rencontré ce bonhomme à la joie facile, de quelques années son cadet.

Chez les Marcu, l'ordre de se présenter pour les manœuvres militaires était arrivé plusieurs mois après le début du conflit. Constantin eut donc le temps de concevoir un autre garçon, d'encaisser plusieurs bons salaires, qu'il remit en toute confiance entre les mains de Sofia.

C'était d'ailleurs Sofia qui lui avait lu la lettre et qui avait été la première à s'en inquiéter : elle venait d'apprendre que son mari serait intégré à une unité d'artillerie, à Călăraşi.

— Une unité d'artillerie ? Mais qu'est-ce que tu connais à l'artillerie, toi ? Mon pauvre papa, Dieu ait son âme, me disait que son père avait été artilleur dans la Guerre d'indépendance de 1877 contre les Ottomans. Le bruit des canons l'avait rendu sourd. Tu vas revenir sourd toi aussi, Costică !

— Pourvu que je revienne sur mes deux jambes, le reste, ça ne compte pas. Je n'ai pas besoin de bonnes oreilles pour faire de belles chaussures.

Quelques semaines plus tard, Constantin abandonna Sofia sur le pas de la porte. Affrontant la bruine, il tenait sous le bras le paquet qu'elle lui avait préparé pour la route : il contenait du pain, deux oignons rouges et des tranches de fromage de brebis. Le cordonnier ne s'était pas alarmé de la voir pleurer : il la savait patiente et courageuse. Pour se consoler lui-même autant que son épouse, il lui avait répété qu'il reviendrait bientôt. Après tout, Călăraşi n'était situé qu'à quelques heures de train de Bucarest. Hochant la tête, elle avait essuyé ses larmes et l'avait laissé partir.

Constantin avait tenu promesse. Il avait même fait plus : il avait trouvé le moyen d'avoir congé toutes les fins de semaine, en offrant des sandales à la mode aux épouses de tous ses officiers. Et les époux s'habituèrent sans trop de mal à cette nouvelle routine, jusqu'au jour où l'unité de Constantin fut envoyée sur le front de l'Est. Sofia ne reçut plus aucune nouvelle de son mari jusqu'à la fin de la campagne, deux ans plus tard.

*

Constantin se leva pour aller demander à Sofia de leur préparer quelque chose à picorer. Leurs estomacs commençaient à brûler à cause de l'alcool. Resté à côté de l'aviateur, Pandrea revit à son tour, comme dans un rêve, son dernier jour de paix.

L'appel sous les drapeaux lui avait fait l'effet d'un arrêt de mort. En proie à des crises de panique, il avait bu pendant trois jours sans s'arrêter. C'est donc le teint pâle, et avec une terrible gueule de bois, qu'il s'était présenté à son unité au moment prévu, complètement indifférent à tout ce qui l'entourait. C'est là que Constantin lui fit goûter pour la première fois une soupe aux fèves et au lard qu'il avait préparée à la popote des officiers.

*

Après leur avoir servi une assiette de fromages, des légumes et de grands verres d'eau, Costică résolut d'aller faire une sieste. Il ne se sentait pas très bien. Il était étourdi. Il invita Pandrea et l'aviateur à continuer de fêter leurs retrouvailles pendant son absence.

Pandrea reprit la dame-jeanne. D'une main tremblante, Stănescu tendit son verre, qui se remplit à nouveau d'eau-de-vie. Le liquide se mit à valser.

Lorsque leur hôte revint s'asseoir parmi eux, on lui demanda tout naturellement, comme s'il n'était jamais parti :

— Costică, est-ce que tu fais encore ta soupe aux fèves ?

Tous trois rirent de bon cœur.

*

— Hé, hé, Costică ! Avec toi, c'était surprise après surprise, n'est-ce pas, mon vieux ? insista Pandrea.

L'alcool avait achevé de dissiper son inhibition. Son discours, cependant, n'était plus aussi clair qu'à son arrivée.

— Une fois, les Russes nous bombardaient… Mais ton vrai problème ce jour-là, Costică, c'était que le major n'avait pas mangé depuis la veille. Tu t'en souviens ? Alors tu as fait venir le jeune soldat qui faisait tes livraisons, un Bassarabien… ce qu'il pouvait être grande gueule, celui-là… Tu lui as donné un cheval et tu lui as seulement dit : « Allez, va nourrir les officiers. » Alors, naturellement, l'autre part et nous laisse seuls à la popote… Dis, Costică, tu m'écoutes ? Regarde-le, il dort encore !

— Vas-y, raconte quand même ! l'encouragea l'aviateur.

— Quelques heures plus tard, le Bassarabien revient tout en sueur : « *Nea* Constantin, qu'est-ce que tu m'as fait faire ? J'ai failli mourir ! Les Russes ont pointé leurs canons sur moi ! Une chance que le cheval m'a sauvé ! *Nea* Costică, tu as voulu me tuer ! » Et Constantin lui répond : « Ce n'est pas grave, tu es jeune. Moi, j'ai des enfants qui m'attendent à la maison, je ne peux pas faire des folies ici ! » Ha, ha, l'autre était tellement fâché ! Il n'arrêtait pas de crier !

— Allez, buvons pour nos camarades qui avaient le sens de l'humour ! s'anima Constantin.

— Et aussi pour ceux qui ont eu moins de chance que ton Bassarabien ! ajouta l'aviateur. Il y a des cimetières de Roumains un peu partout, depuis Stalingrad jusqu'en Tchécoslovaquie. Et je ne parle même pas des civils.

Constantin, cette fois-ci, ne souriait plus.

— Quand mon unité a été envoyée sur le front de l'Est, elle avait mille soldats, dit-il. Et dire que seulement soixante-dix d'entre eux sont rentrés deux ans plus tard... En ce qui me concerne, je ne suis pas retourné sur le front après août 1944. Mais je me suis quand même fait interroger par les Soviétiques. On m'a demandé : « Combien de soldats russes as-tu tués ? » Je me suis défendu, je leur ai dit que j'avais travaillé à la popote.

— Ils se sont vengés à chaque occasion quand ils ont traversé la Roumanie en chemin vers l'Allemagne, se rappela Pandrea.

— On ciblait les aviateurs qui venaient des familles riches. Quelle hypocrisie ! Qui aurait pu se payer des leçons de pilotage dans les années trente ou quarante sans être riche ? Mes amis ont disparu les uns après les autres.

L'aviateur s'arrêta. Son œil sain se noyait dans les larmes.

— Il n'y a rien que je regrette plus que le sort de l'Escadrille blanche. Les filles ne méritaient pas ça. Moi, on aurait pu me juger devant une cour martiale pour avoir tué des pilotes soviétiques et allemands, et parce qu'on m'avait ordonné de larguer des bombes sur des villes. Mais elles, les pauvres, elles ont seulement sauvé des vies, transporté des blessés… Et c'est horrible, ce qu'on leur a fait subir après la guerre. On les a même accusées d'espionnage. On les a déportées, jugées, emprisonnées.

— Justement, en parlant de l'Escadrille blanche… Ce n'est pas pour une de ces filles que tu as failli laisser ta femme ?

L'aviateur resta coi. Ils purent entendre à leur guise roucouler les pigeons à l'ombre de la vigne.

Pandrea continua à dérouler le fil de leurs souvenirs :

— Après la guerre, il y avait un fonctionnaire qui m'a couru après pour obtenir des informations sur les anciens gradés de l'armée. Chaque fois qu'il me convoquait à son bureau, je lui répondais toujours : « Je ne sais rien, camarade ! » Il en a fallu du temps, pour qu'il me laisse tranquille… Plus tard, un vétéran de mon usine m'a appris que cet homme plein de zèle avait envoyé plusieurs pilotes pourrir au fond d'une cellule… Il s'appelait Ionescu ou Popescu ou Spiridonescu, ou quelque chose comme ça… J'ai pensé à vous, capitaine. J'avais peur qu'on vous attrape, comme on l'a fait avec les filles…

— Allez-vous quelque part cet été ? l'interrompit Stănescu. Je pensais proposer à mon épouse de m'accompagner à une station d'eaux thermales. Je rajeunis de dix ans après chaque cure.

Ce changement de sujet prit Pandrea et Constantin par surprise.

— Alors comme ça, Margareta va sortir ? On ne la voit pas très souvent.

— C'est mon ange gardien. Avez-vous déjà vu des anges faire des courses au marché Obor ou rencontrer des amies pour échanger des commérages ?

— Non, bien sûr, répondit Constantin. Ma Sofia non plus n'aime pas sortir de sa cuisine, encore moins voyager. Je n'ai jamais pris de congé de ma vie. Nous assistons de temps en temps à un mariage à la campagne, mais nous n'allons pas plus loin. Nous sommes trop bien, chez nous.

8

L'officier responsable de l'enquête reprit sans enthousiasme le dossier de l'agression survenue quelques semaines plus tôt dans le quartier Andronache. Il l'avait laissé entre les mains de son stagiaire, le temps de clarifier une affaire de meurtre ailleurs dans la capitale. Autant ce nouveau dossier avait été résolu en un éclair, autant le cas Spiridon Popescu n'avait abouti à aucun résultat. L'officier ruminait sa frustration. Assis dans son coin, son stagiaire feignait d'être occupé à examiner des papiers, de plus en plus nerveux à l'idée de se voir rétrograder pour incompétence.

L'enquêteur décida d'examiner à nouveau la liste des suspects. Il y avait d'abord un ingénieur et son beau-père retraité. « Deux témoins sous le même toit », pensa-t-il. Est-ce qu'un tel détail pouvait les transformer en coupables ? Avaient-ils une raison de maltraiter la victime ensemble ? L'envie de dormir fit retomber lourdement ses paupières, comme s'il s'agissait de jalousies. De peur de céder à la tentation d'une sieste en avant-midi, il se leva et annonça à sa secrétaire qu'il partait « sur le terrain ». Ignorant le stagiaire qui souhaitait se joindre à lui, il disparut pour la journée dans le quartier Andronache.

Lorsqu'il arriva dans les environs de la rue Escalei, il retint un cri de surprise. En dépit des indications très claires des policiers, qui souhaitaient préserver autant que possible l'intégrité de la scène du crime, l'endroit avait été piétiné par de nombreux visiteurs.

— Ce sont les diables de petits-enfants des Marcu qui ont fait ça ! piaula une voix derrière lui.

La femme de Tica l'avait suivi sur le terrain vague. Elle portait des fausses perles à son cou, ses cheveux avaient été fraîchement libérés de leurs éternels bigoudis et elle avait glissé avec coquetterie une marguerite derrière son oreille.

— Vous les avez vus ?

— Non. Mais ils se moquent toujours de notre travail.

La femme se fâcha. Ensuite, elle lui sourit, pour se fâcher à nouveau puis se remettre à sourire. À mesure qu'elle parlait, l'enquêteur se sentait pris de vertiges. Il fut soudain agressé par une migraine qui lui martelait le crâne.

« Mais qu'est-ce que je fous ici ? » se dit-il.

Sur ce, il s'éloigna du potager du wattman, abandonnant la sorcière à sa rage solitaire.

DOMMAGES COLLATÉRAUX

1

Dans la cour de Spiridon et de Florica, il y avait un puits qui contenait l'eau la plus fraîche et la plus claire de tout le quartier. Grâce à leur générosité envers leurs voisins, les Marcu s'étaient abreuvés à cette source pendant des années. Mais Sofia commençait à se fatiguer avec l'âge, elle n'avait plus la force de soulever les gros seaux et à les transporter jusque chez elle chaque fois qu'elle avait besoin de cuisiner ou de faire la lessive. Pour Constantin aussi, il devenait de plus en plus difficile d'arroser le jardin. Le cordonnier ne s'était d'ailleurs jamais accoutumé à sonner chez Spiridon pour leur demander quotidiennement cette faveur. Pour dissiper sa gêne, Florica fit ouvrir un tout petit passage dans la clôture qui séparait leurs deux propriétés. Cette brèche avait un défaut : elle était juste assez grande pour laisser passer des lutins. Mais au moins, elle donnait directement sur le puits. Les Marcu pouvaient dormir sur leurs deux oreilles : cette concession leur était accordée pour l'éternité.

Toutefois, comme leurs besoins en eau augmentaient, Sofia décida un beau jour qu'elle en avait assez.

Depuis plusieurs mois, elle cachait chaque semaine un billet de dix lei dans une boîte en métal, dans laquelle elle avait longtemps conservé son sucre. Elle avait fini par épargner assez pour se payer le meilleur puisatier d'Andronache. Parce que Spiridon avait une ligne téléphonique au bureau, elle l'avait prié de parler au fontainier. Deux jours plus tard, Florica lui annonça qu'un expert en forage allait venir la semaine prochaine. Mais comme il était très sollicité, il ne pouvait indiquer ni le jour ni l'heure où il allait passer. Sofia décida aussitôt d'annuler tous ses déplacements : elle allait attendre de pied ferme l'homme qui leur apporterait aussi bien l'eau que la prospérité.

Quand les Marcu parlèrent de lui à l'aviateur, on aurait dit qu'ils attendaient la visite d'un marabout. Personne ne connaissait le nom de ce mystérieux foreur artésien et géothermique. Il se présentait chez les gens avec, pour seuls outils, une grande branche d'acacia fraîchement coupée et une pelle. Il travaillait seul, accomplissait tous ses petits miracles à la force de ses bras. Et il prenait son temps. Pendant qu'il cherchait une source, il ne parlait à personne. Il se contentait de chantonner. On racontait qu'il jeûnait toujours la veille de cette opération, et qu'il ne mangeait pas non plus le jour de sa quête. C'était ainsi qu'il avait trouvé les meilleures sources à Andronache. Sofia faisait aveuglément confiance au puisatier. Elle répétait qu'un homme qui appréciait le caractère sacré de l'eau ne pouvait être qu'un envoyé du ciel. Elle soupirait, se signait et attendait le fontainier comme on attendrait une apparition de saint Jean-Baptiste. Curieux, le capitaine se joignit à elle pour être témoin de l'événement.

Le puisatier arriva un vendredi, jour béni par sainte Paraschiva, en avant-midi. Il était habillé en noir, comme un croque-mort, mais son visage était nimbé de lumière et ses yeux brillaient d'un millier d'étincelles. Sur sa branche d'acacia, des grappes de fleurs blanches pendaient comme des petites cloches secouées par la brise. L'homme attendait qu'on l'invite à entrer, à côté de la porte du jardin.

L'aviateur fut le premier à l'apercevoir. Assis dans le kiosque, Constantin lui envoya d'amples signes de bienvenue, mais le fontainier ne fit que hausser et baisser ses sourcils. Le cordonnier se vit donc dans l'obligation de se lever pour accueillir comme il se devait l'expert des sources.

Aussitôt parvenu dans la cour, l'homme salua l'assemblée de grands-parents, voisins et petits-enfants en ôtant son chapeau. Il déposa ensuite sa pelle et sa branche d'acacia contre le mur avec des gestes délicats, comme si elles étaient faites en verre, et ouvrit un sac à dos usé, qu'il présenta à Constantin. Le cordonnier l'ouvrit, vérifia son contenu, dit: « Oui, oui », et fit signe au puisatier de le suivre dans son atelier. Il en ressortit seul.

— Il n'a rien dit? Lui as-tu demandé combien ça allait coûter?

— Ça va, ça va, on en parlera après…

L'aviateur chuchota à Sofia qui s'agitait autour de la cafetière :

— Moi, je suis venu ici pour voir des miracles ! Quand j'étais jeune, je croyais uniquement dans les hauts faits de la science. Mais j'ai appris à la guerre qu'il y a bien plus que cela dans le monde. J'ai vu des choses dans le ciel… Je vous dis que là-haut, il n'y a pas que des nuages. Et là, je sens que le fontainier va réussir. Depuis combien d'années avez-vous dit que vous cherchiez de l'eau sur votre propriété ?

— Ça fait dix ans, marmonna Constantin.

— Je ne compte plus tous les escrocs qui sont venus remplir notre jardin de cratères, ajouta Sofia. Ils ont creusé des trous partout sans jamais tomber sur une seule goutte d'eau. Toutes sortes de menteurs envoyés par la mairie, ou par des connaissances, qui sont arrivés le matin et qui, après quelques heures, ont disparu avec l'argent, sans avoir fait grand-chose.

— Celui-ci n'a pas l'air d'un charlatan, l'encouragea l'aviateur.

— Il n'a pas l'air de ce monde non plus, dit Sofia.

Le fontainier était prêt. Il travaillait pieds nus, vêtu d'une chemise blanche, et le pantalon retroussé jusqu'aux genoux. Il murmura quelques mots à sa branche, souffla dessus trois fois, puis se présenta, solennel, devant Constantin.

— Il doit être tsigane, il fait de la magie blanche, chuchota Sofia à l'aviateur en faisant semblant d'essuyer la table avec une guenille.

Constantin fit signe au puisatier de le suivre et lui montra la cour avec de grands gestes :

— J'aimerais bien que le puits soit ici, à côté de la cuisine, ou encore à droite du kiosque, tout près de la maison.

L'invité fit non de la tête et partit dans la direction opposée. Constantin s'impatienta et commenta assez fort pour être entendu :

— Ben, c'est moi qui paie, alors c'est moi qui décide.

— Oui, c'est vrai, ça. Seul celui qui paie les musiciens peut décider de la musique du bal, ajouta Sofia.

— Grand-papa, laisse-le faire, cria Florica qui observait la scène de son côté de la clôture.

— Bon ! Nous sommes devenus la risée du quartier maintenant, fit Sofia, avant de se diriger vers sa cuisine, contrariée.

Le fontainier s'était arrêté devant la porte d'entrée de la propriété et, de là, il regarda en direction du kiosque. Les conversations s'arrêtèrent net. Alarmés, Sofia, Constantin et l'aviateur scrutèrent le professionnel en train de prendre sa décision. Le fontainier se signa, frotta la branche entre ses mains basanées, et l'orienta parfaitement à l'horizontale, parallèlement au sol. Il avait l'air d'un soldat cherchant des mines.

Même à une bonne distance de lui, ceux qui observaient la scène l'entendirent chanter. Sur la branche, les fleurs et les feuilles d'acacia dansaient au rythme de ses pas, lents mais imprévisibles. Comme le charme mystérieux des premières minutes commençait à se dissiper, chacun le laissa faire et reprit tranquillement ses activités. Les petits-enfants des Marcu sortirent jouer dans la rue, le cordonnier fit à nouveau entendre les coups de son marteau dans l'atelier. Sofia se mit à éplucher des pommes de terre, Florica à accrocher des draps sur la corde à linge et l'aviateur à parcourir son gros livre sur l'histoire de Bucarest, pour décider quel chapitre il demanderait à Andrei de lui lire, la prochaine fois que le garçon le rejoindrait dans le kiosque.

Le capitaine Stănescu avait de la difficulté à se concentrer sur cette tâche. Sa main saine trembla plusieurs fois, au même rythme que la branche d'acacia qui oscillait à un mètre du sol. Les yeux fermés, il avait lui-même l'impression de flotter, comme s'il se trouvait dans la carlingue d'un avion. Son appareil volait, tout léger, au-dessus d'un pays qu'il peinait à identifier. Il vit défiler les parcelles des agriculteurs, aux couleurs harmonieuses, quoiqu'elles fussent divisées bien étrangement, selon des formes inégales.

L'aviateur avait envie de chanter. Mais le couinement de l'hélice aurait certainement noyé le timbre de sa voix. Une rivière luisait dans les champs. Il descendit aussi bas que possible pour mieux suivre son cours. C'est alors qu'il abandonna derrière lui son avion et descendit tranquillement vers l'horizon, jusqu'au bord de l'eau. Sa femme, jeune et belle comme il l'avait connue avant la guerre, apparut devant lui. Elle lui tendait un bouquet de coquelicots.

— L'eau est douce, dit-elle.

Sous ses yeux ébahis, les fleurs se transformèrent en une branche d'acacia. L'aviateur sursauta et se redressa d'un bond.

— Ça y est ! Le fontainier vient de trouver la source ! s'écria-t-il.

À quelques dizaines de mètres de lui, l'homme aux pieds nus avait cessé de bouger. Il attendait, immobile, au milieu du vignoble. Dans ses mains, sa branche avait complètement changé d'allure. Les rameaux, les feuilles et les grappes de fleurs blanches étaient désormais dirigés vers le sol, aspirés par un souffle invisible. Les bras du fontainier étaient crispés et traversés de spasmes. Son visage lui aussi s'était transformé. Ce n'était plus un être entre deux âges qui tenait le bout de la branche, mais un jeune homme bâti comme un centaure, qui gémissait désormais sous l'emprise d'une force invisible dont il essayait de se libérer.

— Je le savais, murmura l'aviateur.

Il prit sa canne, se leva difficilement et s'empressa de le rejoindre là où il s'était arrêté, au milieu du vignoble. Happés par son élan, Sofia, Constantin et les enfants s'élancèrent à sa suite.

Le puisatier déposa doucement la branche sur le sol. Celle-ci resta arquée, comme pour indiquer l'endroit d'où venait la force souterraine. La chemise de l'homme était trempée de sueur. Il s'assit dans l'herbe quelques minutes pour reprendre son souffle, puis caressa la terre. Constantin envoya Andrei chercher la pelle.

— Je l'ai sentie moi aussi, dit Stănescu au fontainier, et je pense que ce n'est pas la première fois. C'est comme si je m'étais déjà rafraîchi avec cette eau-là.

Lorsque l'homme à la chemise blanche se releva, l'aviateur ne vit qu'un visage las. Le fontainier n'avait même pas l'air de comprendre qu'on s'adressait à lui. Malgré son immense fatigue, il fit signe qu'il était prêt à reprendre le travail. Il se mit à creuser en tournant le dos à tout le monde. Constantin resta avec lui un moment, mais finit par comprendre que sa présence n'était pas souhaitée. Il s'en alla donc nourrir ses poules et ses cochons.

En fin d'après-midi, l'homme apparut sans bruit dans la cuisine, où Sofia s'affairait autour de son chaudron. Il lui fit signe qu'il voulait une cruche. La femme comprit qu'il avait atteint la source et appela son mari. Ensemble, ils travaillèrent jusqu'à tard en soirée pour fixer les tuyaux qui plongeaient dans les profondeurs, les attacher solidement et bâtir la base en ciment du puits. Ils eurent également le temps d'installer le mécanisme en métal à l'aide duquel on pouvait puiser l'eau. En tournant la roue, Constantin s'amusa à descendre le seau au bout de la chaîne et à le remonter rempli, avec un minimum d'effort.

Quand tout fut terminé, l'homme disparut encore une fois dans l'atelier pour remettre ses habits noirs de croque-mort. Sofia lui servit un bon bouillon chaud et quelques tranches de pain, qu'Andrei venait d'acheter au coin de la rue.

Après avoir mangé, le fontainier s'adressa enfin à Constantin :

— Merci pour le repas et pour votre générosité, dit-il. Vous avez une belle source. Les enfants de vos enfants s'abreuveront longtemps de cette eau. C'est par cette voie que le destin vous enverra ses signes. Le sort sera généreux avec vous. Dans deux jours, votre richesse sera décuplée. Acceptez avec sagesse les dons qui vous parviendront. Bonne nuit !

Le puisatier plaça sa branche d'acacia en équilibre au bord de la fontaine. Andrei remarqua que ses fleurs et ses rameaux s'étaient desséchés. L'homme se signa, prit sa pelle et remonta lentement la rue Escalei. Il se rendit jusqu'à la station du tramway 21 puis se perdit dans la nuit.

Stupéfait, Constantin l'avait regardé s'éloigner sans rien dire.

— Pourquoi il n'a pas pris l'argent ? demanda Sofia.

— Je ne sais pas. Il m'a dit qu'il avait été payé. C'est à n'y rien comprendre.

Caché dans le champ de maïs, le wattman attendait que tout le monde s'endorme. Quand il eut la voie libre, il franchit la clôture et marcha jusqu'au milieu du vignoble sans un bruit. La branche d'acacia était toujours au même endroit. Il l'apporta dans sa remise, puis s'empara d'une hache et entreprit de la couper en morceaux.

— Pas de richesse, pas de sagesse, grogna-t-il.

2

Deux jours après la visite du puisatier, Constantin reçut une lettre que Sofia lui lut à voix haute, avec le débit d'un enfant de l'école primaire. Parce qu'ils ne comprenaient pas ce qu'elle voulait dire, ils attendirent que l'aviateur veuille bien les éclaircir sur le sens qu'ils devaient donner à cette missive. Ils savaient que leur ami ne tarderait pas à leur rendre visite.

Avant même d'avoir reçu sa portion quotidienne d'alcool de griottes, le capitaine leur annonça qu'il s'agissait d'un acte officiel. Cela expliquait pourquoi le message avait été rédigé avec une si grande quantité de mots hermétiques. L'aviateur prit son temps pour le décrypter, en s'attardant sur le sens de chaque paragraphe.

— Constantin, est-ce que tu as un oncle appelé Vasile Bujoreanu ?

— Oui, c'est le grand frère de mon père.

— Il n'a pas d'enfants ?

— Non, il est devenu veuf très jeune et ne s'est jamais remarié.

— Bon, cette lettre t'informe que Vasile n'est plus… Dieu ait son âme… et qu'il vous a laissé un bel héritage, à toi et à tes frères et sœurs. Il est question de plusieurs propriétés, et d'une somme considérable d'argent.

— Oh, que Dieu veille sur son âme, dit Sofia. Alors, ils vont l'enterrer ? Ils veillent encore le mort ? Costică, habille-toi.

— Je pense qu'il est trop tard pour cela, *coana* Sofia. La lettre a été postée il y a une semaine, cela veut dire que les funérailles ont eu lieu il y a au moins un mois.

— Alors pourquoi personne n'est venu nous le dire ? Costică, habille-toi, je te dis, allons voir ce qui se passe.

L'aviateur plia le papier et le leur remit dans l'enveloppe déchirée.

— Si tu as besoin d'aide pour démêler cet héritage, j'irai volontiers avec toi. Demande à Lilian s'il peut nous y conduire.

Constantin hocha la tête et se retira à gauche du kiosque, vis-à-vis du lavoir, pour se raser avant d'enfiler une belle chemise et de se préparer au voyage.

— Ce n'est pas très loin. Il vivait à une heure d'ici. Espérons seulement qu'il y ait encore quelqu'un dans le village. À ce temps-ci de l'année, ils vont tous travailler dans les champs.

— On pourrait peut-être appeler avant de partir… Vérifier s'il y a quelqu'un…

— Je ne connais personne là-bas qui possède une ligne téléphonique.

Sofia tendit son portefeuille à Constantin. Comme elle l'avait trouvé vide, elle y avait ajouté de l'argent et une carte d'identité. Et même si la voiture était le seul moyen de se rendre dans le village de son oncle défunt au milieu de la journée, elle avait aussi glissé quelques billets de tramway, par excès de prudence. Après quoi elle lui apporta un parapluie et son chapeau. Constantin avait, pour sa part, rempli un gros sac d'une vingtaine de chaussures solides et bien cousues, capables d'affronter la boue et le gravier de la campagne. Sa parenté les utilisait quotidiennement dans les étables et dans les potagers, ce qui le rendait très fier. Mais il faut dire que les modèles que confectionnait Constantin étaient les seuls à faire preuve de bienveillance envers les pieds tordus d'arthrite et jonchés d'ampoules des paysans de Bărăgan.

*

Le voyage n'avait pas été concluant. Comme Costică l'avait anticipé, tous les hommes du village étaient partis travailler et leurs femmes avaient accueilli ses questions avec méfiance, en répondant qu'elles ne savaient rien des démarches légales dans lesquelles le cordonnier allait devoir s'engager. Elles confirmèrent toutefois que le vieux Vasile était bien mort et qu'elles aimaient encore les sabots que Constantin distribuait généreusement à toutes ses tantes et ses belles-sœurs. À la mairie, le fonctionnaire fut un peu plus utile. Il fixa une date pour qu'ils puissent discuter avec l'avocat qui gérait le dossier de l'héritage, conformément aux instructions de feu Vasile Bujoreanu. Constantin prit soudain peur :

— Mais pourquoi on aurait besoin d'un avocat ? Nous sommes capables de nous entendre comme des gens honorables ! Il n'y a jamais eu de conflit dans notre famille. Nous ne nous sommes jamais adressés au tribunal.

— Non, monsieur, ne vous inquiétez pas. Il s'agit seulement de rédiger les papiers et de les signer. Votre oncle a voulu que ce soit un avocat qui s'occupe de ces formalités.

Cette réponse ne suffit pas à rassurer Constantin. Et il se souviendrait plus tard du mauvais pressentiment qui l'avait traversé devant le sourire fin du fonctionnaire.

Constantin pensait attendre le retour des travailleurs de la coopérative agricole avant de retourner sur la rue Escalei, mais l'aviateur se déplaçait si lentement et si péniblement que la perspective d'un départ précoce s'imposa vite à eux. Après une heure de marche, ils durent se reposer sous un cerisier et se contentèrent de regarder les vaches qui broutaient au bord du chemin. En attendant qu'ils reprennent leurs forces, la belle-sœur de Constantin était partie chercher un panier d'œufs, qu'elle tenait à offrir à Sofia. À son retour, le cordonnier lui demanda :

— Ils reviennent quand, les travailleurs ?

— À la tombée de la nuit.

À sa grande surprise, Constantin découvrit qu'il était devenu un homme de la ville, pressé et impatient. Il enjoignit à ses compagnons de remonter dans l'Hirondelle. Il avait des choses à faire, autrement plus importantes que de se morfondre pour un héritage.

— Constantin, réfléchis bien avant de prendre une décision, lui dit l'aviateur. Il s'agit d'une grosse somme d'argent. Avec ça, tu pourrais faire réparer le toit et le kiosque, installer une ligne téléphonique et, peut-être même des conduites de gaz qui vous aideraient à chauffer plus facilement la maison… En plus, Lilian a quelque chose à te montrer… Il travaille… enfin, *nous* travaillons, sur le prototype d'un moteur révolutionnaire. N'est-ce pas, Lilian ? C'est encore un secret, mais nous pensons construire, si tu peux l'imaginer… une voiture électrique ! C'est juste que… Nous aurions besoin d'une petite subvention… il nous manque pour l'instant une certaine somme pour aller jusqu'au bout de notre invention… Qu'est-ce que tu en dis ? C'est passionnant, non ?

— On verra, marmonna Constantin.

Il se dit que quand viendrait le moment de parler avec cet avocat, il serait seul de toute façon, et il réglerait alors tout cela comme bon lui semblerait.

Ce n'est que beaucoup plus tard, dans la nuit, que l'on vit à nouveau se profiler les silhouettes de l'ingénieur, de l'aviateur et du cordonnier dans la rue Escalei. Lilian dut raccompagner le capitaine chez lui en le transportant pratiquement sur son dos. Tout le corps de Stănescu tremblait de fatigue et il s'endormait tous les deux pas.

*

Ce voyage avait également épuisé Constantin. À leur retour, celui-ci se replia sur lui-même, et il resta longtemps taciturne.

Ce n'était pas seulement le spectre d'un procès planant sur sa famille qui lui faisait broyer du noir. Après tous les contacts inquiétants qu'il avait eus avec les autorités depuis l'attaque contre Spiridon Popescu, le cordonnier s'était senti affaibli. C'en était trop pour lui. Il avait constamment l'impression d'être entouré de mauvais présages.

Il en conclut que tout ce qui venait de l'extérieur de sa cour n'était pas bon et se dépêcha de retrouver la paix de son atelier. Il rêvait de vivre sans police et sans avocats, comme un homme intègre.

3

Constantin cira longuement ses chaussures dans la pénombre de son atelier. Il était impatient de se rendre aux Grandes Halles, au marché Unirea. Sofia avait repassé sa chemise et brossé le chapeau beige qu'il portait chaque fois qu'il sortait au centre-ville. Une fois habillé, Constantin se présenta devant elle pour l'inspection finale. Sofia reprit sa brosse et la passa sans ménagement sur son dos et ses épaules. Son veston était taillé dans une étoffe résistante « d'antan ». Aux yeux de Sofia, tout ce qui avait été fabriqué trente ans auparavant était assurément de grande qualité, et durerait toujours.

L'aviateur Stănescu observa ce rituel d'un air solennel.

En achevant de pomponner son mari, Sofia interrogea le capitaine :

— Une bonne grande carpe pour vous ? Une morue, peut-être ? Costică sera de retour avant midi.

— Non, merci, je ne mange plus de poisson.

— Vous avez dit la même chose pour le porc.

— Je ne mange plus de poisson ni de porc.

— Un poulet à rôtir ?

— Non, merci, je ne mange plus de poulet.

— Non ?

— Non, merci, je ne mange plus, répondit l'aviateur d'une voix égale.

— Si vous continuez comme ça, la sorcière d'à côté va encore raconter à tout le monde que vous êtes un vampire. Elle a déjà crié sur tous les toits que vous auriez bu le sang de Lăbuş… que c'est comme ça que le chien serait mort.

— Et vous, *coana* Sofia, comment faites-vous pour être aussi certaine que je ne suis pas un vampire ? se moqua l'aviateur.

— Allons donc ! Je mets de l'ail dans tout ce que je cuisine et vous êtes encore ici à regarder le coucher du soleil, avec mon Costică !

Les deux hommes s'éloignèrent bras dessus, bras dessous, sur la rue Escalei. Constantin s'ajustait au rythme saccadé des pas de l'aviateur. Étrangement, plus celui-ci vieillissait, plus il semblait flotter au-dessus du pavé inégal. Sofia avait même l'impression que leur voisin se déplaçait plus facilement qu'il y avait quelques années. Le capitaine était-il en train de rajeunir avec l'âge ? Et était-il possible de guérir si tardivement d'une chute aussi catastrophique ? Les enfants du quartier, malins comme tout, l'appelaient la chauve-souris… Pourtant, l'aviateur était un grand amoureux du soleil. Il aimait la lumière dans toutes ses nuances, depuis le blanc métallique des journées d'hiver jusqu'aux rayons couleur miel de l'été.

Sofia se signa et souhaita à l'aviateur la paix et la santé. Elle retourna ensuite dans le kiosque pour préparer de la fleur d'ail, un humus à l'ail aux herbes du potager. La première étape consistait à récupérer son mortier et son pilon en bois qui étaient tombés entre les mains de ses petits-enfants. La grand-mère pressa ensuite l'ail avec force, en plissant tous les traits de son visage sous l'effort. Une odeur familière se répandit autour de la table.

— Mamie, t'as encore fait de la nourriture pour huit ! s'exclama Gabriela. Il n'y a qu'Andrei et moi qui mangeons avec toi aujourd'hui.

— As-tu déjà vu mes plats rester longtemps sur la table ?

— Ça dépend de ce que tu cuisines… Moi, la salade d'aubergines, je ne touche pas à ça… Ça ressemble à de la morve !

— Ah, ces enfants d'aujourd'hui… Comme ils sont gâtés…

Sofia continua à rôtir et à mijoter d'autres ingrédients dans la cuisine.

— Il y a toujours quelqu'un dans le besoin ! Si je prépare seulement de la nourriture pour trois, que se passera-t-il si un voisin arrive chez nous à l'heure du repas sans m'avertir ?

Elle avait bien raison. Florica poussait justement à l'improviste la porte de la cour. Elle traversa le jardin de roses, passa sous la voûte de la vigne qui protégeait le kiosque et prit place, essoufflée, à la table où Sofia étalait son festin.

— C'est vendredi, on mange du poisson. Dis *bogdaproste* et signe-toi, lui demanda Sofia. Ce sera pour l'âme de mon père.

Sofia n'avait jamais roulé sur l'or. Elle était née à la campagne, était devenue couturière, avait eu trois enfants, avait dû emménager en ville au milieu d'inconnus. Et puis aussi, elle avait traversé une guerre. Avec un tel parcours, impossible d'être riche. Pourtant, sa table était toujours bien garnie. Sofia n'avait pas peur de partager ce qu'elle possédait avec son entourage. Elle invitait tout le monde, les bons et les moins bons. Elle ne craignait pas non plus la pauvreté. Les dons qu'elle faisait l'avaient constamment rapprochée de la prospérité.

Florica mangeait en silence. Elle était un peu sale. Les traits de son visage étaient tirés par la fatigue. C'était la première journée de congé qu'elle s'accordait depuis que Spiridon s'était retrouvé à l'hôpital, et elle avait décidé de la passer en compagnie de Sofia. Gabriela et Andrei la scrutèrent pendant qu'elle ouvrait méthodiquement son poisson, avec l'application d'un professeur qui enseigne une leçon d'anatomie. Elle déposait les arêtes au bord de son assiette avec délicatesse.

— Alors ? Est-ce que tu es venue nous apporter des nouvelles ? s'imposa Gabriela.

— De qui ?

— De ton mari, osa Andrei.

— Il est toujours dans le coma. Il n'y a pas eu grand changement à son état, depuis… Pourquoi vous me demandez ça ? répondit Florica enfourchant un morceau de polenta.

— Juste comme ça, répliqua Andrei.

Il était intimidé par la tournure de la conversation. Florica poursuivit cependant :

— Il y a eu un officier qui s'est présenté à mon travail pour me poser des questions…

— À nouveau ? Pourquoi ? fit Sofia en s'assoyant à table à côté de son invitée.

— Il m'a demandé où j'étais quand Spiridon s'est fait battre. Question de routine, qu'il a dit. Mais il me l'avait déjà demandé… J'ai eu tellement honte. Il est venu me parler devant tous mes collègues. Qu'est-ce que les gens vont penser ? Que c'est moi qui ai fait ça ?

Sofia se signa et, comme ils avaient fini leur assiette, elle fit comprendre aux enfants d'aller jouer ailleurs. Elle consola comme elle put la voisine qui s'essuyait les yeux et le nez avec sa manche.

— Mange, mange, dit Sofia en lui servant d'autres morceaux de poisson.

— Le policier m'a dit que mon Spiridon travaillait sur quelque chose… les impôts de quelqu'un… Il pensait que c'était peut-être un citoyen qui avait voulu se venger.

— Mais se venger de quoi ? Et de qui parlait-il ?

— Je ne sais pas, grand-maman. L'officier m'a montré une photo de lui. C'était un homme très laid, avec des grains de beauté partout. Je ne l'ai jamais vu chez nous, dans le quartier.

— Et c'est pour ça que tu pleures ? La police va le trouver. Ils sont là pour ça. Mange, mange, l'encouragea-t-elle encore.

La voisine continuait à picorer dans le plat devenu froid comme si elle avalait des os de dinosaure. Lorsqu'elle proposa à Sofia de l'aider à ramasser la table et à faire la vaisselle, cette dernière l'envoya plutôt se reposer.

4

Une fois ou deux par mois, en faisant le tour de sa propriété, Stănescu découvrait au fond de sa cerisaie un livre torturé, abandonné aux intempéries. Cela survenait toujours au même endroit, à côté de la clôture qui séparait sa propriété de celle du wattman. C'était toujours un petit événement. Délaissant leurs occupations les plus pressantes, les Marcu se hâtaient d'aller voir le volume rescapé.

Une fois, le capitaine leur avait apporté une édition récente des nouvelles d'Ion Luca Caragiale. La couverture était inspirée de l'histoire de *Monsieur Goe,* un petit garçon excessivement gâté et mal élevé. Dans la nouvelle qui portait son nom, ce jeune malpoli faisait les quatre cents coups dans un compartiment de train, entre Ploieşti et Bucarest. Une autre fois, l'aviateur s'était présenté chez eux avec un manuel très épais de conversation roumain-français. Le plus étrange, c'est que personne ne parlait français dans le quartier, et nul n'avait jamais manifesté l'intention d'apprendre cette langue – ni par plaisir ni poussé par les exigences d'un emploi particulier. Quel emploi, d'ailleurs, aurait pu exiger de connaître une telle langue ? Les frontières du pays étaient résolument fermées.

Dans ce manuel de français, le personnage qui revenait dans tous les exemples s'appelait René. Les Marcu l'adoraient parce qu'il allait souvent faire des courses sur Calea Victoriei avec sa maman, une dame très chic, très parisienne. Le livre ne disait rien du quartier où René était censé habiter, mais dans la leçon 7, le garçon prenait le tramway 21, dont le terminus était situé aux portes d'Andronache.

Quelques semaines plus tard, ce fut au tour des *Hauts de Hurlevent* d'être miraculé. Ce roman avait échappé de justesse à une pluie battante, qui l'aurait de toute évidence rendu illisible. Au paradis des écrivains, les sœurs Brontë avaient probablement soupiré de soulagement. Sur les pages froissées, les lettres étaient toutefois très petites, presque impossibles à lire. Sofia avait rapidement abandonné son exploration du texte et avait préféré veiller sur sa soupe, au lieu de rêvasser.

La typographie délicate du volume, ainsi que les lettres dorées de la couverture en cuir, attirèrent l'attention d'Andrei. Gabriela le surprit en train de tourner les pages :

— C'est un livre d'amour ! Tu lis des livres pour les filles !

— Même pas vrai ! Je cherchais seulement les empreintes du voleur !

— Vraiment ? En voilà un autre qui mène son enquête ! Andronache est rempli de détectives, maintenant !

*

À vrai dire, la provenance de ces volumes n'était pas un mystère. Nul n'ignorait qu'ils venaient de la bibliothèque des Marcu, laquelle était placée à l'abri des regards, derrière la porte du salon. Les cousins soupçonnaient depuis longtemps le petit Mircea de les voler un par un. Même si cela faisait sans doute longtemps qu'il s'adonnait à cette pratique honteuse, personne ne l'avait jamais empêché d'aller fouiller dedans. Ironiquement, Florica était la seule à s'en insurger, bien qu'elle-même ne fût pas une grande lectrice. Elle trouvait inacceptable que les parents du petit ne corrigent pas ses impulsions cleptomanes.

Quant à Gabriela, elle n'était pas aussi sûre qu'il s'agisse de cleptomanie. Avec le temps, les goûts littéraires de son cousin semblaient devenir de plus en plus raffinés. Il ne subtilisait plus n'importe quel ouvrage. Les classiques avaient disparu en premier. Les livres de géographie, d'histoire et les traductions de romans étrangers les suivirent peu après. À un moment donné, les livres maltraités cessèrent de réapparaître au fond du jardin. Ils s'éclipsaient de la bibliothèque, tout simplement.

Andrei les faisait sécher sur la corde à linge. Ensuite, Gabriela lissait à nouveau les pages, en les coinçant entre deux volumes des œuvres illustrées de Vladimir Ilitch Lénine, ou encore entre les manuels de génie mécanique de leur oncle Lilian. Ils essayaient ainsi de redonner aux volumes abîmés leur apparence initiale. Avec le temps, les étagères avaient une drôle d'allure. Tout n'était qu'un amalgame de pages chiffonnées, parfois délavées, qui côtoyaient quelques rares couvertures impeccables.

— Qui a acheté tous ces livres? avait demandé un jour Gabriela.

— Lilian! répondit la grand-mère.

— Mais il n'aime pas la fiction. Il n'a jamais touché à un roman de sa vie.

— C'est quoi ça, la fiction? demanda Andrei.

— C'est quand tu racontes des histoires inventées, expliqua Gabriela d'un air savant. Mamie, l'oncle Lilian a la tête remplie de formules mathématiques. Il ne comprend rien aux classiques ou aux romantiques.

— Un peu de respect, jeune fille! Ton oncle est un génie!

Lorsque les vols cessèrent complètement et que la bibliothèque devint uniquement un refuge pour les jeunes pendant les canicules, l'aviateur s'intéressa soudain aux dernières étagères, qui étaient encore libres. Il demanda à Andrei de monter sur un escabeau afin d'y déposer quelques cahiers, noircis de dessins techniques et de calculs compliqués. Gabriela les regarda faire avec curiosité. Comme la mémoire de la jeune fille faisait office de catalogue du contenu de la bibliothèque des Marcu, l'aviateur n'eut guère le choix: il la mit dans le coup.

— Vous me promettez que vous en prendrez soin? Je peux compter sur vous? Vous allez être les gardiens de mon trésor. Quand je ne serai plus des vôtres, ceci pourrait être votre héritage.

— On n'aime pas les maths, avait répondu Andrei.

— Si c'est ton trésor, pourquoi c'est l'écriture d'oncle Lilian qu'on lit sur les cahiers ?

— J'ai partagé mes idées avec lui, il m'a prêté sa main et son stylo…

— Et pourquoi tu ne gardes pas ça chez toi ?

— J'aurais besoin que quelqu'un continue le travail…

— L'oncle Lilian saura comment faire… Tu n'as qu'à lui donner directement les cahiers.

— Non, j'aimerais que vous les gardiez ici… Lilian n'a pas… de bibliothèque chez lui.

« Il ne nous dit pas la vérité », confia ensuite Gabriela à Andrei.

Cependant, elle oublia rapidement l'existence des cahiers et ne sut jamais qu'ils renfermaient les plans d'un engin exceptionnel, dont la conception obsédait l'aviateur depuis sa jeunesse. Andrei ne s'y intéressa pas plus longtemps qu'elle.

Protégée par leur manque de curiosité, cette nouvelle technologie était plus en sécurité sur la tablette des Marcu qu'elle ne l'eût été dans le coffre-fort d'une banque. La seule personne qui gardait littéralement un œil sur les cahiers, ce fut l'aviateur. Chaque fois qu'il était invité dans le salon de Sofia, il levait discrètement son unique iris en direction de la bibliothèque et comptait les dos de ses calepins, afin de s'assurer que toutes ses notes étaient encore là.

5

Depuis quelques semaines, plusieurs missives avec un en-tête officiel atterrissaient dans la boîte à lettres des Marcu. Constantin les retirait en cachette, décidé à garder le secret sur cette histoire d'héritage. Il les déposait au fond d'un seau dans son atelier, où il se croyait à l'abri des indiscrétions de son épouse, qui découvrait toujours tout en faisant le ménage.

Un dimanche après-midi, en jouant à cache-cache, Andrei et ses amis tombèrent sur cette correspondance. Ils avaient ouvert les lettres, puis les avaient abandonnées dans la cour parce qu'elles ne contenaient rien d'intéressant pour eux. Fâchée de voir ces papiers épars salir son entrée, Sofia s'était penchée pour les ramasser. C'est alors qu'elle constata que le nom de son mari figurait sur toutes les enveloppes. Elle se hâta de lui en parler, sachant que Constantin n'était pas capable de déchiffrer lui-même le contenu des missives. Dans la pénombre de l'atelier, loin du vacarme des enfants et des oreilles des voisins, elle parcourut les messages les uns après les autres.

Le notaire du village de l'oncle Bujoreanu lui annonçait qu'il était incapable d'établir sa filiation à l'intérieur de la famille Marcu. Même si tout le monde semblait le connaître à Fierbinţi, il n'existait aucune trace de sa naissance dans les registres de la mairie ou de l'église. Qui plus est, son nom de famille n'était pas le même que celui de ses frères et sœurs, qui s'appelaient tous Bujoreanu, comme l'oncle décédé. En résumé, le notaire avait besoin de plus de preuves pour établir son lien de parenté avec le défunt, autrement Constantin perdrait sa part d'héritage.

Sofia attendit la réaction de son mari, avec toutes les lettres empilées sur ses genoux.

— Pourquoi tu ne m'as rien dit ? Je ne savais même pas que le reste de ta parenté ne s'appelait pas Marcu… Toi non plus, tu ne le savais pas ?

— Je le savais…

— Alors pourquoi tu ne t'es jamais posé aucune question ?

— …

— Alors ?

— Tu sais, dans la vie… quand on fouille trop… on ne sait jamais sur quoi on peut tomber… Je me suis toujours appelé Marcu sans que ça me cause de soucis, alors pourquoi j'irais courir au-devant des problèmes, maintenant…

— Mais justement ! *Maintenant*, on te met devant un sac d'argent ! Tu vas te laisser faire ? Et puis, à ton âge, tu n'as plus rien à perdre ! Tu ne veux pas au moins partir le cœur léger pour l'autre monde, en sachant la vérité ? Tu n'es pas curieux de savoir d'où te vient ce nom-là ?

Bien avant Constantin, Sofia comprit que la tristesse qui se lisait sur le visage du cordonnier n'était pas celle d'un homme qui perdait le droit de disposer d'une belle somme d'argent. Elle vit en lui l'orphelin d'autrefois, qui se sentait encore seul, exclu, séparé de sa famille, comme il l'avait été depuis l'enfance.

Constantin articula lentement :

— Je vais engager un avocat. Je veux savoir pourquoi je n'ai pas le même nom de famille que les autres. Ne le dis à personne, surtout pas aux garçons.

Cette décision rendit Costică insomniaque. Au milieu de la nuit, il fixait le plafond, en ressassant dans sa tête toutes sortes d'hypothèses. Avait-il été adopté ? Sûrement pas. Ses parents n'auraient pas fait des démarches pour ajouter une bouche de plus à nourrir à leur modeste table déjà assaillie de rejetons. Son père l'avait-il conçu hors mariage ? Il l'aurait su depuis longtemps, les mauvaises langues de Fierbinţi le lui auraient reproché constamment. Et s'il avait été le fruit d'une infidélité de sa mère, il aurait senti peser sur lui la haine paternelle. Constantin soupira, le cœur de plus en plus lourd. Son mal de dents le frappa à nouveau tout à coup. Il se leva doucement, pour ne pas réveiller Sofia qui ronflait au bord du lit, partit se gargariser avec de l'eau-de-vie et se chercha une compresse pour sa joue endolorie. Chagriné, il resta devant la fenêtre, la bouche remplie d'alcool, à contempler le soleil incandescent qui réveillait Andronache.

6

Andrei savait que sa mère et son père allaient bientôt signer leurs papiers de divorce. Chez les Marcu, il était loin des tourbillons qui secouaient leur couple. Sofia n'exigeait pas grand-chose de sa part. Elle lui demandait seulement d'être poli en toute occasion et présent aux repas. Le reste du temps, il avait le droit de flâner dans la rue, de se mêler aux discussions des adultes sur l'enquête en cours, d'aller jouer chez des amis pendant plusieurs heures, de se cacher dans la vigne ou dans le champ de maïs, ou d'explorer tous les recoins de la maison. Cette souplesse le rassurait. Il savait que sa grand-mère se fâchait parfois trop vite contre lui et qu'elle criait sur le coup, mais il lui suffisait de quelques instants pour oublier son mécontentement. Elle ne pouvait plus courir après ses petits-enfants pour leur donner la fessée, comme elle l'avait fait avec ses propres garçons.

*

Depuis qu'il avait commencé à cohabiter avec Gabriela aux environs de Pâques, Andrei observait avec appréhension sa cousine, pensionnaire de longue date de la rue Escalei. Elle avait déjà traversé, dans sa petite enfance, cette étape éprouvante que représente le divorce, mais elle refusait stoïquement d'en parler. Depuis, sa mère était morte et son père s'était éclipsé de sa vie. Par moments, son jeune corps semblait dégager comme une odeur de regrets. Les nuits d'orage, Andrei se demandait si ses parents avaient l'intention de l'intégrer dans leur nouveau quotidien, ou si son destin était plutôt de suivre Gabriela dans sa morne solitude. Il était convaincu cependant que son père, l'avocat, ferait preuve de plus de considération envers lui qu'Angelo n'en avait offert à sa fille.

*

À quoi Sofia avait-elle bien pu penser en donnant à ce gaillard, qui était en fait le diable de la famille, un nom aussi peu inspiré ? Avec le recul, les années de guerre semblaient à Sofia relativement faciles lorsqu'elle les comparait au plus grand défi de son existence : accompagner son fils Angelo tout au long de sa vie.

Son deuxième garçon s'était marié très jeune, avec une femme que la famille n'avait jamais rencontrée. Ensemble, ils avaient commencé à boire, ce qu'ils faisaient si souvent qu'on dut envoyer le jeune homme en cure de désintoxication, comme les vedettes de Hollywood. Son médecin avait fait planer au-dessus de sa tête une menace sérieuse : un verre de plus et il pouvait y passer. Une fois redevenu sobre, Angelo partit travailler avec Constantin dans la coopérative des cordonniers.

Pendant quelque temps, il sembla aller mieux. Sofia remercia sainte Paraschiva d'avoir récompensé ses vendredis de jeûne et répondu à ses prières. Le malheur frappa toutefois à nouveau lorsque le vieux Dinu, une vague connaissance, débarqua chez eux un soir, noir de colère, pour leur demander si Angelo était animé de nobles intentions. Il s'avérait qu'Alina, la fille mineure de Dinu, était enceinte de cet hurluberlu, qui faisait rire de lui dans tout Andronache. En apprenant la nouvelle, les Marcu restèrent paralysés, mais, dès le lendemain, ils entreprirent des démarches désespérées. Pour éviter d'être envoyé en prison, leur fils devait divorcer sans plus attendre et épouser Alina. Cependant, en voulant aider leur garçon étourdi, Sofia et Constantin ne firent que jeter de l'huile sur le feu.

Le divorce fut court et sanglant. En échange de sa liberté, son ex-femme exigea d'Angelo une bonne somme d'argent. Les Marcu furent contraints de demander l'aumône à toutes leurs connaissances et à leur parenté. Ce fut Sofia qui débours a le reste de la somme. Pour cela, elle dut sortir de la banque tout ce qu'elle avait mis de côté en vue de payer, un jour, son enterrement. Une fois libéré de cette première union, Angelo fut dépêché secrètement devant l'officier d'état civil, pour conclure sans plus attendre ces deuxièmes épousailles.

Le dimanche suivant, tout le clan des Marcu se prépara à rencontrer une élève de lycée perdue et vulgaire. Selon l'opinion générale, seule une telle femme pouvait accepter les avances d'Angelo, tolérer ses propos crus, gober ses mensonges évidents, prêter l'oreille à son bavardage sans intérêt. À la surprise de tous, un magnifique cygne blanc se présenta devant eux. Sa nouvelle épouse était une fée douce, une grande femme sublime, avec un visage d'icône byzantine, maniérée et délicate. La soie vaporeuse qu'elle avait revêtue laissait à peine deviner sa grossesse avancée. Bouche bée, les invités restèrent longtemps à contempler la déesse qui les avait rejoints si gracieusement à table. Tout le monde, Sofia y compris, se demandait pourquoi cette fille s'était fourrée dans une si sale affaire avec Angelo.

En vérité, le seul qui ne trouvait pas sa place et qui paraissait irrité par la présence d'Alina, c'était son jeune mari, qui cachait mal sa colère. Il maudissait l'enfant qui menaçait d'arriver dans ce monde d'un moment à l'autre, qui selon lui cassait l'équilibre fragile de son existence et l'enchaînait si cruellement à de nouvelles responsabilités matrimoniales.

Trois jours après qu'ils se furent installés dans l'appartement que l'État leur avait assigné dans le quartier de Ferentari, Angelo fit une fugue, comme un adolescent étouffé par l'autorité. À la veille de l'accouchement, ses parents le cherchaient encore. Lorsqu'ils le trouvèrent dans le lit d'une amante qui, dix ans auparavant, s'était chargée de l'initier aux mystères de la vie adulte, ils l'escortèrent de force à l'hôpital. Alina avait donné naissance à une fille dotée des gros sourcils noirs d'Angelo, signe irréfutable de sa paternité. Les hurlements de l'enfant affirmaient sans équivoque que le père devrait désormais accorder une attention inconditionnelle à ce bout de chair vagissant. Ils nommèrent le poupon Gabriela et entamèrent tardivement leur vie conjugale, avec l'espoir d'un nouveau départ.

Mais Angelo n'était pas fait pour avoir une vie stable. La relation avec sa femme commença à s'effilocher après quelques semaines. Sofia passait les voir chaque lundi pour s'occuper de l'enfant, encourager la mère et sermonner le père, mais ses efforts étaient vains. Se disant qu'un ancien alcoolique et une fille mineure avaient peu de chances de bâtir un couple solide – encore moins d'élever un enfant qu'ils ne savaient pas par quel bout prendre –, Sofia, dans un élan de générosité, posa un geste héroïque.

— Je vais élever votre fille, dit-elle aux parents. Mais toi, tu dois retourner finir tes études, et toi, tu dois travailler pour soutenir ta famille.

Le soir même, Sofia rentra chez elle avec la petite dans les bras. Angelo l'aida à transporter le lit et les vêtements de sa progéniture, mais par la suite, il ne revint plus la voir pendant quelques années. Quant à Alina, elle visitait Gabriela chaque semaine. Elle s'enfermait avec elle pendant une heure ou deux, lui donnait quelque chose à manger, souvent une sucrerie qu'elle achetait en chemin. Puis elle faisait part de ses difficultés matrimoniales à Sofia, en lui chuchotant sa peine et sa déception. Même soutenue par les encouragements de sa belle-mère qui se montrait compatissante devant sa situation, cette belle jeune fille ne réussit plus à retrouver l'aura diaphane qu'elle avait autrefois. Quelques pas derrière elle, Gabriela jouait avec le sac à main laqué et le rouge à lèvres vermeil de sa grand-mère. À mesure qu'elle écoutait sa mère raconter ses histoires, son regard d'enfant s'assombrissait lentement.

7

L'officier responsable de l'enquête était revenu examiner une énième fois le fameux champ de maïs. « Qu'est-ce qu'il pense encore trouver ici ? » se demandaient les curieux qui l'observaient par-dessus les clôtures. Ce jour-là, il n'était pas seul. La sorcière le talonnait. À mesure qu'il avançait dans le potager du wattman, sa voix se faisait de plus en plus forte :

— Oui, c'est ça, venez voir ! C'est moi qui ai appelé la police, parce que maintenant, je sais c'est qui qui l'a fait !

— C'est qui qui a fait quoi ?

— Écraser mes légumes !

— Écoutez, camarade. Je ne suis pas venu ici pour régler un cas de vandalisme. Je suis désolé, laissez-moi passer.

La femme du wattman recula. La veille, elle avait acheté des biscuits à l'épicerie Cucu et elle les avait utilisés comme appâts pour ameuter tous les morveux du quartier :

— Qui a fait *ça* ? leur avait-elle demandé en pointant diligemment l'index vers le potager saccagé du wattman.

Pensant que la femme parlait du malheur qui était arrivé à Spiridon, la plupart des jeunes se contentèrent de hausser les épaules. Mais quelques-uns prirent un malin plaisir à jouer aux délateurs, histoire de voir comment les choses allaient tourner :

— C'est Gabriela, avaient-ils répondu, leur biscuit à la main.

La femme attendit que l'officier finisse de parler à Ioana, la vendeuse de graines de tournesol, qui avait caché son panier chez les Marcu juste avant son interrogatoire, pour ne pas être accusée d'exploiter un commerce illégal. La Tsigane s'était arrêtée au milieu du trottoir. Maigre et perchée sur ses pattes comme une grue, elle répondait toujours aux questions de l'enquêteur de la même façon :

— Je ne sais pas, mon beau monsieur, je ne sais pas.

Lorsque la silhouette carrée de l'homme de loi disparut derrière la fontaine de la rue Escalei, la sorcière s'approcha de Gabriela. Celle-ci était occupée à décoller des bonbons du papier brun dans lequel ils étaient enveloppés.

— Tu vois cette pièce de monnaie ?

Ce n'était pas n'importe quelle pièce. Elle l'avait ramassée à un enterrement. Elle l'avait soigneusement mise de côté, en prévision d'un jour comme celui-ci.

— Avec ça, je te préviens, je pourrais te rendre folle pour le reste de tes jours ! Et personne, aucune médecin ne trouvera de remède ! C'est tout ce que ça prend : une de ces pièces et ta vie est finie. Ça t'apprendra à entrer dans mon jardin ! Ça t'apprendra à toucher à mes oignons et à mon maïs ! Tu ne vas jamais trouver de mari ! Tu vas vivre seule ! Tu ne vas jamais trouver le bonheur ! Nulle part !

Gabriela regarda la pièce que la sorcière agitait dans sa main. Malgré l'interdiction de toucher à cet *argent-là* que Sofia leur avait imposée, elle suivait assez souvent les convois funéraires avec son cousin. Ils ramassaient toujours les pièces de monnaie lancées lors des rituels et couraient aussitôt acheter des bonbons à l'épicerie Cucu. Gabriela résista à l'envie de montrer elle aussi ses trophées à la sorcière. Une fois dissipé l'effet de surprise, elle présenta à la voisine sa moue indifférente :

— Tout ça, je le savais déjà. Tu ne m'apprends rien de nouveau.

— Espèce de petite vermine !

— Sorcière !

La femme de wattman recula, hésita à répliquer, puis finit par rentrer dans sa cour. Couché à plat ventre dans le vignoble où il jouait au soldat, Andrei avait été témoin de toute la scène. Il s'était dépêché de se lever et de rapporter à sa grand-mère les menaces de la voisine.

En soirée, Sofia confisqua les pièces que ses petits-enfants avaient ramassées dans la poussière de la rue Escalei. Elle les enroula soigneusement dans un mouchoir, qu'elle apporta à l'église le vendredi suivant. Avant de se confesser, elle les déposa dans une boîte en métal que le prêtre destinait aux offrandes. En tombant au fond du contenant en acier, elles firent un bruit de tonnerre. Cela la renforça dans sa conviction : cet argent-là ne devait pas se retrouver entre les mains du commun des mortels.

De retour à la maison, la grand-mère arrosa les jeunes d'eau bénite, en faisant des croix sur leur poitrine, sur leur front et sur leur tête.

— Bon, commenta Gabriela. Ça veut dire que tu me crois maintenant, quand je dis qu'elle n'est pas une bonne personne ?

Sofia s'abstint prudemment de répondre.

8

Depuis que Geta avait plié bagage quelques jours plus tôt, poussée instinctivement vers une nouvelle destination secrète, Sofia trouvait les après-midi longs. Pour se divertir, elle ressortit sa Singer. Appuyée sur le cadre de la porte, Gabriela observait attentivement ses gestes. Elle flâna dans le salon, s'arrêta devant la bibliothèque, feuilleta quelques ouvrages. Sofia l'invita près d'elle :

— Aimerais-tu essayer la machine ? demanda la grand-mère, un sourire aux lèvres.

La fille secoua énergiquement la tête.

— Je pourrais te montrer à coudre des boutons…

— Sur la chemise de notre précieux Andrei ?

Sofia resta sonnée pendant un instant.

— Mon père m'aurait flanqué deux paires de gifles si je lui avais répondu comme ça. C'est à toi que je veux apprendre quelque chose aujourd'hui, pas à Andrei ! On ne sait jamais, on peut toujours avoir besoin d'un peu d'adresse pour faire une réparation. Admettons que tu veux aller au bal et qu'un bouton de ta robe est décousu…

— Je change de robe.

— Et si c'est ta robe préférée ? Ton fiancé t'attend pour aller danser. Qu'est-ce que tu fais ?

— Je t'ai déjà dit que je déteste danser et que je ne veux pas de fiancé.

— Tu vas changer d'avis un jour...

— Combien de fois m'as-tu vue changer d'avis ? Tu dois me confondre avec Andrei.

Sofia durcit le ton :

— Viens coudre avec moi.

Gabriela prit place sur un tabouret à côté de la Singer. Avec des gestes exagérés, pour être sûre que son agacement ne passe pas inaperçu, elle fit passer un fil dans le chas de l'aiguille.

— Pas trop long, le fil, la corrigea Sofia. Tu sais ce qu'on dit : tu vas te marier loin de ta famille !

Gabriela trouvait qu'elle était déjà pas mal loin de sa famille.

Plus tard, à table, pendant que sa petite-fille remplissait à ras bord une assiette de soupe de pommes de terre, Sofia lui chuchota à l'oreille :

— J'ai quelque chose pour toi.

La fille ne réagit pas.

— J'ai acheté un beau tissu de coton... Pour un pyjama... Et regarde ce que j'ai fait !

Le modèle que lui présenta Sofia était vraiment joli, avec des manches ajustées. Il était garni d'un col délicat et les pantalons descendaient jusqu'aux chevilles. Gabriela le considéra d'un air inexpressif. La couturière étala le pyjama sur une chaise pour que sa petite-fille puisse admirer d'un coup d'œil tous les détails du vêtement et les prouesses dont elle avait fait preuve en l'assemblant. Gabriela se tourna enfin vers sa grand-mère :

— Des petits chats orange... Vraiment ?

— C'est joli ! Tu vas être bien dedans. C'est chaud, c'est doux, c'est de la qualité. Je l'ai fait plus ample, parce qu'un peu de chair va bien finir par te pousser sur les os... Essaie-le !

Gabriela se laissa habiller comme une poupée. Lorsque Sofia la poussa devant le miroir, elle eut même un léger sourire.

— Tu vois ! C'est beau.

— Mais c'est un pyjama avec des chatons orange !

— Ma chère, à cheval offert, on ne regarde pas les dents... Apprends à dire merci au bon Dieu pour tout ce que tu reçois. Et sois un peu plus douce, sinon qui voudra t'épouser ? Allez, enlève-le pour que je puisse retoucher les manches.

— D'accord... mais lâche-moi un peu avec ce mariage !

— Ce n'est pas bien pour une femme de ne pas être mariée.

— Et pour un homme ? Ce n'est pas bien non plus ? demanda sa petite-fille.

Ce disant, Gabriela tourna lentement la tête vers la fenêtre. Puiu venait d'apparaître à la porte du jardin, un pot de miel dans la main.

— Change-toi et va nourrir les poules, ordonna Sofia, mécontente.

La grand-mère abandonna son travail et courut accueillir le visiteur :

— Entre, Puiu, entre.

Comme pour mieux illustrer la leçon qu'elle venait d'enseigner à Gabriela, elle accepta le miel avec une profonde gratitude.

— *Bogdaproste* ! Je le reçois pour honorer l'âme de ta grand-mère. Un café ?

— Je suis juste de passage... J'aurais voulu savoir si la police vous a contactés récemment... Avez-vous des nouvelles de l'enquête ?

— Pas du tout, mon cher, pas du tout. Je pense que c'est fini... Nous avons tous déclaré ce qui était à déclarer... Pauvre Florica ! Elle est restée seule... sans aucun pilier pour supporter sa maison.

— Donnez-lui ça de ma part, si jamais vous la voyez, dit Puiu en lui tendant un deuxième pot.

Sofia promena son regard d'un bocal à l'autre. C'était bien la première fois qu'il pensait à offrir à Florica du miel de ses ruches. De plus, Puiu n'était jamais venu dans sa cour auparavant. Peut-être qu'il y avait finalement quelque chose de bon dans cette histoire... C'était aussi la première fois qu'entre voisins, ils se parlaient aussi longtemps, et pas seulement pour se plaindre des bêtises de ses petits-enfants.

9

Sur le mur du salon, Sofia avait installé une énorme tapisserie, entourée de photos de famille. Il y avait là des clichés de mariage, où souriaient plusieurs couples, des hommes en uniformes militaires, des fillettes en tutus et des bébés impossibles à identifier, immortalisés le jour de leur baptême. Un calendrier orthodoxe veillait sur tout ce beau monde. Il en existait plusieurs exemplaires, répartis un peu partout à travers la maison.

Depuis que Spiridon était plongé dans le coma, Sofia priait encore plus souvent qu'auparavant, espérant parvenir à attirer une protection divine sur sa famille. Il lui arrivait même d'interrompre ses tâches ménagères au milieu de la journée pour implorer que la paix revienne dans le quartier devant les icônes, disposées discrètement dans un coin de chaque pièce. Lorsqu'elle entendait les pas hésitants de l'aviateur s'approcher de l'entrée, elle commençait par se signer, par remercier Dieu pour l'attention constante qu'Il accordait à ses humbles paroles, avant d'aller fouiller dans ses réserves, vérifiant ce qu'elle pourrait servir ce jour-là pour accompagner la liqueur de griottes.

Son réfrigérateur gardait en permanence une odeur persistante de fromage. Il y en avait presque toujours un sur la table des Marcu. Préparé à partir de lait de brebis, il avait la forme d'un grand cube blanc de deux kilos dont la consistance s'apparentait à celle du savon à lessive, et qui empestait malheureusement toute la cuisine. Sofia découpait chaque matin des tranches qu'elle servait accompagnées d'olives noires, de pain et d'eau-de-vie. Des échalotes fraîchement cueillies dans le potager ou un oignon rouge bien sucré complétaient le petit-déjeuner.

— Comment vont les garçons ? demanda l'aviateur ce jour-là en prenant place à la table des Marcu.

Sa voix n'était qu'un murmure, mais il arborait un air plutôt jovial.

Costică se mit à lui raconter les nouvelles de la semaine. Il commençait toujours par Aurelian, son fils le plus sérieux et le plus travaillant, et finissait en glissant quelques mots, comme à regret, des derniers déboires d'Angelo. Il était toujours très mal à l'aise quand arrivait le moment de parler du père de Gabriela. Ce matin-là, le cordonnier ne mentionna qu'un seul détail à son propos : Angelo s'était maintenant engagé dans un contrat avec une coopérative.

— Est-ce qu'il chante pour eux ?

— Non, non, il fait le musicien seulement les samedis soir. Le reste du temps, il a un travail, comme tout le monde. De toute façon, je ne sais pas qui pourrait bien l'engager pour un mariage ou un baptême… Je suis son père et j'ai du mal à l'écouter braire dans un microphone…

— C'est une bonne nouvelle, ça. Ça veut dire que tu lui as trouvé un nouveau gagne-pain ?

— Oui. C'est le cinquième atelier de cordonnerie où je me débats pour le faire entrer… S'il parvient à rester là, il peut bien gagner sa vie. C'est une bonne place… ça s'appelle La chaussure manuelle.

— La chaussure comment ? demanda l'aviateur.

Un éclair d'ironie fit briller son œil sain. Constantin fut surpris de voir son ami si hilare, lui qui était généralement assez retenu.

— C'est une coopérative où on fabrique des chaussures à la main, expliqua Costică.

— Elle pourrait aussi produire et commercialiser des gants podiatriques, répliqua Stănescu.

Le cordonnier eut du mal à saisir ce trait d'humour. Il était fatigué d'entendre des mots sophistiqués. Il servit à son ami une portion de tarte au fromage.

Dégustant le dessert d'un air satisfait, Stănescu lui fit signe d'approcher. Il lui demanda à voix basse :

— Est-ce qu'il y a du nouveau dans l'enquête sur l'agresseur de Spiridon ?

— Non. À ma connaissance, l'officier n'a convoqué personne ces jours-ci.

— Il interroge peut-être les collègues de Spiridon.

— Peut-être.

— Ou peut-être qu'il n'a plus besoin de solliciter les braves gens d'Andronache parce qu'il a trouvé le coupable…

— Peut-être… mais ce n'est pas ce que Florica a raconté à Sofia.

— Qu'est-ce qu'elle lui a dit ?

— Il y a un policier qui la suit partout : au travail, dans la rue, à l'épicerie…

— Pour la protéger ?

— Non, pour voir s'il n'y a pas un autre… homme… dans sa vie. Apparemment, la sorcière aurait glissé un mot à l'officier, à ce sujet…

— C'est tout de même étonnant. La belle-mère de Lilian a beaucoup de déclarations à faire à la police depuis quelque temps… Mais d'où lui viennent toutes ces informations ?

— À ce que j'ai cru comprendre, elle a déclaré que Florica n'était pas une femme honnête… et qu'elle voyait quelqu'un en cachette… C'est pour ça que la police s'est mise à la recherche d'un amant jaloux.

— Mais pourquoi est-ce qu'il aurait attaqué Spiridon dans le champ de maïs ? Pourquoi pas chez lui ?

— Il paraît que cet… amant… serait l'un d'entre nous…

— Pardon ?

Face à cette hypothèse invraisemblable, l'aviateur se mit à rire de plus belle. Ses soubresauts et ses grimaces s'avérèrent si irrépressibles qu'après l'effort gigantesque qu'il déploya pour venir à bout de son hilarité, il dut partir se reposer chez lui, mettant fin prématurément à sa visite quotidienne chez les Marcu.

10

Angelo détestait depuis toujours l'univers de la cordonnerie auquel son père essayait désespérément de l'intégrer. Au printemps 1970, il caressa l'idée de fuir à Constanţa, cette belle ville au bord de la mer Noire, que les Grecs avaient construite dans l'Antiquité. Dans cette ambiance imprégnée de l'aura du dieu Apollon, il espérait trouver l'inspiration musicale. Mais il changea rapidement d'avis et s'imagina plutôt dans un uniforme rutilant de marin, attirant malgré lui les épouses de tous les officiers. Le spectre des corvées et l'obligation de se plier à des ordres le firent se raviser. Après tout, s'il brûlait autant d'abandonner sa vie dans la capitale, c'est parce qu'il n'y avait rien pour le retenir : pas d'emploi à son goût, pas de maison à lui, dotée d'un beau jardin…

L'achat d'une grande propriété lui parut être une solution acceptable, bien que temporaire, pour stimuler son attachement à cette existence posée. Angelo s'empressa d'en parler à ses parents. Il comptait comme toujours sur leur aide financière, même s'il était conscient du fait que leurs moyens étaient très limités. Il ignora les récriminations de ses frères, qui étaient fâchés de le voir demander encore l'aumône à deux vieux dépourvus de revenus stables.

Le bonheur de ses enfants n'avait pas de prix pour *nea* Costică, qui promit de chercher une solution à cette impasse. Le cordonnier se jura toutefois que ce serait la dernière fois qu'il donnerait satisfaction à ce fils étourdi. Il faut dire qu'il était rongé ces derniers temps de mauvais pressentiments.

Avec l'aviateur, il pesa longuement les pour et les contre d'un prêt financier. En de telles circonstances, Stănescu estima plus prudent de tenir sa langue, c'est pourquoi il ne proposa pas de se porter garant d'une partie de la dette. Ce que le cordonnier avait oublié, c'est qu'en plus de devoir régler ses factures, le capitaine cherchait toujours à financer la construction du moteur révolutionnaire sur lequel il travaillait avec Lilian dans le plus grand secret. Stănescu réfléchit quelque temps, avant d'interroger son ami en douceur :

— Si tu étais dans ton village, qu'est-ce que tu ferais, Constantin ?

À ce moment-là, un jeune homme passa devant eux, dans la rue. Il était endimanché et pétri d'enthousiasme. L'aviateur reconnut Puiu au masque d'apiculteur qu'il portait sous le bras. Il salua les deux amis assis sous la vigne, puis s'écria, joyeux :

— Saviez-vous que… ?

— Pas maintenant, mon garçon, plus tard ! Nous sommes occupés ! Bonne journée et santé !

Puiu reprit son chemin en direction de la forêt d'Andronache.

— Pauvre garçon ! soupira l'aviateur. Il n'est pas méchant, mais il semble être complètement étouffé sous les jupes de sa mère. Madame Filipescu est tellement possessive ! Elle va finir par lui couper les ailes. Il restera toujours célibataire.

Aux yeux du capitaine, aucun jeune homme ne pouvait être considéré comme *mature* tant qu'il n'avait pas quitté le nid douillet de ses parents. Revenant à ses moutons, Constantin interrompit ses réflexions en se relevant tout à coup.

— Je sais comment aider mon fils ! On va lui organiser un grand mariage. C'est ce que je ferais si j'étais dans mon village !

*

Lorsque le cordonnier annonça fièrement la nouvelle à Angelo, celui-ci fit la moue. Son père s'empressa d'ajouter qu'il y avait beaucoup de gens qui gagnaient de l'argent de cette façon.

— Il y en a même qui s'achètent une voiture, après la réception…

— Oh, non, papa, pas ça ! On est déjà allé à la mairie.

— Mais tu ne t'es pas marié à l'église. Tu vas faire plaisir à ta mère et tu vas cesser de vivre comme ça, dans le péché.

— Qui viendrait à mon mariage ? Tu as pensé à ça ? Personne ne veut me parler ! En plus, je n'ai pas assez d'économies pour réserver un restaurant… il y a aussi les fleurs, le prêtre, les cadeaux, les vêtements et tout le reste !

— Ta mère et moi allons envoyer les invitations à notre nom. Tout le monde nous connaît dans le quartier, et nous aidons tout le monde. Les gens nous doivent bien ça. N'oublie pas que tu as des frères, aussi. Ils pourront t'aider pour les dépenses. Quant à la réception, on va la faire ici, dans notre cour. On va installer une immense tente, on va trouver des musiciens.

— Je pourrais chanter !

— On trouvera des musiciens, j'ai dit ! Tu seras bien trop occupé pour ça. Tu dois t'occuper de tes invités. Tu es le marié ! Tu verras, ça va se faire ! Je vais demander à monsieur Stănescu d'être ton parrain de mariage[10].

— Oh, non, pas lui ! Il a l'air d'un spectre ! Je veux quelqu'un de plus… joyeux.

Face à un tel de manque de gratitude, Constantin resta un moment interloqué. Mais Angelo était Angelo. Il n'y avait rien à faire. Poussant un profond soupir, Constantin partit chercher Sofia. Elle saurait trouver les mots pour ramener une fois de plus cette brebis égarée à la raison.

10. En Roumanie, les jeunes couples se font parrainer par des couples établis, qui veillent sur leur union, leur offrant un soutien qui peut être aussi bien moral que matériel.

11

Officiellement désignés comme parrains du mariage, les Stănescu avaient accepté cet honneur avec grâce, et ils ne rechignèrent même pas quand on leur annonça que la date du mariage avait été modifiée – une fois encore. Si Constantin avait devancé l'événement à deux reprises, c'est qu'il craignait que son fils ne changeât d'avis.

Mais le jour des noces, un beau samedi de l'été 1970, ce fut l'absence des parrains qui empêcha la cérémonie de commencer. Intrigué, Costică partit les chercher en courant. Il ouvrit la porte du jardin comme quelqu'un qui avait l'habitude d'emprunter ce chemin, tourna sur la première allée bordée d'arbres, jusqu'à ce qu'il parvienne au milieu de la clairière où le couple Stănescu avait érigé sa demeure.

Le cordonnier fut étonné de se retrouver entouré d'un silence si profond. Il y avait bien quelques gazouillements qui parvenaient à ses oreilles, de même que les battements d'ailes d'une poignée de moineaux traversant le ciel, mais toutes ces distractions arrivaient à lui comme étouffées par l'ambiance éthérée des lieux.

Constantin frappa deux fois à la porte. L'épouse de l'aviateur lui ouvrit aussitôt, comme si elle avait été postée à attendre son signal. Le cordonnier était déstabilisé. Ce n'était pas seulement la rapidité avec laquelle elle lui avait répondu qui le fit hésiter. C'était aussi, et surtout, la beauté de cette femme dont il avait pratiquement oublié l'existence, et qui se présentait désormais inexplicablement sous ses yeux, comme elle l'aurait fait dans un rêve.

Nimbée d'irréalité, Margareta était demeurée inchangée depuis le jour où elle était arrivée à Vienne pour rapatrier son mari grièvement blessé, trois décennies plus tôt. La femme portait encore le même chapeau bleu marine, la même robe aux boutons dorés, avec, à ses pieds, les mêmes salomés qu'à la fin de la guerre.

Le cordonnier pensa à la dernière paire de salomés qu'il avait confectionnée pour Sofia avant de partir pour le front. Une lumière légèrement orangée s'était déposée dans l'atelier, cet après-midi-là. Il allait quitter la ville à l'aube. S'il ne pouvait rester pour protéger son épouse, Constantin tenait au moins à ce qu'elle soit bien chaussée. Comme il n'avait jamais aimé parler, c'était sa façon de lui faire ses adieux. Plus tard, Sofia avait vendu ces chaussures à son ancienne patronne, qui les avait payés un bon prix. Grâce à cet argent, Aurelian avait pu commencer l'année scolaire avec un bel uniforme et des livres tout neufs.

Le ciel et les moineaux se reflétaient dans les yeux de Margareta. L'épouse du capitaine le regardait avec beaucoup de calme. Le cordonnier s'aperçut qu'il s'était perdu un peu dans son regard lumineux. Embarrassé, il se racla la gorge.

— Venez, je vous en prie. Vous êtes attendus.

— Mon mari nous rattrapera. Avant, il lui reste encore une petite affaire à régler… Il aimerait que vous de lui épingliez un œillet à son veston.

— Bien sûr, bien sûr, j'ai tout ce qu'il faut.

Constantin lui offrit son bras et l'accompagna le long du sentier. La femme avançait très lentement, perchée sur ses talons hauts. C'était la première fois que madame Stănescu participait à un événement public sur la rue Escalei, et ce serait la dernière.

12

La réception se termina à l'aube. Le cousin Mircea, qui n'était encore qu'un bébé en couches en 1970, s'amusait avec des serpentins. Autour de lui, des adultes à moitié ivres, ou simplement assommés par la fatigue, le regardaient mâchouiller ces morceaux de papier, mais sans le reconnaître. Le mariage avait rassemblé tous les amis, les voisins et la parenté des Marcu. Ils avaient invité tout le monde, sans discrimination : il y avait là des bons, des jaloux, des intéressants, des généreux, des étranges, des médiocres, un ou deux génies, des indifférents, des mesquins et des amnésiques.

Malgré l'opposition farouche de sa mère, Puiu avait accepté qu'on lui confie le rôle de garçon d'honneur. Il lui avait expliqué patiemment que ce serait bon pour les affaires, et il avait raison. Pendant que le jeune marié refusait de se mêler à la foule, posté derrière une table richement décorée et affichant une mine d'enterrement, l'apiculteur se retrouva au centre de l'attention. Toutes les mères qui avaient des filles à marier étaient ravies de lui serrer la main. On l'invitait sans cesse à poser avec les invités, comme s'il était devenu, du jour au lendemain, une personnalité remarquable. Puiu eut l'occasion de parler de ses abeilles, de dénicher un gestionnaire d'épicerie qui voulait tenter de vendre son miel au noir. Après quelques verres de vin, des voisins euphoriques acceptèrent même d'héberger ses ruches dans leur jardin.

Au fur et à mesure que l'atmosphère se réchauffait et qu'on ne prêtait plus qu'une attention distraite à ses agissements, le compère Tica, qui avait donné un bon coup de main lors la construction de la tente, commença à ramasser toutes sortes d'objets abandonnés. Il put ainsi ajouter à sa collection des dizaines de bouteilles de vin – dont quelques-unes étaient pleines –, un chapeau en velours, deux écharpes, un sac à main – dans lequel il n'avait trouvé qu'un mouchoir et un petit miroir –, un couteau à pain, une pelle, des serpentins et de nombreux pétards.

L'aviateur avait tenu un discours mémorable sur le courage nécessaire pour apprivoiser l'avenir à deux. Sa vigueur avait surpris d'autant plus l'auditoire que celui-ci était ramolli par l'alcool. Il avait tenu debout pendant les dix minutes qu'avait duré cette oration, sans jamais s'appuyer sur sa canne. Depuis son accident, le capitaine n'avait jamais été dans une forme physique aussi impressionnante. C'était ce qu'on chuchotait avec étonnement. Les invités ignoraient toutefois que le vieil homme mettrait une bonne semaine à se remettre de cet exploit.

Lilian était fier d'avoir réalisé lui-même tous les calculs nécessaires pour construire le chapiteau et la piste de danse. En même temps, il cachait mal sa déception de ne pas avoir pu assurer le transport des mariés à l'église. L'Hirondelle était encore tombée en panne. Intimidé par la foule, l'ingénieur s'était replié aux côtés de sa femme pendant toute la cérémonie. Il ne fit aucun commentaire lorsque celle-ci indiqua qu'elle voulait rentrer, bien avant le coucher du soleil.

Pendant tout ce temps, Constantin et Sofia couraient sans relâche pour s'assurer que la foule s'amuse à sa guise.

*

Quelques jours plus tard, le clan se rassembla pour admirer les photos de mariage en couleur, que l'aîné, Aurelian, avait payées à prix fort.

À la surprise de tous, on s'aperçut que le capitaine Stănescu n'apparaissait sur aucune des photos qui avaient été prises lors de l'heureux événement.

— Je ne voulais pas gâcher ces belles images, répondit-il modestement.

Costică était pourtant sûr qu'à au moins deux reprises, lorsque le photographe leur avait ordonné de sourire, l'aviateur se trouvait à ses côtés.

*

Lorsque les échos de la fête se furent dissipés, le cordonnier s'enferma avec les photos de mariage pour les examiner de plus près. Il constata avec effarement que sa première impression était la bonne : Stănescu ne figurait sur aucun cliché, même pas sur celui où on avait fait poser l'ensemble les invités sur le parvis de l'église. Pour créer encore plus de confusion, l'aviateur prétendait avoir pris certaines de ces photos lui-même, pendant que le photographe était occupé à se rincer le gosier. Constantin avait du mal à le croire. Comment aurait-il pu immortaliser ces moments, lui qui n'avait qu'une seule main ? Était-ce même possible ?

Le lendemain, l'aviateur revint s'installer dans le kiosque des Marcu et Sofia lui apporta sur un plateau des restes du festin et une tasse de café. Elle déposa le tout devant Stănescu en le remerciant d'avoir honoré de sa présence le mariage de son fils. Le capitaine lui répondit avec une bénédiction. Constantin, qui n'avait pas fermé l'œil de la nuit, les regardait discuter. Il pensa, résigné : « Notre aviateur est un être pareil à nul autre. »

Un peu plus tard cet après-midi-là, Sofia demanda à Lilian de lui acheter un grand cadre lors de sa prochaine sortie au centre-ville. Avec la patience qui lui était coutumière, elle avait bricolé un collage avec les clichés de la cérémonie. Elle souhaitait rappeler l'événement à la mémoire de tous en l'accrochant au mur à côté des photos de mariage de ses deux autres fils. Dans la marge, elle avait inscrit d'une calligraphie douteuse : *Toute la famille en 1970.*

Gabriela regarda la photo au printemps 1975, espérant trouver réponse à certaines de ses questions, à force d'examiner les visages de sa parenté. Pourquoi son père avait-il épousé sa mère ? La sorcière était-elle derrière tout cela ? Sa mère était-elle aussi belle que dans ses souvenirs ? Est-ce que la cérémonie s'était vraiment déroulée comme elle se la rappelait ? Elle remarqua que les photos en couleurs, payées si cher à l'époque, avaient déjà jauni. Les traits de la magnifique Alina, la femme à l'allure de déesse, s'étaient effacés. L'aviateur, en revanche, avait inexplicablement trouvé le moyen de réapparaître sur plusieurs clichés, les traits figés, comme si le temps n'avait pas eu d'emprise sur lui.

13

Comprenant qu'elle ne recevrait sans doute jamais le soutien attendu de la part de son mari, Alina avait abandonné ses rêves de jeune mariée. Dans les mois qui avaient suivi la cérémonie organisée par son beau-père, elle s'efforça de terminer ses études et obtint un bon poste de fonctionnaire, dans une institution du centre-ville.

Lorsque sa fille Gabriela fut en âge d'être envoyée à l'école, Alina décida un jour de la rapatrier dans leur appartement situé à Ferentari, là où la mairie de Bucarest, voulant effacer les traces de la pauvreté historique du quartier, construisait des immeubles dépourvus de tout souci esthétique, sans prétention de confort. Sofia les avait longuement regardées s'éloigner main dans la main, dans la rue Escalei, en essuyant une larme au coin de son tablier. Par la suite, elle ne se déciderait jamais à jeter ses vêtements d'enfant et ses jouets, qui lui rappelaient toujours ses premiers pas et ses premiers mots.

Devant ces bouleversements, Gabriela ne se départit guère de son air stoïque. Le seul changement qu'on pouvait observer dans son comportement, c'est qu'elle s'abandonnait davantage au plaisir de parler du néant :

— Tu sais, un jour, on va tous finir dans un tombeau, répétait-elle à sa mère sur un ton solennel.

*

Quelques semaines avant d'emménager dans l'appartement de ses parents, Sofia lui avait raconté qu'elle vivrait dans un palais, au septième étage d'une tour dotée d'électricité, où l'eau chaude était disponible tous les jours et où il n'était pas nécessaire de sortir à l'extérieur pour aller aux toilettes. En plus, toutes les demi-heures, un beau tramway rouge passerait dans leur rue ! Gabriela écoutait sa grand-mère en mastiquant en silence son petit pain au sésame. De temps à autre, elle le trempait dans son verre de lait chaud, en conservant le même air froid et inexpressif.

Florica débarqua le lendemain dans la cuisine de sa voisine. Elle était venue emprunter une tasse de sucre et, en chemin, elle avait croisé Gabriela dans le jardin. Elle chuchota à l'oreille de Sofia, comme une écolière :

— Qu'est-ce qu'elle est grande maintenant, Gabriela ! Et qu'est-ce qu'elle ressemble à *nea* Costică, quand elle se tient toute droite comme ça !

— Tais-toi, qu'est-ce que tu racontes ? s'était fâchée Sofia. J'ai épousé un bel homme, moi ! Quand Costică passait dans la rue, toutes les femmes tournaient la tête, tellement il était bien mis ! Gabriela n'a rien hérité de notre côté de la famille. Elle ressemble à son grand-père maternel, ce vieux grincheux de Dinu. Elle non plus, elle ne saute pas de joie. Toujours grise, comme un ciel d'orage ! Que le bon Dieu lui donne de la lumière !

Les deux femmes se signèrent.

En plus du sucre, Sofia tendit à Florica une casserole contenant des restes du repas de la veille.

— *Bogdaproste*, répondit Florica.

Peu après, Gabriela partit vivre avec ses parents. Pendant plusieurs mois, Sofia n'eut plus aucune nouvelle de la petite famille. Elle se permit donc d'espérer que tout allait bien, enfin.

*

Un an plus tard, Alina et Angelo annoncèrent à toute la famille la naissance de leur fils, Adi, en faisant circuler une photo du poupon. La réaction de Sofia avait été sans équivoque :

— Bon Dieu, mais comment est-il possible d'accoucher d'un tel monstre ? Quand la mère est si belle ! Je n'ai jamais vu de bébé aussi laid ! Enfin, il faudra mettre de l'argent de côté pour le baptême de cette… créature. Le bon Dieu se chargera de la protéger et de lui donner une vie digne, avait-elle ajouté en crachant symboliquement en direction de l'enfant, pour le protéger du mauvais œil.

*

S'il est vrai que le destin des mortels est déjà scellé depuis leur naissance, Gabriela dut avoir l'intuition que son avenir comporterait une grosse part de tristesse.

Ses parents divorcèrent deux ans après la naissance de son frère. Angelo s'était trouvé une nouvelle amante. Au tribunal, Sofia témoigna contre lui et soutint Alina, qui se retrouvait seule avec deux enfants à charge. Pendant ce temps, Gabriela attendait dans son coin la fin de l'épopée juridique, incapable de trouver sa place. La situation lui rappelait une pièce de théâtre saturée de soupirs et de reproches interminables.

Une fois le conflit réglé, Alina trouva à son tour un homme pour l'aimer. Malheureusement, elle n'eut pas davantage de chance en amour cette fois-ci. Aussitôt qu'il découvrit qu'elle était enceinte, son nouveau prétendant lui demanda de se débarrasser du fruit de leur union charnelle.

Comme l'avortement était alors illégal, Alina avait fait appel aux services d'une personne discrète, et supposément professionnelle, qui garantissait un bon résultat. Nul ne savait qui avait procédé à l'avortement. Sa mère l'avait retrouvée fiévreuse, délirant dans son appartement. Alina fut transportée d'urgence à l'hôpital, au bord de la septicémie. Parce qu'elle refusa obstinément de dévoiler le nom de la personne qui avait mis fin à sa grossesse, le personnel médical reçut des ordres stricts de ne pas la soigner. L'infection l'acheva.

Au milieu de cette tragédie, Angelo avait à nouveau disparu comme l'âne dans le brouillard. Toute la famille

Marcu décida alors de ne plus lui parler. Pensant amadouer sa mère, le fils renié épousa en coup de vent sa nouvelle partenaire et réapparut avec elle rue Escalei quelques semaines après l'enterrement d'Alina.

Sofia les mit dehors à grands coups de balai :

— Va prendre soin de tes enfants, animal sans cœur ! Sortez d'ici, espèces de chiens ! Vous êtes en train de salir ma cour !

Le quartier au complet fut témoin de la scène. Tous restèrent de marbre devant la riche gestuelle d'Angelo, en quête de pardon. Sofia referma la porte verte en fer forgé de sa propriété et s'assit, essoufflée, à côté du capitaine Stănescu. Le soleil se couchait entre les pins de la propriété de madame Filipescu.

Les parents endeuillés d'Alina adoptèrent le garçon. En guise de représailles contre les Marcu, qu'ils tenaient responsables des malheurs de leur fille, ils leur interdirent tout contact avec le jeune Adi. Ses grands-parents paternels ne le revirent plus pendant près de dix ans. Mais comme les Dinu ne voulaient pas s'occuper en plus de Gabriela, Sofia prit à nouveau la petite chez elle, en se disant que le ciel lui envoyait la fille qu'elle n'avait jamais eue.

Malgré toutes les interdictions, Angelo poursuivit ses incursions autour de la maison de ses parents, surtout lorsque sa mère était partie à l'église. Sous prétexte de demander des conseils professionnels à son père en matière de cordonnerie, il venait frapper à la porte de son atelier, puis il plaidait sa cause de fils incompris.

Costică lui permettait généralement de cueillir des fruits, et le jeune étourdi réussissait parfois à amasser un peu d'argent de poche. En de telles occasions, Angelo échangeait rarement plus de trois mots avec sa fille, qu'il semblait avoir complètement oubliée.

Depuis l'enterrement de sa mère, Gabriela comptait les mois qui passaient sans qu'elle eût un contact régulier avec son père avec le détachement et l'assiduité d'une scientifique. Elle n'avait pas l'impression de souffrir. Il s'agissait plutôt de satisfaire sa curiosité. Combien de temps s'écoulait entre chaque visite ? La prochaine fois qu'il viendrait, Angelo aurait-il quelque chose à lui dire ? Avec le temps, absorbée par l'école et par la vie du quartier, mais aussi rassurée par la présence de ses grands-parents, elle délaissa progressivement cette vocation de statisticienne.

À l'été 1975, l'agitation créée autour du dossier Spiridon Popescu lui fit toutefois reprendre ses vieilles habitudes. À partir de ce moment, Gabriela enregistra toutes les informations qu'elle glanait avec assiduité : combien de temps duraient les visites des policiers et à quel moment celles-ci avaient lieu ; combien de fois le nom de la victime apparaissait dans les discussions entre voisins ; le nombre d'incursions du wattman dans le champ de maïs, et les fois où elle avait gagné contre Andrei au jeu du détective. Vers la fin de l'été, elle cessa complètement d'inclure Angelo dans ses équations.

14

— Constantin, tu as des mains magiques ! Tout ce que tu touches finira par pousser jusqu'au ciel !

L'aviateur fit ce compliment à Costică en le découvrant une fois de plus à genoux, occupé à soigner un abricotier qui, depuis un an, s'épanouissait grâce à ses bons soins, éblouissant le quartier au complet avec ses branches sveltes.

Le cordonnier réalisait des greffes sur ses plantes avec la passion que d'autres réservaient à leur progéniture. Ces opérations étaient généralement réussies, surtout lorsqu'il s'agissait d'arbres fruitiers et de vignes.

— Tu as beau avoir planté des cerisiers dans mon jardin, ce sont des roses qui ont poussé dans ma cour, rit l'aviateur. De belles roses blanches. Ma femme les aime beaucoup.

Constantin lui sourit sous sa moustache carrée. Ignorant le regard qui l'épiait, l'aviateur ouvrit son journal et se mit à raconter les nouvelles du jour à son ami. Les sarments de la vigne descendaient sur ses épaules, comme pour le soutenir.

*

L'aviateur se reposait à l'ombre. Lorsque les hirondelles partirent chasser les insectes qui pirouettaient autour des acacias, il se glissa dans la peau d'une d'entre elles et s'envola en agitant les bras, transformés en deux ailes garnies de fines plumes noires.

Vu d'en haut, son corps figé sur le fauteuil ressemblait à une carcasse vide. Comme il avait perdu l'usage de la parole, il ne put annoncer à personne que son âme de pilote ne faisait qu'un avec celle d'une hirondelle, qui avait gracieusement accepté de l'emporter vers l'azur. Le fait de virevolter dans l'air à cette vitesse-là, sans crainte d'effectuer des virages trop serrés, fit monter dans ses veines une énergie difficile à maîtriser. Il accepta sans réserve et sans regret ce miracle tardif.

Cela se reproduisit par la suite plusieurs fois par semaine. Chaque fois qu'il sentait ce bouillonnement lui traverser le corps, l'aviateur laissait son âme rejoindre celle de l'hirondelle. Celle-ci répondait à son appel en quittant aussitôt le nid qu'elle avait construit et reconstruit, avec beaucoup d'efforts, sous une des gouttières de la maison du wattman.

Tica avait tenté de le chasser à de nombreuses reprises, mais l'oiseau parvenait chaque fois à esquiver ses coups. En collant une fois de plus son âme à celle de l'hirondelle, l'aviateur fut d'ailleurs témoin d'un de ces affrontements, qui le laissa étourdi après qu'il eut survolé, en proie à la panique, la vigne des Marcu et le toit du wattman.

Épuisé par cette surprenante aventure, il reprit son souffle sur un fil électrique, où il aperçut la sorcière comptant discrètement une poignée de piécettes. La fois suivante, il put observer madame Filipescu qui le regardait, allongée sur sa chaise longue – décoiffée, une chanson suspendue à ses lèvres et un livre sur les genoux –, mais sans le reconnaître dans ses belles plumes noires.

Tout au long de l'été, ces excursions lui firent découvrir d'un nouvel œil le quotidien des résidents de la rue Escalei. Il vit Florica se servir un petit verre de *vişinată* de la bouteille que Spiridon gardait pour les grandes occasions, sa femme Margareta essuyer des larmes en repassant ses chemises, la vendeuse de la boulangerie fumer à côté de ses pains, la caissière de l'épicerie Cucu humecter ses doigts de salive avant de compter ses billets et les enfants jouer au ballon à la lisière de la forêt d'Andronache.

Le seul regret de l'aviateur fut de ne pas avoir écouté l'appel de l'hirondelle plus tôt dans sa vie. Il lui semblait qu'il aurait supporté beaucoup plus facilement ses malheurs s'il avait pu les voir s'abattre sur lui en baignant comme ça, dans le bleu du ciel…

15

La vie de Constantin était nettement moins paisible depuis qu'il avait reçu cette fameuse lettre, où on lui avait annoncé qu'il s'était enrichi après le décès de son oncle Vasile Bujoreanu. Le cordonnier manifestait désormais de l'intérêt pour les questions juridiques et demandait souvent à des retraités d'Andronache de lui raconter leurs démêlés avec la justice lors des histoires de succession. Il se garda bien de se confier sur ce sujet à Lilian et à Stănescu, qui relançaient de temps en temps l'idée de recourir aux services d'un avocat. Tous deux étaient convaincus que la solution consistait à fouiller dans les archives de son village natal, afin de comprendre pourquoi on empêchait Costică de jouir de la générosité de son oncle.

Avant d'agir, le vieux Marcu attendit que son ingénieur de fils fût parti superviser un projet en province, et que son ami l'aviateur eût quitté lui aussi le quartier, comme il le faisait chaque été lorsqu'il allait soigner son vieux corps dans les eaux thermales des Carpates. Ce n'est qu'à ce moment-là qu'il retourna dans son village.

Séduite par la paire de salomés que le cordonnier avait confectionnée pour elle en guise de pot-de-vin, la secrétaire du maire accepta de l'aider dans ses recherches à travers les archives. Heureux de voir s'éclaircir le mystère de ses origines, il remit également de petites sommes à tous ceux qui le firent progresser dans son enquête. Il avait l'impression d'avancer sur un sentier nappé de brouillard, mais au-dessus duquel le soleil se levait pour laisser apparaître un paysage idyllique.

Au bout de quelque temps, ses efforts furent récompensés. Costică trouva enfin un document officiel sur lequel il apparaissait clairement que ses parents Zina et Traian l'avaient prénommé Constantin-Marcu, et qu'ils avaient rapporté sa naissance aux autorités au mois de mars 1909. Non, ses parents n'avaient pas divorcé ; non, sa mère ne l'avait pas conçu hors mariage. En 1909, monsieur et madame Bujoreanu avaient même reçu un certificat immense de la part de la mairie, attestant de l'identité de l'enfant.

Ce qui frappa Constantin, ce fut la suite de l'histoire, que la secrétaire lui raconta avec une pointe d'amusement et d'épouvantement dans la voix. Après la Grande Guerre, le gouvernement avait décidé de changer le format des actes de naissance, pour en faire des documents moins volumineux. Le père de famille avait donc présenté les certificats de naissance de tous ses enfants pour qu'ils soient retranscrits. C'est à ce moment-là que Costică fut victime d'une erreur qui passa inaperçue pendant un demi-siècle. L'employé de la mairie qui avait copié les certificats – insouciant, probablement ennuyé par l'aridité de cette tâche et prompt à réchauffer la température glaciale de son bureau à grands jets d'eau-de-vie – remplaça le nom de famille de l'enfant par un de ses deux prénoms. C'est ainsi que Constantin-Marcu Bujoreanu était devenu tout simplement Constantin Marcu. Ça alors ! Le cordonnier remercia mille fois la secrétaire. Mais il fut bientôt décontenancé par le regard de biais que lui jetait la femme.

Sentant que le pire n'avait pas encore été dévoilé, il lui demanda :

— Est-ce qu'il y a autre chose ?

— C'est-à-dire que, même si c'est l'employé de la mairie qui a commis une faute… employé qui de toute façon est décédé depuis longtemps… c'est à vous de faire les démarches pour changer de nom.

— Mais je ne veux pas changer de nom.

— Le problème, c'est que si vous n'obtenez pas un document officiel qui vous identifie comme étant Constantin-Marcu Bujoreanu, vous ne pourrez pas entrer en possession de votre part d'héritage.

— D'accord… je comprends…

Il se racla la gorge pour cacher sa déception.

— Et je fais quoi, maintenant ?

— Consultez un avocat. Il vous aidera avec les démarches légales. Utilisez les preuves que nous venons de trouver aujourd'hui.

— Et ces démarches, est-ce que vous pensez qu'elles seront difficiles ? Après tout, nous avons trouvé des *preuves*, comme vous dites ! s'esclaffa le cordonnier, essayant de faire renaître l'espoir d'un dénouement heureux.

La secrétaire continua à le fixer d'un air désillusionné.

— Changer de nom, ça prend du temps et beaucoup d'argent, soupira-t-elle avant de se remettre à classer les papiers qui couvraient son bureau.

*

Pendant les semaines qui suivirent ce tournant important dans son enquête familiale, Constantin visita tous ses clients les uns après les autres, pour peu qu'ils fussent liés de près ou de loin au tribunal de Bucarest. Amicalement reçu par certains, expédié sans façon par d'autres, le cordonnier ne réussit à convaincre personne de se rallier à sa cause. Il n'apprit rien de nouveau, si ce n'est à quel point toute démarche juridique pouvait être onéreuse et démoralisante. Même s'il s'était juré de n'impliquer aucun de ses proches dans cette croisade, il fut contraint de reconnaître que, sans sa famille et ses amis, il ne pouvait pas aller plus loin. Le vieux Marcu-Bujoreanu réfléchit donc à la manière dont il pourrait aborder la question avec Aurelian.

16

Pour ceux qui les côtoyaient, Florica et Spiridon étaient l'incarnation des contraires. Elle : toute en rondeurs, enthousiaste, pleine d'humour, généreuse et contente de taquiner les enfants des voisins. Lui : filiforme, silencieux, évasif, et éternellement de mauvais poil, toujours prêt à contredire un collègue, ou encore à fuir la compagnie d'un voisin.

Florica travaillait souvent la nuit. Peu scolarisée, elle ne pouvait aspirer qu'à un emploi de préposée à l'entretien. Andrei l'imaginait parfois en train de passer la vadrouille dans les couloirs d'une entreprise, ou de transporter des charges lourdes dans une fabrique qui produisait à profusion des gaz empoisonnés.

Son horaire était partagé entre des quarts de jour et des quarts de nuit, lesquels se succédaient de façon irrégulière. C'était pour ça que Florica avait ignoré l'absence de Spiridon le jour de l'agression. Il leur arrivait parfois de ne pas se croiser pendant une journée ou deux, sans qu'elle s'en inquiétât. Le quartier était tranquille, ils n'avaient pas d'ennemis. Pendant l'absence du fonctionnaire, elle avait simplement suivi son train-train quotidien. Florica avait visité la grand-mère Sofia, nourri ses poules gourmandes, appelé le chien parti en vadrouille vers la forêt, toujours très alerte et sensible pendant la saison des amours.

Ce ne fut que le deuxième jour qu'elle resta figée devant le panier à linge, cherchant, sous sa crinière noire et bouclée, une réponse raisonnable pour apaiser sa soudaine inquiétude. Le panier était pratiquement vide. Spiridon n'y avait déposé aucune chemise, aucune chaussette, aucun sous-vêtement, et Dieu sait à quel point son homme était propre et coquet.

Florica était sortie vérifier si ces articles n'étaient pas suspendus par hasard sur la corde à linge. Son conjoint n'avait jamais fait la lessive depuis qu'ils étaient ensemble, mais des miracles pouvaient toujours se produire. La corde vide se balançait cependant dans la brise du matin. Spiridon l'aurait-il quittée pour une autre femme ? Elle partit aussitôt faire un inventaire des objets qui se trouvaient dans le salon. Tout semblait à sa place – les lunettes du fonctionnaire étaient rangées, comme d'habitude, à côté de la lampe. Il ne serait pas parti sans ses lunettes. Elle courut inspecter le contenu du réfrigérateur. La soupe aux légumes qu'elle avait cuisinée pour lui était encore intacte. Dans la casserole, le gras qui s'était figé à la surface du liquide formait encore un cercle sur les bords : Spiridon ne s'était même pas servi une seule fois de ce plat. Florica referma le couvercle d'une main tremblante. Comment se faisait-il qu'elle n'ait rien remarqué ? Ces derniers jours, elle avait picoré uniquement du pain, du fromage et des tomates cueillies dans son jardin. Elle ne mangeait jamais des plats chauds en été.

La peur l'envahit comme une marée noire. Elle la sentit pénétrer ses poumons, son estomac, descendre le long de ses jambes en y laissant de grands fourmillements. Elle alla trouver Sofia. La porte de son jardin était déjà ouverte. Ses petits-enfants l'avaient laissée comme ça lorsqu'ils étaient partis en courant s'acheter des petits pains sucrés à la boulangerie du coin. Sofia riait de ceux qui prenaient leur premier repas de la journée à neuf heures. Elle appelait ça le petit-déjeuner des paresseux.

La grand-mère aperçut Florica alors qu'elle quittait sa cuisine avec deux cafés et deux verres d'eau. Constantin se rasait en s'aidant du miroir qui était accroché sur un arbre, juste derrière le kiosque. La démarche hâtive de Florica et son expression souffrante les incitèrent à interrompre leurs gestes : Sofia se figea au milieu de l'allée, tandis que Costică la fixait, les joues blanchies de crème.

— Gran… Grand-maman, avez-vous vu mon ma… mari ?

Ses hôtes la fixèrent avec inquiétude, étonnés de l'entendre bégayer. En constatant elle-même qu'elle avait de la difficulté à articuler ses pensées, Florica comprit à quel point elle était déstabilisée. Jamais Spiridon ne se serait absenté sans lui donner de nouvelles, sans une explication. Si taciturne qu'il fût, il aimait que les choses soient claires entre eux. Il l'avertissait toujours lorsqu'il quittait la maison, même quand il partait seulement balayer le trottoir devant leur cour.

— On ne l'a pas vu hier, répondit Sofia.

— Et avant ça ?

— Je ne pense pas qu'on l'ait vu cette semaine…

— Je lui ai parlé samedi matin, avant de partir, se rappela Constantin. Lilian nous a conduits à un monastère pour la Saint-Élie. Il est venu nous chercher assez tôt. Ensuite, nous avons assisté à un mariage dans la famille des Ispas.

— C'était au monastère de Căldăruşani, précisa Sofia en déposant le plateau sur la table du kiosque.

Florica gigotait sur place, de plus en plus nerveuse.

— Oh, *coana* Sofia, ça ne va pas bien du tout ! J'ai travaillé de nuit, j'ai dormi le matin… Je ne saurais même pas dire depuis combien de temps il est parti de la maison.

— Comment ça, il est parti de la maison ?

— Il n'a pas touché la soupe que je lui ai laissée… Il n'y a pas de linge sale dans le panier…

— Quand lui as-tu parlé pour la dernière fois ?

— Vendredi matin, assez tôt. Il s'est réveillé en même temps que moi. Je lui ai dit que j'allais dormir chez ma sœur… Après cela, je lui ai préparé son petit-déjeuner. Il est sorti fumer dans le jardin. Et c'est la dernière fois que je l'ai vu…

Florica se mit à pleurer.

— Tu as une sœur ? lui demanda Sofia, sincèrement surprise.

Son mari lui lança un regard qui signifiait: « Pas maintenant.»

— Est-ce que tu as pensé à téléphoner à quelqu'un à son travail, ou à sa parenté...

— Non, je n'ai contacté personne.

Constantin se débarrassa enfin de la mousse à raser qui lui couvrait le visage. Il prit une voix autoritaire, qui se voulait rassurante:

— Viens, on va le chercher ensemble.

Florica le suivit docilement.

En quittant le jardin, ils croisèrent Andrei et Gabriela, qui venaient d'acheter leurs pains sucrés et une bouteille de lait. Chez les Marcu, pour le petit-déjeuner, ils avaient toujours droit à une tasse de lait chaud dans lequel Sofia faisait dissoudre une cuillerée de sucre. Les jeunes y trempaient leurs petits pains avant de mordre dedans et de décider, la bouche pleine, lequel d'entre eux était le plus dégoûtant.

En passant rapidement devant leur voisine, ils furent d'abord surpris qu'elle ne s'arrêtât pas. La grande Florica, toujours si chaleureuse, était méconnaissable: gémissant comme une bête, elle avait les yeux rouges, le visage bouffi. Dans son état actuel, il n'était pas question qu'elle serrât qui que ce fut dans ses bras.

— Qu'est-ce qu'il y a, mamie?

Sofia poussa les enfants dans la cour:

— Allez, à table, ce n'est pas vos oignons. Ce sont des affaires d'adultes.

Constantin avait aidé la femme à chercher son Spiridon toute la matinée. Vers midi, la sœur de Florica courut leur prêter main-forte. Par la suite, cette dernière sortit à peine de chez elle, mais les jeunes pouvaient l'entendre pleurer en collant une oreille contre la clôture.

Caché derrière des touffes de fleurs, Andrei écoutait attentivement les discussions des adultes qui se relayaient chez leur voisine. Lorsqu'il se lassa d'entendre ses lamentations, le garçon quitta son poste. Peu après, il s'immobilisa à nouveau, saisi par les effluves d'un parfum inconnu. Des corolles blanches géantes se balançaient au bout de grandes tiges, en laissant sur ses pantalons une poudre orangée.

— Des lys, l'informa Gabriela, qui le surveillait perchée sur la balançoire.

Elle se leva pour aller cueillir une fleur, qu'elle glissa derrière son oreille comme à l'époque où Sofia la pomponnait avec des marguerites, avant de l'envoyer à la maternelle. Andrei se dit qu'elle était presque belle.

Malgré tous les efforts déployés par les gens qui partirent à sa recherche, Spiridon ne fut retrouvé que le lendemain après-midi.

17

Après l'hospitalisation de Spiridon Popescu, les voisins tentèrent de vaquer à leurs occupations, soulagés de savoir que le pauvre homme n'avait pas succombé à ses blessures. Constantin se remit à greffer des roses. Puiu examina ses ruches, attentif au stress que manifestaient ses abeilles ouvrières. Sa mère, madame Filipescu, venait d'entamer la lecture d'un roman, à l'ombre de son pavillon. Sofia partit à l'église avec ses petits-enfants. Lilian répara le moteur de sa Skoda, avant de prêter main-forte à son beau-père pour réorganiser le potager. Tica s'était mis en tête de construire une clôture autour des rangées de maïs, pour protéger les plants fragiles au cas où un autre voisin aurait l'idée saugrenue de s'allonger au milieu de ses cultures.

Après quelques jours de pause qui lui furent nécessaires pour reprendre des forces, l'aviateur cogna à nouveau à la porte des Marcu. Il arriva en titubant avec sa canne, transportant un sac qui contenait deux livres. Le premier était un rescapé de la bibliothèque des Marcu, qui s'était retrouvé une fois de plus, on ne savait trop comment, dans le fond de sa cour. Fidèle à ses habitudes, il avait également apporté l'ouvrage d'histoire qu'il continuait à explorer en compagnie de son jeune voisin, pour retrouver sa paix d'esprit et alimenter sa mélancolie.

— Où est Andrei ? J'aimerais qu'il me lise les passages sur les bombardements de Bucarest…

En attendant que son mari retrouve le garçon, Sofia servit au capitaine une généreuse portion de compote de pêches. Andrei entama sa lecture d'un ton fort monotone. De toute évidence, cet épisode de l'histoire contemporaine ne l'intéressait pas. L'aviateur voulait sans doute rappeler à ses amis que la mort d'un chien et une bagarre qui avait plongé un fonctionnaire dans le coma n'étaient pas ce qu'il y avait de pire dans la vie.

— « Le bâtiment de l'Institut botanique, qui abritait l'herbier et le musée botanique depuis 1892, est détruit le 4 avril 1944 par les Américains. Il sera reconstruit en 1960. »

Le garçon fit une pause, puis reprit sans enthousiasme :

— « Le 12 septembre 1916, Bucarest est bombardée à deux reprises. La majorité des victimes est composée de civils, parce que les habitants, curieux, se sont rassemblés à l'extérieur pour assister aux bombardements, ainsi qu'à la riposte de l'artillerie roumaine. »

— J'aimerais tellement voler de nouveau, l'interrompit le capitaine. Sentir l'accélération de mon appareil me coller à mon siège, m'abandonner à la force de la gravité. Et puis, me laisser emporter par les courants d'air… Pas toi, Andrei ?

— J'aimerais bien voir ça, pouffa Gabriela. Il a des nausées même sur la balançoire, alors je n'imagine pas ce que ce serait dans un avion de chasse...

— Même pas vrai ! explosa Andrei.

— Est-ce que tu aimerais devenir pilote ? demanda l'aviateur.

— Il veut devenir pilote le lundi, policier le mardi, pompier le mercredi, Robin des Bois le jeudi... Chaque jour de la semaine, c'est un nouveau métier.

— Mais laisse le garçon parler ! cria Constantin, avant de s'empresser de disparaître dans son atelier.

Le bruit de son marteau résonna dans toute la cour.

— Reprends ta lecture, chuchota le capitaine à son protégé qui attendait avec l'ouvrage sur les genoux.

— « Les premiers bombardements soviétiques sur la capitale ont lieu en 1941. Trois ans plus tard, au mois d'avril 1944, plus de trois cent cinquante avions américains B-52 Liberator lancent un raid sur Bucarest et Ploieşti. En tout, près de deux mille pilotes américains sont faits prisonniers, et la moitié de leurs avions sont détruits par l'artillerie roumaine et allemande. »

— Je continue ?

— Oui, vas-y, ce n'est pas terminé...

— « Le 23 août 1944, par proclamation royale, le maréchal Ion Antonescu, alors à la tête du gouvernement roumain, est destitué, ce qui instaure une rupture définitive avec les alliés allemands. En guise de représailles, ces derniers bombardent à leur tour Bucarest. »

Le garçon s'interrompit lorsqu'il s'aperçut que le capitaine ne l'écoutait plus.

— *Coana* Sofia, vous rappelez-vous les bombardements ?

— Bien sûr. Je les revois dans mes cauchemars.

— Comment cela s'est-il passé pour vous ?

Sofia nettoyait des petits pois. Les perles vertes s'agglutinaient dans une casserole à moitié remplie d'eau. Le capitaine finit sa compote.

— Comme ça s'est passé pour tout le monde, c'est-à-dire très mal. Tous mes proches sont en vie, Dieu merci, mais je n'étais pas sûre si nous allions nous en sortir… À Andronache, on n'entendait pas toujours les sirènes des alertes. On se réveillait avec les avions au-dessus de nos têtes… Je me souviens du sifflement qu'elles faisaient, les bombes, en tombant… et bien sûr le boum ! Tout tremblait. J'ai tellement pleuré. C'étaient les pires jours de ma vie. Les pires ! J'étais seule à m'occuper des enfants… et enceinte… Je n'en pouvais plus. Je suis partie avec les garçons dans mon village. Ma mère a pleuré, elle aussi, quand elle nous a vus arriver. Pauvre maman. Nous sommes restés plusieurs mois. Nous étions à l'abri, là-bas, parce qu'il n'y avait rien à détruire dans cette bourgade. Elle était si petite que même la guerre l'ignorait…

Sofia se leva pour aller égoutter les légumes.

— Je n'ai rien d'autre à dire sur les bombardements. Je ne comprends pas les jeunes d'aujourd'hui qui aiment tant regarder les films de guerre. La belle affaire ! Être obligé de se signer constamment pour survivre jusqu'au lendemain !

À l'extérieur, les tourterelles chantaient dans les branches du mûrier. Constantin arriva avec une paire de salomés qu'il tendit au capitaine :

— Prêts pour madame Stănescu, annonça le cordonnier en les glissant dans le sac de son client le plus fidèle.

Et il ajouta, chuchotant à son oreille :

— C'est pour fêter la paix.

18

Pour la première fois en quatre décennies de mariage, Costică cachait quelque chose à Sofia. Il en avait perdu le sommeil. La guerre, les drames familiaux et les intrigues du quartier n'avaient jamais réussi à ébranler leur relation, mais celle-ci risquait de pâtir sérieusement de sa nouvelle obsession : récupérer son nom. Il y avait longuement réfléchi. Ce n'était pas seulement une question d'argent.

Dans les archives de la mairie, il avait trouvé quelque chose qui lui manquait depuis son enfance. Dans sa triste famille, broyée par la violence des conflagrations qui l'avaient secouée, personne ne s'était demandé pourquoi il était un Marcu, alors que ses frères et sœurs étaient des Bujoreanu. À la maison, dans le poulailler ou dans les champs de légumes, tout le monde l'appelait Costică. C'était comme ça dans une communauté tissée serré. Le patronyme n'était jamais employé.

Il n'avait même jamais prononcé son nom de famille à voix haute jusqu'au jour où il avait dû effectuer son service militaire obligatoire, à l'âge de dix-huit ans. Et la première fois qu'il entendit son nom, Constantin Marcu, ce fut le prêtre qui le prononça, le jour de son mariage. Au travail aussi, on n'utilisait que les prénoms. Il n'avait jamais ouvert de compte en banque, son matelas étant l'abri le plus fiable où cacher ses épargnes, et depuis quarante ans, c'était Sofia qui tenait les comptes de la maison. C'était elle qui se chargeait de leur correspondance, ou encore de remplir des documents officiels, quand c'était nécessaire.

S'il voulait un nom, son nom, c'était pour sentir qu'il était sorti de l'ombre, qu'il appartenait à la souche des Bujoreanu. De cette façon, même si ses garçons suivaient leur propre voie, bien différente de la sienne, ils sauraient retrouver le chemin vers leurs origines, peu importe où la vie les mènerait.

*

Constantin soupira dans le noir. Sofia ronflait tranquillement à ses côtés. Il réussit à se faufiler hors du lit sans la réveiller. Il dormait toujours près du mur, protégé comme un bébé. Il laissait ainsi la voie libre à son épouse qui veillait chaque soir dans la cour ou devant la télé, et qui se levait fréquemment au milieu de la nuit pour prier après un cauchemar.

Aux premiers signes de l'aube, l'air était frais, et le ciel rosâtre. Costică se rasa les joues comme un soldat avant une parade. Il se prépara à sortir en silence, peignant méthodiquement ses cheveux fins et sa moustache. Lorsqu'il voulut prendre son portefeuille, Sofia lui demanda d'une voix encore ensommeillée :

— Costică, où vas-tu, comme ça ?

— Je pars enregistrer une nouvelle commande de chaussures. Si j'arrive avant les autres employés, je pourrai peut-être parler à mon gestionnaire d'une augmentation.

Il attendit qu'elle se rendorme avant de quitter la chambre et de descendre la rue d'un pas déterminé.

*

Le tramway 21 le berça jusqu'à la place Sfântul-Gheorghe. Le cordonnier descendit à cet arrêt qui lui était familier et se rendit au ministère où travaillait son aîné. Sa présence matinale surprit les gardiens à l'accueil, de même que sa façon un peu brusque de demander à voir Aurelian Marcu avant les heures d'ouverture. Ils lui indiquèrent un banc en marbre dans le hall d'honneur. Les hauts fonctionnaires n'allaient pas tarder à arriver dans les prochaines minutes. Constantin patienta deux heures.

Aurelian Marcu se figea aussitôt qu'il aperçut son père. Inquiet, il lui demanda tout de suite s'il y avait eu un décès dans la famille : son père ne le dérangeait jamais au travail. La raison de sa présence devait être sérieuse, extraordinaire. C'était la première fois d'ailleurs que Constantin venait le solliciter sans préavis, à son bureau. L'avocat hésita : valait-il mieux amorcer dès maintenant cette discussion qui s'annonçait très personnelle, ou inviter Constantin à le suivre à l'étage, sans échanger une parole ? Étant donné que les employés à l'accueil gardaient un œil sur eux, il décida de prendre l'ascenseur. Ils traversèrent l'édifice d'un bout à l'autre avant de s'installer sur la terrasse arrière, toujours déserte en avant-midi. Un vent chaud se levait sur Bucarest, annonçant une autre journée caniculaire.

Le cordonnier enleva son chapeau, le déposa sur ses genoux et vérifia si sa chevelure était en ordre. Aurelian gardait toujours le silence. Il était prêt à l'écouter.

Le cordonnier raconta alors d'un trait son histoire. Il lui annonça la mort de l'oncle Bujoreanu, lui parla des difficultés auxquelles il s'était heurté en voulant toucher sa part d'héritage. Sa voix vacilla quand il aborda le sujet qui lui tenait le plus à cœur, mais il réussit malgré tout à mettre des mots sur ce qui le préoccupait. Son nom incomplet l'excluait de la famille. On lui refusait le droit de percevoir son héritage, même si les documents de la mairie prouvaient clairement que son problème était d'ordre administratif. Mais à ses yeux, il ne s'agissait pas seulement de corriger un certificat de naissance erroné. Il désirait reprendre son identité, rien de moins.

— Je sais, pour ça, il faut du temps, il faut de l'argent. Mais je tiens à le faire pour nous, pour nous tous.

Aurelian l'écoutait sans bouger.

— Papa, si tu as besoin d'argent, je peux t'en donner. Tu ne manqueras jamais de rien, je te le promets.

— Non, non, ce n'est pas l'argent, le problème. Je veux seulement récupérer mon nom, mon nom à moi.

— Mais toute ta vie, on t'a appelé Marcu. Je ne comprends pas pourquoi tu tiens tellement à ce que ça change tout à coup.

Tiraillé entre l'incompréhension et la déception, Constantin se tut.

— Explique-moi, pourquoi veux-tu changer de nom ? Tout le monde te connaît comme *nea* Costică. Ta parenté, ton entourage, nous t'aimons et nous t'estimons comme ça.

— Et toi, pourquoi tu ne veux pas que je me nomme Bujoreanu, comme à ma naissance ?

— Je n'ai pas dit que je ne voulais pas, j'essaie juste de comprendre.

— Je sais que tu es occupé et que tu n'as pas de temps à perdre avec des vieilles histoires.

En disant cela, Constantin reprit son chapeau et entreprit de lisser son veston pour en ôter les plis.

— Non, papa, ce n'est pas du tout ça. Je ferais tout pour que tu sois satisfait. Seulement, je réfléchis aux conséquences. J'ai peur que ça nous nuise de changer de nom, au lieu de nous aider à faire reconnaître officiellement nos droits.

— En quoi ça pourrait nous nuire ? Il s'agit seulement d'ajouter quelques lettres sur un bout de papier. Que tu le veuilles ou non, nous sommes déjà tous des Bujoreanu.

— Tu te rappelles ton *autre* oncle, celui qui était un propriétaire terrien, dans la plaine du Bărăgan ? Il s'appelait Bujoreanu lui aussi, n'est-ce pas ?

— Oui…

— Après la guerre, quand les communistes ont collectivisé les grandes propriétés agricoles, il a longtemps résisté au changement, et il en a subi les conséquences.

— Bien sûr, je m'en souviens. Ils l'ont battu, ils l'ont jeté en prison, il a tout perdu.

— La même chose pourrait nous arriver, à nous aussi…

— De quoi tu parles ? Nous n'avons jamais rien possédé ! Nous n'avons rien à perdre !

— Nous ne sommes peut-être pas de grands propriétaires terriens, répliqua lentement Aurelian, mais Lilian et moi, nous passerons quand même un mauvais quart d'heure. Quand nous nous sommes inscrits à l'université, nous étions des Marcu, tu comprends, les fils d'un cordonnier. C'est-à-dire qu'on nous a catégorisés en tant que prolétaires, des jeunes de la classe ouvrière avec des origines « saines »… Si jamais nous réapparaissons comme des Bujoreanu, il y aura sûrement une enquête qui nous liera à cet oncle qui apparaît comme un ennemi du peuple dans les archives officielles, celui qui n'a pas soutenu les initiatives communistes… Et là, Lilian et moi risquons de perdre nos emplois, de nous faire envoyer Dieu sait où… J'ai vu assez d'histoires semblables qui ont mal fini. Je suis désolé, papa.

Constantin fixa un point au loin. Aurelian soupira en le regardant ruminer la nouvelle.

— Ce n'est pas une bonne idée de s'embrouiller avec les autorités, surtout maintenant, avec tout ce qui se passe…

— Oui, je comprends.

— Papa…

— Oui.

— Je savais, pour le nom.

— …

— Je suis déjà allé à la mairie, j'ai vu les documents il y a une dizaine d'années. Je suis désolé. Je n'ai rien dit parce que j'ai voulu nous protéger.

— Tu as bien fait. Tu as un bon travail, ton frère aussi. Vous êtes, vous avez toujours été, ma fierté.

— Merci, papa. Tout cela ne doit pas figurer dans mon dossier de cadre.

— Je comprends.

— As-tu parlé à quelqu'un d'autre de ton problème d'héritage ?

— Seulement à la secrétaire de la mairie.

— Ça ira, elle est jeune. Ça ne lui dit sûrement rien, ces histoires des années cinquante. Je vais demander à notre chauffeur de te reconduire à la maison.

— Non, je vais rentrer en tramway, ta mère ne sait pas que je suis ici.

— Merci, papa.

Constantin serra son aîné dans ses bras avant de le laisser le raccompagner jusque dans la rue. Il se félicita d'avoir eu la chance de connaître la vérité de son vivant, malgré tout. Au moins, se dit-il, on ne l'enterrerait pas ignorant.

Avant de tourner dans la rue Escalei, sa décision était prise. Jamais plus il n'aborderait le sujet avec quelqu'un d'autre.

*

Ce jour-là, seul son ami l'aviateur devina que quelque chose lui pesait sur le cœur. À son retour, il semblait avoir pris de l'âge, tout à coup. Il s'assit dans le kiosque le regard hagard, les mains pendantes, le dos courbé. Le capitaine fit ce qu'il peut pour l'égayer.

— Viens, vieil ami, assieds-toi avec moi. Ce n'est pas drôle de boire un café chez toi pendant ton absence, lui avait-il lancé.

Les yeux tristes de Constantin le remercièrent pour son effort.

19

En sortant du travail, Florica avait pris l'habitude de visiter son conjoint comateux. Avant d'entrer à l'hôpital, elle pleurait d'abord un petit moment, agrippée à la clôture. Par la suite, elle essuyait ses larmes et se recomposait une expression optimiste. Dans l'éventualité où Spiridon aurait repris ses esprits, elle voulait s'assurer qu'il la verrait bien disposée et en forme, prête à se réjouir du miracle.

Ce jour-là, elle transporta difficilement son embonpoint en haut de l'escalier. Tandis qu'elle inhalait à pleins poumons l'odeur de chlore et d'alcool à friction, elle se dit que l'endroit était tranquille, que ça sentait le propre. Parvenue au quatrième étage, elle ne croisa pas grand monde. Quelques visiteurs accompagnaient des malades le long des couloirs, en prenant soin de chuchoter, pour ne pas déranger. À travers les fenêtres ouvertes, on entendait à peine le bruit éloigné des tramways, ainsi que le vent qui faisait de temps en temps frémir les peupliers.

Dans la chambre, l'infirmière avait commencé à prodiguer des soins à Spiridon. Florica attendit qu'on lui fit signe d'entrer. Non, le patient n'avait toujours pas bougé. Non, rien n'avait été modifié dans le traitement. Oui, le médecin était passé ce matin. Non, il n'avait rien dit.

Florica sortit lentement de sa sacoche un paquet de café. Elle l'avait déniché avec difficulté grâce à une amie de sa sœur. Ce produit se faisait de plus en plus rare, mais il fallait bien offrir quelque chose à cette «mademoiselle» pour s'assurer qu'elle s'occupe correctement de Spiridon et la garder de bonne humeur. Pour les docteurs, on avait conseillé à Florica d'acheter des cigarettes. Mais pas les Carpates sans filtre que l'épicerie Cucu vendait à bas prix, non: celles-là étaient pour les soldats, pour les travailleurs de la construction et pour les étudiants sans le sou. Les docteurs fumaient des Kent et, pour s'en procurer, il fallait contacter une personne de confiance sur le marché noir.

Florica était fière d'elle. Elle s'était bien débrouillée. Elle déposa le café dans une des poches du sarrau de l'infirmière, qui reçut son cadeau sans interrompre sa routine pour autant. Le pansement du patient était maintenant bien en place. Elle vérifia ses yeux et fit un dernier survol de tous les tubes qui étaient attachés à son corps.

Florica attendait sans rien dire, sa sacoche à la main. L'infirmière l'ignora et s'en alla examiner le patient d'à côté, qui tenait compagnie à Spiridon dans son existence végétative. On l'avait attaché à des machines lui aussi; il paraissait momifié. L'infirmière lui ordonna sèchement de l'attendre dehors si elle voulait lui parler. Florica s'exécuta et demanda pardon plusieurs fois.

À moitié endormie sur un banc en bois, le comble de l'inconfort, Florica sursauta en apercevant l'infirmière lorsque celle-ci vint enfin la trouver.

— J'aimerais voir le docteur, s'il vous plaît, mademoiselle.

— Le docteur est très occupé.

— Une petite minute, s'il vous plaît, juste une petite minute.

La poche du sarrau était vide, désormais. Florica se demanda où était passé le café. Elle resta un moment à regarder sa blouse légère trembler au gré des rafales qui perturbaient maintenant ce havre de paix. À travers les fenêtres, on pouvait aussi entendre la sirène d'une ambulance aux portes de l'hôpital. L'infirmière resta un instant immobile devant Florica. Chacune d'elles contempla les cernes de l'autre.

— Je vais voir ce que je peux faire.

— Merci, je vous embrasse les mains, mademoiselle! Que Dieu vous donne la santé à vous et à votre famille!

L'infirmière fit claquer derrière elle la porte du bureau, à deux pas de la chambre. Florica resta seule à attendre dans le couloir.

— C'est bon, fit bientôt l'infimière en la croisant à nouveau. Allez-y, vous avez une minute.

Tout le bureau était blanc: les murs, les meubles, mais aussi le médecin, qui semblait vouloir se camoufler derrière sa table incolore. À l'intérieur, ça sentait la fumée, le plastique, le caoutchouc des semelles. Florica sourit. Elle avait peur. Tout ce silence, cette immobilité, c'était trop pour elle.

Comme le médecin ne fit aucun geste pour l'accueillir, elle déposa sur son bureau une grande boîte contenant plusieurs paquets de Kent. L'homme continua à l'ignorer. Elle poussa d'un doigt les cigarettes vers lui.

— Asseyez-vous.

Il ne levait toujours pas la tête et continuait à remplir un dossier d'une écriture nerveuse. À un moment donné, il s'interrompit pour ouvrir le cadeau de Florica et s'alluma une cigarette. Il la tenait de la main gauche, tout en continuant à écrire de la main droite. Il chercha du regard un cendrier. Florica le trouva avant lui et le lui apporta.

— Alors, vous êtes… ?

— Je suis la femme de Spiridon Popescu.

— Dans la fiche, c'est écrit qu'il est célibataire.

Le médecin la considéra à travers ses épaisses lunettes. La fumée de la cigarette s'interposa entre eux.

— Oui, non, je veux dire… nous sommes ensemble depuis des dizaines d'années. Nous habitons ensemble dans le quartier Andronache. J'aimerais seulement savoir comment il va, et s'il y a quelque chose que je peux faire, vu la situation…

— Pourquoi ? Vous n'êtes pas mariés.

Le médecin sourit et la dévisagea guettant sa réaction.

— Ne vous inquiétez donc pas, il n'ira nulle part. Ce n'est pas comme si une autre femme allait vous le voler ! On prend bien soin de lui ici. Si la situation change, nous allons vous appeler.

— Je n'ai pas de téléphone.

— Bon, alors dans ce cas, vous allez l'apprendre la prochaine fois que vous passerez le visiter. Écoutez, tout est encourageant : le pouls est bon, ses organes vitaux ne sont pas touchés, il respire presque tout seul, ce qui est rare pour un patient du quatrième étage... Vous avez vu son voisin dans le lit d'à côté ? Ça, c'est un cas grave. Vous, ça va. Il parlera bientôt.

— Oh, merci, docteur, fit Florica en laissant les larmes couler librement sur ses joues basanées. Merci.

Le docteur lui fit signe que tout irait bien et inspira un bon coup pour savourer l'arôme de sa cigarette.

— Il y a juste un petit détail. Malheureusement, nous n'allons pas pouvoir le garder indéfiniment. Il va falloir qu'il bouge à un moment donné. Ou qu'on le bouge.

— Oui, docteur, il va bouger, je vous assure.

Le médecin hocha la tête en roulant les yeux. Puis il se plongea à nouveau dans ses dossiers et lui dit au revoir.

À partir de ce jour, Florica guetta désespérément un mouvement de la part de son compagnon.

— Je pense que Spiridon a remué les lèvres. Je pense qu'il veut me dire quelque chose.

L'infirmière honora Florica d'un regard agacé. Sans répondre à son enthousiasme, elle prit une bouteille d'alcool à friction et partit désinfecter les appareils du deuxième patient.

— Oui, oui, je pense que ses lèvres ont bougé un peu cet après-midi.

Il y eut un autre silence.

Après le départ de l'infirmière, Florica s'assit au chevet de Spiridon et cessa enfin de contenir ses pleurs. Son corps tout entier fut secoué de hoquets. Elle regarda longtemps les deux patients, dont la peau ressemblait de plus en plus à de la cire d'abeille. Pour la première fois de sa vie, Florica se sentit vraiment seule.

20

Tout en caressant sa hanche convalescente, madame Filipescu répétait intérieurement le discours qu'elle avait l'intention de tenir à l'enquêteur, d'un ton qu'elle voulait résolument convaincu.

Elle comptait affirmer avoir vu Angelo Marcu sortir du champ de maïs « cette fin de semaine-là ». Plus elle y réfléchissait, plus elle en était sûre : c'était arrivé le week-end où elle avait relu *Autant en emporte le vent*. Angelo n'arrêtait pas d'arriver et de repartir. Son attitude était hautement suspecte. Sur le coup, elle se souvenait d'avoir jugé ce garçon des Marcu immature et mal élevé. Ce qu'elle redoutait le plus, c'est qu'il se fût caché dans le champ de maïs pour assouvir un besoin physiologique pressant – sans attendre d'utiliser le cabinet d'aisances de ses parents, caché au fond de leur cour. Elle avait tenté de lui crier : « Animal, saleté ! », mais sa faiblesse ne lui avait pas permis d'ouvrir la bouche. Elle se sentait dépérir depuis quelque temps. Elle avait glissé dans l'herbe, derrière les bosquets, et manqué de s'évanouir tellement la colère avait consumé ses forces. Angelo avait regardé autour de lui comme un voleur.

Il ne l'avait pas aperçue agenouillée de l'autre côté de la rue.

Exténuée, madame Filipescu avait souffert toute seule étendue dans son pré pendant plus d'une heure avant que son fils Puiu ne lui portât secours. Paralysée, elle avait été dans l'impossibilité de rapporter immédiatement l'incident.

L'ancienne aristocrate s'était réveillée à l'hôpital, frustrée et impuissante, entourée de quelques cousines et même – quelle horreur – de plusieurs invalides. Elle avait complètement oublié Angelo. L'odeur de l'hôpital et la présence envahissante des malades l'avaient rendue irascible. Elle avait eu l'impression d'étouffer dans sa chambre, les conversations ordinaires des autres patients lui empoisonnaient l'air. Elle ne souhaitait qu'une chose : reprendre assez de forces pour lire un bon roman en écoutant du Chopin à l'ombre des acacias, dans la tranquillité de son domaine d'Andronache.

Pendant sa convalescence, madame Filipescu avait été dans l'ignorance de l'émoi qui avait secoué les habitants de la rue Escalei, après l'agression odieuse qui avait été perpétrée contre Spiridon Popescu. Autant que possible, son garçon avait évité de troubler sa sérénité avec des nouvelles aussi triviales. Puiu s'était de surcroît assuré qu'une accompagnatrice veille sur sa maman et la protège contre cet agresseur qui s'en était pris de façon inexplicable au pauvre fonctionnaire.

Mécontente de se voir imposer chez elle la présence d'une gouvernante costaude et peu raffinée, qu'elle n'avait pas désirée, madame Filipescu lui avait signifié à de nombreuses reprises qu'elle s'opposait à cette décision.

— Je ne pense pas qu'on doive s'inquiéter, avait-elle déclaré. Ce Spiridon Popescu, c'était un Tsigane.

— Maman, ne dites pas cela…

— C'est certainement un règlement de comptes entre clans.

Insatisfait de cette explication, Puiu avait contraint sa mère à rester chez elle pendant plusieurs jours. Il craignait tant pour sa sécurité qu'il songeait même à faire construire un mur de briques tout autour de leur pré, surmonté de barbelés impossibles à escalader de jour comme de nuit.

C'était en se querellant avec son fils au sujet de ce système de défense moyenâgeux que l'ancienne aristocrate avait fait resurgir une image dans sa mémoire : celle d'Angelo en train de s'enfuir de la parcelle où poussaient de grandes tiges de maïs, un colis sous le bras.

Madame Filipescu demanda donc à son fils de la conduire à la station de police sur-le-champ. La nouvelle fit sursauter Puiu, qui n'en revenait pas. Comment ? Sa mère, qui avait évité toute sa vie d'avoir affaire aux autorités communistes, exigeait maintenant qu'on la conduise devant un policier ! Elle venait de perdre la tête ! Partagé entre la compassion et la détresse, il se mit à trembler devant elle et contempla même la possibilité de désobéir à ses ordres.

21

L'officier responsable de l'enquête écouta attentivement ce que la camarade Filipescu avait à lui raconter. Exaspéré par les détours infinis que prenait cette investigation, il fut ravi d'apprendre que quelqu'un insistait pour le rencontrer, et que cette personne affirmait de surcroît qu'elle détenait des informations d'une très grande importance. Elle lui offrait même de témoigner devant le tribunal, si le besoin se présentait. Voilà qui était susceptible de secouer la poussière qui commençait à recouvrir ce dossier.

L'officier resta muet devant l'aplomb de la vieille. Depuis qu'elle était entrée dans son bureau, Eleonora Filipescu donnait des ordres à tout le monde, tout en supervisant de temps à autre la rédaction de sa déclaration qui était retranscrite au fur et à mesure à la machine à écrire. La secrétaire était visiblement intimidée par cette dame si volontaire.

Une fois la déposition enregistrée, l'enquêteur se servit deux verres d'eau et partit rapporter les nouveaux développements de l'enquête à son supérieur immédiat.

*

Le soir même, Angelo Marcu fut arrêté à son domicile. On le conduisit au bureau gris pour l'interroger. Ses déclarations contradictoires et son attitude évasive rendirent les procédures difficiles. Cela suffit pour que l'officier obtînt la permission de le garder plusieurs jours dans une petite cellule.

22

La nouvelle anéantit les Marcu. Les parents furent si troublés qu'ils ne réagirent pas immédiatement. Sofia mit du temps avant de se tourner vers ses icônes et d'implorer la Sainte Vierge de lui venir en aide. Installé dans son kiosque, Constantin se contenta de fixer la terre poussiéreuse à la base de ses vignes. Après avoir tenté de le consoler, Aurelian et Lilian partirent au centre-ville dans l'espoir de recueillir davantage d'informations sur cette triste affaire.

L'aviateur s'installa péniblement dans le fauteuil qui, depuis longtemps, lui avait été attribué. Sans dire une parole, il veilla à côté de son voisin jusque tard dans la nuit.

Avant de se retirer, le capitaine osa enfin une question :

— Penses-tu vraiment que c'est lui ? Je veux dire, quelle raison aurait-il eu de faire une chose pareille ? Est-il capable d'une telle violence ?

Constantin hocha la tête et haussa les épaules. Il n'en savait rien. Il avait essayé d'élever correctement cet enfant mais, d'une année à l'autre, il ne cessait de constater l'ampleur de son échec.

Le cordonnier passa la nuit sous sa vigne. Il ne pensait à rien. Il se laissait dévorer par la tristesse, par la honte, par le désenchantement. Il se sentait comprimé par le poids immense de sa vieillesse et de son impuissance.

*

À mesure que les jours défilaient, Constantin s'emmura de plus en plus dans la solitude. Il cessa de travailler. Puis il ne quitta pratiquement plus son lit.

Les seules fois où il restait debout plus de quelques minutes, c'était pour saluer l'aviateur qui lui rendait visite. Costică chancelait alors près de la porte de la salle à manger, sans rejoindre le kiosque. Emmitouflé dans un pull en laine et un chapeau épais, il grelottait en pleine canicule. Au début, il était encore souriant et présent lors des conversations. Mais après chaque rencontre, il se retirait un peu plus dans son monde intérieur où, de toute façon, personne n'avait jamais pénétré. Son âme ressemblait à un escargot recroquevillé dans sa coquille à cause d'un orage monstrueux.

Cela dura jusqu'au jour où Constantin ferma les yeux et décida de ne plus les rouvrir.

*

Aurelian était arrivé à l'aube, précédé de peu par les embaumeurs. Il regrettait de ne pas avoir traîné son appareil photo avec lui. Contre la volonté de sa mère, il avait pris des clichés à toutes les funérailles de la famille. L'avocat les développait à ses frais et les offrait généreusement à ses proches pour les aider à surmonter leur deuil. Mais peu d'entre eux avaient envie de se revoir crispés, le visage blême, et éplorés en de telles circonstances. Alors, ils évitaient Aurelian, ou refusaient poliment ces photos qui étaient de toute façon, le plus souvent, ratées, la main du photographe étant alourdie par l'alcool et les émotions.

Aurelian passa de longues minutes à contempler le corps menu et endimanché de son père. On l'avait installé hâtivement sur la table du salon, un cierge entre ses doigts tachés de colle Prenandez. Son fils pensa avec amertume qu'il aurait tellement souhaité voir son nom, son vrai nom, inscrit sur sa croix : Constantin-Marcu Bujoreanu. Mais il était trop tard pour cela. Le cordonnier resterait à tout jamais rebaptisé par un employé de mairie saoul.

L'avocat vida d'un trait un verre d'eau-de-vie pour se donner le courage de passer à travers cette journée.

*

La nouvelle avait déjà fait le tour d'Andronache. L'aviateur l'avait annoncée également à Pandrea, qui traversa la ville en hâte et qui fut l'un des premiers à se présenter chez les Marcu :

— Il est où, mon camarade ? Mon grand ami Costică ? demanda-t-il à tous ceux qu'il croisait autour de la clôture.

Parvenu dans la cour, sous les branches du cerisier qui veillait sur l'entrée, le vétéran se présenta poliment à l'aîné de la famille Marcu. Comme il ne savait pas quoi lui dire, il lui déclara tout simplement :

— Ton père et moi, on a fait la guerre ensemble.

Perdu dans ses pensées, Aurelian l'abandonna après lui avoir serré la main. Une tante bienveillante prit le relais en l'invitant à entrer, avec une tape dans le dos.

Pandrea la suivit dans la fraîcheur du couloir. Lorsqu'il passa le seuil du salon, Sofia l'entendit murmurer :

— Alors, c'est ici qu'ils t'ont installé, mon Costică.

Le teint de Constantin était loin d'être terne, ou même cadavérique. Son visage était blanc, teinté de rose, comme après son rasage du matin. Après un travail acharné, les embaumeurs avaient presque réussi à enlever toutes les taches de Prenandez de ses doigts. On l'avait revêtu de son plus beau costume, celui qu'il portait habituellement à l'occasion des mariages et des baptêmes. Son cercueil était orné de draps et de dentelles que Sofia avait confectionnés il y avait quelques années pour son propre enterrement. On aurait dit qu'il dormait paisiblement, et qu'il était d'accord avec toutes les opinions que ses visiteurs exprimaient en le contemplant.

Conformément à la tradition qui avait cours dans son village, Sofia avait choisi de l'exposer chez elle, là où la famille se rassemblait pour le repas du dimanche. C'était aussi dans cette pièce que les Marcu avaient organisé la réception de fiançailles de leur fils Aurelian.

La veuve attribua diligemment à chacun une liste de tâches à accomplir. Rien ne devait être oublié. Elle profita de la visite de Pandrea pour lui demander de lui faire l'honneur de porter la croix en bois qui serait plantée dans le cimetière, sur la tombe de Constantin. Pour cela, elle ordonna à Gabriela d'offrir à Pandrea une serviette toute neuve, pour protéger son épaule, et de lui remettre le mouchoir dans lequel on avait cousu une pièce de monnaie, symbole du prix que le défunt devrait payer pour entrer dans le monde éternel.

En sortant de la cuisine, la grand-mère bouscula Gabriela. Elle s'était engouffrée dans un tourbillon de préparatifs qui la rendaient nerveuse. Elle remit le plateau qu'elle transportait entre les mains de sa petite-fille :

— Arrête de te mettre dans les jambes des gens ! Tiens, va servir au capitaine Stănescu son goûter !

*

Andrei avait cru échapper à toute cette agitation en s'enfermant dans les toilettes pour pleurer, mais des invités ayant un besoin pressant l'en avaient expulsé sans trop de scrupules. Il se réfugia donc plutôt derrière la maison. Il n'avait aucune envie d'entendre Gabriela lui raconter que leur papi serait enfermé à perpétuité dans son cercueil, et que les vers contribueraient à le réintégrer à la nature.

Le jour même du décès, Aurelian avait parlé au prêtre. Ils avaient établi ensemble la date de la cérémonie. Dans trois jours, la famille Marcu serait attendue à l'église d'Andronache. Il avait donc trois jours pour faire ses adieux à son père, pleurer jusqu'à rompre son âme, s'habituer à l'idée de cette perte irréparable. Mais aussi trois jours pour rédiger les papiers officiels, préparer la maison, le corps ; trois jours pour recevoir tous ceux qui voudraient veiller le défunt ; trois jours pour payer à droite et à gauche le notaire, le fossoyeur, le prêtre, les embaumeurs et le charpentier qui devait passer prendre les mesures pour « confectionner la boîte pour le regretté monsieur Marcu ».

*

Par respect pour Sofia, sa plus fidèle paroissienne, le prêtre organisa pour Constantin un service digne d'un roi.

À la sortie du cimetière, Pandrea s'était posté à côté d'un seau d'eau, qu'on avait parsemé de pétales de roses. Il disait à tout le monde :

— Lavez-vous les mains ! Laissez la mort derrière ! Abandonnez-la aux portes du cimetière !

Chez les Marcu, Lilian et Gabriela servirent aux invités la collation de rigueur. Aurelian installa un magnétophone dans le kiosque, en expliquant que son père adorait les valses.

— Surtout la *Valse de l'aube,* ajouta-t-il, espérant que quelqu'un la connaissait.

Plusieurs approuvèrent son initiative avec le sérieux qu'exigeaient les circonstances. On leur servit des assiettes pleines à ras bord. Chacun versa à terre quelques gouttes d'alcool à la mémoire de Constantin, avant de boire pour ranimer sa propre joie de vivre. Il ne fallut à l'assistance que quelques minutes pour se réchauffer, et pour noyer la musique dans le brouhaha. Quelques heures plus tard, les hommes, ivres, s'échangeaient des anecdotes en riant sans retenue. Tous conclurent qu'ils avaient passé de beaux moments avec le regretté Costică.

*

Dans la cour, les tables avaient été abandonnées dans un si grand désordre que l'endroit avait l'air d'un champ de bataille. Les fils du cordonnier, aussi éméchés que les autres, regardaient tout ce qu'il leur restait à ramasser avec épuisement.

En soirée, les jeunes se rassemblèrent sous le grand cerisier dont ils cueillaient les fruits été après été. Plusieurs d'entre eux imitaient désormais les hippies et lisaient à longueur de journée l'œuvre de philosophes nationaux pessimistes. Entourés de bougies, ils parlèrent d'intellectuels marginaux, un verre de vin à la main. La vie empruntait décidément des chemins inattendus. Étourdi par leurs discours et par les émotions de la journée, Andrei se contentait d'admirer l'arbre qui avait fait la fierté de son grand-père. Celui-ci avait greffé un cerisier sur une souche plus ancienne, il y avait très longtemps, avant même que ses petits-enfants voient le jour. Ses branches dominaient le jardin, et semblaient surveiller le quartier d'Andronache jusqu'à l'orée du bois.

Parce que l'esprit du défunt ne quitterait sa maison qu'après quarante jours, Sofia déposa du pain et de l'eau au bord de la fenêtre, pour que son Costică aussi puisse manger ce soir-là.

— À sa place, c'est ici que je choisirais de loger mon esprit. Dans ce cerisier, affirma Gabriela d'un air résolu.

L'arbre était connu dans le voisinage pour ses récoltes abondantes. Ses branches avoisinaient celles d'un abricotier, d'un mûrier, et quelques lianes de vigne. Sa couronne traçait dans l'azur un dôme vert qui protégeait la maison.

— Oui, à sa place, je commencerais par me glisser dans les feuilles du cerisier, avant de m'évanouir dans les touffes de roses, reprit la jeune fille.

Les hippies éclatèrent de rire devant un tel lyrisme. Ils mendièrent ensuite des cigarettes à l'un des rares convives qui honoraient encore l'assemblée. Mais il n'en avait plus : on avait déjà vidé son paquet de Kent.

Andrei se faufila parmi les tables et les chaises éparpillées. Le calme était retombé sur le jardin. Personne ne paraissait anéanti. Ces derniers jours, tout le monde avait souffert, pleuré, crié ; on s'était disputés, puis réconciliés. Une paix étrange avait fini par s'installer sur le groupe. Pour plusieurs, c'était le début d'un long deuil.

Andrei ne ressentait plus rien. Il se demanda à quoi ressemblerait sa vie après l'enterrement. Les larmes sur ses joues avaient formé pendant ces trois jours deux rivières chaotiques. Comment allait-il vivre sans entendre cogner le marteau de papi ? Son rasoir, ses outils de jardinage, et tout ce qu'il avait laissé derrière lui dans l'atelier : tout était encore à sa place, à attendre qu'il revienne.

*

C'est à ce moment-là qu'ils virent apparaître une silhouette au bout de la rue Escalei. C'était une femme qui traînait derrière elle une valise. Elle s'arrêta à la porte du jardin sans rien dire.

— Tu arrives trop tard, lui dit Sofia.

— *Coana* Sofia, je vais quand même rester avec vous, sinon la mort vous volera un autre homme.

— Lequel ?

— Je ne sais pas, mais c'est ce que disent les cartes.

— Maintenant que tu es là, je vais dire à monsieur Stănescu d'aller se reposer.

— Vous faites bien, grand-maman, dit Geta en déposant son bagage.

23

Les trois jours qui avaient précédé l'enterrement, l'aviateur avait veillé son ami dans son cercueil, et, contrairement aux autres, il n'avait jamais abandonné son poste pour dormir ou manger. Il avait revêtu son ancien uniforme et accroché sur sa poitrine toutes les médailles dont on l'avait décoré. Lilian lui avait apporté quelque chose à grignoter et un petit verre d'alcool. Avant d'y tremper les lèvres, le capitaine avait versé quelques gouttes à terre pour le cordonnier, qu'il sentait rôder dans les parages. Stănescu n'avait pas beaucoup discuté avec la parenté, les voisins, les clients et autres connaissances venues présenter leurs condoléances à la veuve. Il observait tout en silence. De temps en temps, il saluait les gens autour de lui et allumait des bougies.

Lors de la veillée, le capitaine adressa une seule question à Lilian.

— Je n'ai pas vu ton beau-père. Où est-il ?

— Je ne sais pas, à la maison… Il avait quelque chose à faire dans son potager…

— Pendant l'enterrement de son unique compère ?

Lilian se dépêcha d'aller chercher sa belle-famille.

*

Après la mise en terre, lorsque toutes les larmes furent versées, que le festin fut consommé et que les convives eurent achevé de s'imbiber d'eau-de-vie, Lilian raccompagna le capitaine chez lui. Sa femme l'attendait sur le seuil, vêtue de noir, un mouchoir à la main. Elle avait préféré rentrer seule du cimetière et passer la soirée à la maison. Margareta reçut son mari dans ses bras, remercia le jeune Marcu et referma la porte.

Lilian traversa lentement le parc à ferraille, où il avait vécu tant de moments heureux. Il réalisa que cela faisait plusieurs semaines qu'il n'avait plus bricolé avec monsieur Stănescu. Même si leur moteur révolutionnaire était bien avancé, les bouleversements de l'été lui avaient fait complètement oublier ce projet créatif. Après l'incident avec Spiridon, il y avait eu le nouveau pétrin dans lequel son frère Angelo s'était plongé, et, maintenant, la mort de son père. Occupé à lutter contre les vents contraires qui frappaient sa famille, l'ingénieur n'avait pas eu une minute à lui.

Lilian se rendit compte qu'il ne savait pas où le portaient ses jambes. Il s'arrêta, surpris par la noirceur qui était tombée d'un seul coup. À ses pieds, il aperçut une pierre différente des autres dans la mosaïque inégale qui pavait la rue Escalei. Elle avait la forme d'un cœur. Il la fixa et sa poitrine se détendit quelques instants.

À sa droite, là où il savait que devait se trouver le pré des Filipescu, quelqu'un s'approchait du trottoir à pas légers. Il reconnut Puiu, qui lui fit un signe de la main, de l'autre côté de la clôture.

— Mes condoléances. Je suis désolé pour ton père… Je ne sais pas quoi te dire. Je suis très confus, c'est terrible cette histoire, tout a si mal tourné. Je suis vraiment navré.

Lilian resta muet à côté de lui pendant de longues minutes.

— Si jamais tu as besoin de quelque chose dans les prochains jours, envoie Andrei me chercher dans la forêt. Je serai en train d'inspecter mes ruches, il saura où me trouver.

Puiu disparut dans la cour mal éclairée. Sur son passage, il écrasait les hautes herbes sous ses enjambées rapides.

24

Dix jours plus tard, tandis que Sofia aspergeait sa maison d'eau bénite, l'officier responsable de l'enquête fit de nouveau son apparition. Il arriva au coin des rues Escalei et Ciucă-Ştefan à l'heure de la sieste, espérant passer inaperçu. Il se faufila d'abord dans le potager de *nea* Tica, qu'il mesura en long et en large, avant d'examiner la végétation aux confins du terrain vague. Il se préparait à repartir vers la station de tramway lorsque Lilian sortit de son garage au volant de sa petite Skoda. L'Hirondelle était méconnaissable : il l'avait complètement désassemblée, alignant avec soin toutes ses pièces directement sur le sol avant de les remonter, et avait couvert la carrosserie de couleurs criardes.

Lilian voulut descendre de la voiture pour poser des questions à l'officier, mais ses genoux tremblaient et ses pensées étaient confuses. De son côté, l'enquêteur aurait aimé partager une bonne nouvelle avec le jeune Marcu, mais celle-ci n'avait pas fait l'objet d'une annonce officielle et il sentait que sa langue était encore liée par le secret professionnel.

À la seconde où les deux hommes se décidèrent enfin à s'adresser la parole, un bruit de ferraille entrechoquée éclata dans la rue.

Au volant de son tricar, le capitaine Stănescu apparut, menaçant des ennemis invisibles en criant de toutes ses forces. On le reconnaissait à peine sous son casque et ses lunettes. L'élan qu'il avait donné à son engin fit dresser les cheveux sur la nuque de Lilian et du policier, cloués au milieu de la rue.

— Mais qu'est-ce qui se passe ! Il est complètement détraqué ! s'écria l'officier.

— Non, pas du tout, c'est un moteur incroyable… le contredit Lilian.

— Pas le moteur, le bonhomme ! Et sa vieille carrosserie ! Ça chancelle de partout, un vrai danger pour la circulation. Il faut absolument l'arrêter !

— Mais ce moteur… vous vous rendez compte ? C'est une découverte révolutionnaire… une merveille d'ingénierie.

Lilian n'écoutait plus l'officier. Il était en proie à une violente émotion.

— J'ai du mal à le croire ! s'exclama-t-il, aux anges. Il a réussi ! On a réussi ! C'est un moteur électrique !

— Mais qu'est-ce que vous racontez ?

La nouvelle se répandit partout dans le quartier. Ioana, qui remontait la rue avec ses cornets de graines de tournesol, se cacha dans les buissons aussi vite qu'elle le put à la vue du bolide. Affolées, les poules de *nea* Tica venaient de sauter par-dessus la clôture. Sofia se signa, convaincue qu'elle devait changer bientôt de lunettes, tandis que Geta s'aspergea d'eau fraîche pour calmer la bouffée de chaleur qui l'avait saisie. Les abeilles de Puiu, quant à elles, se mirent à déserter leurs ruches, entraînant aveuglément leur maître vers une destination inconnue. Seul Tica continuait de marcher tranquillement dans la rue, peu préoccupé par tout ce tintamarre. Sa bêche sur l'épaule, il se dirigeait comme à son habitude vers son potager, sans prendre la peine de saluer ses voisins.

Pendant ce temps, Stănescu poursuivait sa course à travers Andronache. Son manteau en cuir, son casque et ses lunettes datant de la Seconde Guerre mondiale le faisaient paraître imposant et dangereux. Il riait aux éclats en prenant des virages serrés. Une douzaine d'enfants couraient derrière lui.

De retour sur sa rue, Stănescu freina en catastrophe devant le policier bouche bée.

— Celui-là, j'aurais mieux fait de l'interroger plus longtemps, marmonna l'enquêteur.

Son collier de perles autour du cou et des fleurs dans les cheveux, la femme du wattman apparut derrière sa clôture, puis péniblement, elle s'y hissa pour s'adresser à lui.

— Depuis le temps que je vous le répète et que vous ne voulez pas me croire ! lui lança-t-elle avec un grand sourire. Il n'est pas handicapé, comme tout le monde le pense !

— Non ? fit l'officier.

— Non ! Il est…

— Quoi ?

— Eh bien… marmonna la sorcière.

— Je ne vous comprends pas, camarade. Parlez clairement !

— C'est un vampire, je vous l'ai déjà dit !

L'officier se tourna vers elle. Ou bien la femme était folle, ou bien elle se moquait de lui. Il avait le tournis. Le moteur du tricar, encore allumé, semblait accélérer le flux de ses pensées et les battements de son cœur. Il avait envie de tousser comme un phtisique. Au milieu de toute cette folie, l'officier crut comprendre que la femme au collier de perles l'invitait à prendre un café chez elle cet après-midi même. Est-ce qu'il avait bien entendu ? Il ne revint à lui que lorsque Geta tapa trois fois dans ses mains près de son visage, en répétant en boucle : « Notre Père qui êtes aux cieux… »

— Ça va, ça va, le consola-t-elle. Ce n'est rien, c'est fini, c'est juste le mauvais œil. Buvez un peu d'eau avec du sucre, ça va vite passer.

*

Les jours suivants, une fois estompée sa surprise initiale, Lilian fut convaincu que l'aviateur avait perdu la tête. Chaque fois que le capitaine partait de chez lui, il s'élançait à la poursuite du monstre métallique, cherchant à empêcher Stănescu de se tuer à cause de cette invention dans laquelle il s'était lui aussi tellement investi. Mais il n'était jamais capable de le rattraper.

Profondément perturbé, Lilian renonça à aller travailler. Il se posta tout bonnement devant son garage, guettant les allers-retours qu'effectuait le capitaine sur son tricar à n'importe quelle heure du jour et de la nuit.

C'était ce qu'il faisait lorsqu'il vit arriver son frère Angelo. Celui-ci était frais comme une rose et heureux d'annoncer à toute la famille qu'on l'avait libéré. Les accusations à son encontre n'étaient pas fondées : les policiers avaient obtenu de nouvelles informations qui démontraient clairement qu'il n'aurait pas pu perpétrer l'attaque contre Spiridon Popescu.

— Figure-toi que l'homme qui a agressé Spiridon était gaucher, et qu'il mesurait au moins dix centimètres de plus que moi ! Il y avait plein d'autres détails aussi qui ne concordaient pas. Ils ont voulu me mettre tout ça sur le dos parce qu'on m'a aperçu dans les parages pendant les événements. Ben, quoi ? Je n'ai pas le droit de me promener dans la rue Escalei comme tout le monde, sans devenir aussitôt un suspect ? Oui, de temps en temps, je passe à Andronache chercher ce qui m'appartient. J'ai caché ma collection de disques chez maman. Quand il m'en faut quelques-uns, je passe les prendre avant mes spectacles, et après, je les rapporte ici, ni vu ni connu. Je ne peux pas garder ma collection chez moi. J'ai appris ma leçon. Ma première femme, une tarée, a brisé tous mes vinyles quand on a divorcé. Je ne ferai pas la même erreur deux fois. Aucun objet précieux dans un domicile conjugal ! Tu devrais faire pareil ! Tu ne vas pas me dire que ton épouse n'est pas un peu cinglée... Mais avant, tu dois m'aider à me venger de la chipie qui m'a pointé du doigt. Je ne suis pas un criminel, moi ! Je n'ai jamais touché à un cheveu de ce Popescu, ou je ne sais comment il s'appelle. On a nui à ma réputation ! Et la réputation, c'est ce qu'il y a de plus important pour un artiste ! Je veux être dédommagé, un point c'est tout !

Enthousiaste, Angelo fit une autre confidence à Lilian : son séjour en prison lui avait offert la tranquillité nécessaire pour penser à son avenir. Il était maintenant convaincu qu'il devait se dévouer davantage à sa vocation de musicien. Il se prédisait une carrière florissante de chanteur à des noces et à des baptêmes.

Lilian l'écouta jusqu'à la fin. Aussitôt qu'Angelo cessa de parler, il se rua sur lui, le secouant et le frappant maladroitement :

— Crétin ! Animal irresponsable ! Reviens dans le monde réel ! Papa est mort de chagrin, maman est veuve, tu as une famille et des responsabilités. Assume-les et arrête de nous parasiter !

Angelo s'échappa de justesse et courut à toute vitesse vers la station de tramway, se retournant de temps en temps pour s'assurer qu'il n'était pas suivi.

Devant la clôture, l'aviateur dévisageait son jeune protégé d'un air satisfait. Son œil de verre semblait dégager une puissance nouvelle.

— Enfin, tu deviens un homme, lança-t-il de sa voix brisée. Il était temps. Ta mère a besoin de toi.

Lilian lui offrit son bras et l'accompagna jusqu'au kiosque de ses parents. Ils restèrent ensemble de longues heures à l'ombre de la vigne, comme pour garder le souvenir des beaux moments qu'ils y avaient passés avec Constantin.

25

Aux prises avec une violente migraine, l'officier responsable de l'enquête, de retour chez lui, était plié en deux. Il se disait qu'il avait été en butte à trop de tracas dernièrement. Sa salle de bain avait besoin de rénovations, ou du moins de la main ferme d'un plombier. La chaleur l'empêchait de penser. Au travail, il avait l'impression que ses collègues ne l'admiraient plus. Il perdait souvent patience. Malgré son allure athlétique, il constatait que le poids de l'âge commençait à se faire sentir. Pour la première fois depuis qu'il était dans la police, il se demandait combien de temps il lui restait avant la retraite.

Pour se changer les idées, il sortit une feuille vierge et un crayon, et dressa patiemment la liste des indices. Il inscrivit en gros les mots « confiture » et « peinture rouge », accompagnés de quelques déclarations décousues des principaux suspects. Au centre, il dessina un bonhomme allumette et un quadrupède censé représenter le pauvre Lăbuş. Rien ne collait. Puis il se demanda : « Que ferait Columbo ? »

Il conclut qu'il aimerait s'acheter un chien.

26

Après la mort de son mari, Sofia se mit plus fréquemment à parler toute seule. Parfois, Andrei avait l'impression qu'elle essayait de convaincre un Constantin invisible de la justesse de son raisonnement. D'autres fois, elle semblait plutôt lui demander conseil.

La veuve lisait aussi à haute voix les sous-titres des films qu'elle visionnait en soirée, et prit l'habitude de commenter chaque séquence. Elle anticipait les péripéties, réagissait à tout ce qui se passait avec une pluie d'interjections, donnait des surnoms aux personnages et demandait du réconfort à ceux qui, quelquefois, l'accompagnaient dans cette activité. Tous les dimanches soir, lorsque ses fils ou ses voisines étaient repartis chez eux, Sofia restait devant la télé plus longtemps qu'auparavant, afin d'apprivoiser sa solitude.

Profitant du relâchement de sa vigilance, ses petits-enfants, comme deux mulots, fouinaient dans la maison, explorant tous les endroits qu'on leur avait interdits.

— On ne joue plus aux détectives ?

— C'est fini, ce temps-là. Nous ne sommes plus des enfants. Maintenant, nous sommes des héritiers !

— C'est quoi ?

— C'est quand quelqu'un meurt et qu'on peut s'emparer de ses affaires.

La jeune fille réquisitionna ainsi le sac à main laqué de sa grand-mère et étala l'entièreté de son contenu par terre. Elle ouvrit également les armoires de Sofia, essaya des robes et des chaussures, dépaqueta les boîtes dissimulées derrière des piles de linge et entreprit de lire les documents qui avaient été placés à l'abri des regards indiscrets.

— T'as trouvé la cachette ?

— Quelle cachette ?

— Celle où mamie conserve tout son argent...

— Quel argent ? Je l'ai entendu dire qu'après l'enterrement, il ne lui restait plus rien. De toute façon, même si on le trouve, on ne peut pas y toucher, sinon mamie va se fâcher et nous renvoyer chez nos parents. Je ne veux pas m'en aller.

— Bientôt, mamie ne pourra plus s'occuper de nous. On va être obligés de retourner chez nos pères de toute façon. Mais crois-tu que j'en aie envie ? Je préférerais partir loin, là où personne ne pourra me trouver, déclara Gabriela avec conviction. Si on part d'Andronache, qu'est-ce que tu aimerais apporter ?

— Des brioches et le pot de marmelade. Et la photo de mariage de mamie et papi. Toi ?

— Le sac à main, le châle noir, les salomés... et le portrait de papi Ispas en uniforme. On les prend tout de suite ?

Les cousins montèrent sur une chaise pour décrocher les cadres. Ils s'étaient habitués à les voir de loin, parce que leur grand-père les avait bizarrement fixés au mur très près du plafond. Étonnés, ils regardaient pour la première fois les Marcu des années trente et l'arrière-grand-père Ispas, immortalisé juste avant qu'il ne rejoigne son régiment en 1916. Chacun examina sa photo préférée. Vus de près, les portraits étaient différents. Ils purent apercevoir des détails qu'ils avaient jusque-là ignorés.

Aux yeux de Sofia, ces reliques de sa jeunesse étaient des objets sacrés. Elle les conservait avec respect et admiration, les appelait ses « tableaux ». Sur les photos, les jeunes mariés étaient beaux, d'une beauté posée, digne et froide. Épaule contre épaule, ils paraissaient très convaincus de la solennité du moment. Ils semblaient conscients du poids de leur engagement et prêts à commencer leur vie conjugale comme on commence un nouvel emploi.

Pendant que Gabriela époussetait le cadre de papi Ispas, Andrei observait attentivement le visage de Constantin, qui semblait fasciné par l'objectif. Ses habits de noces lui allaient comme un gant. Son regard était lointain, son sourire, mélancolique.

À côté de lui, sa jeune épouse tenait une gerbe de fleurs blanches et fixait un point loin à l'horizon, comme si elle n'avait pas compris qu'il fallait regarder l'appareil photo. Andrei découvrit ses mains délicates de jeune femme. C'étaient les mains d'une couturière, avec des ongles blancs arrondis. Des mains élégantes, romantiques et douces, comme celles d'une jeune Vierge Marie. Il avait de la difficulté à réconcilier ces formes délicates avec l'image qu'il avait toujours eue des doigts noueux de sa grand-mère, blessés par le travail, tordus par l'âge et la maladie. Le visage de Sofia l'étonnait, lui aussi. Il avait déjà été un ovale parfait et lisse, pourvu d'une petite bouche coquette en forme de cœur. Sur la photo, son regard était perçant, sans équivoque. Avec son voile blanc sur la tête, elle ressemblait à une princesse byzantine.

Vers minuit, lorsque plus aucune émission ne jouait à la télévision, Andrei se faufila devant Sofia pour éteindre l'appareil, dont l'écran s'était rempli de parasites. Sa mamie roupillait depuis longtemps sur sa chaise : ses lunettes avaient glissé jusqu'au bout de son nez.

— Je me suis endormie ? sursauta la grand-mère. Le film est terminé ? La fille a épousé qui, le berger ou le fils du maire ?

— À ton avis, mamie ? fit Gabriela en roulant des yeux. A-t-elle préféré le berger parce qu'il était beau ou le fils du maire parce qu'il était riche ? Est-ce que la fille avait vraiment le choix ?

— Mais qu'est-ce que vous avez fait ! Vous avez fouillé dans mon armoire, enfilé mes vêtements ! Je le dirai à vos parents ! Allez, au lit !

*

Andrei fut incapable de fermer l'œil de la nuit. Lorsque les bruits de la maison se furent apaisés, le garçon retourna contempler la photo de mariage de ses grands-parents, éclairée par la pleine lune. À l'aube, il partit la regarder de nouveau, et le résultat était chaque fois le même.

Il attendit avec impatience que sa cousine se réveille pour lui chuchoter :

— Ça y est ! Je n'ai plus besoin de regarder dans l'œil de l'aviateur, maintenant, pour voir des choses…

— Hurluberlu !

— C'est vrai !

— Va manger. Tu délires toujours quand tu as l'estomac vide.

Andrei fixa le cadre pour la dixième fois. Entre les mariés, il vit clairement apparaître le visage d'une dame, qui lui retournait son regard en lui adressant un sourire affectueux. Il n'y avait pas d'autre explication : grand-papa Constantin avait aimé une autre femme !

— Quoi ? Qu'est-ce qu'il y a ? le brusqua Gabriela. C'est quoi, cette moue ?

Il ne savait pas comment expliquer sa découverte. Était-il surpris ou déçu ? Il choisit de partager la nouvelle :

— Je pense que… je suis capable de voir le passé, comme Geta la Tsigane !

— Ta gueule, Pinocchio !

— Papi a déjà fait la cour à une Italienne…

— Tout le monde le sait. Ton père a déjà raconté cette histoire au baptême de Mircea.

— Est-ce qu'il a dit aussi qu'elle s'appelait Beatrice ?

— Tu inventes…

27

Ce qu'Andrei était maintenant capable de voir en contemplant les photos dépassait ses espoirs les plus fous. Il pouvait se promener dans le passé de son grand-père comme à l'intérieur d'un décor de théâtre. Il s'agissait seulement pour lui de garder son calme, de toucher le cadre, et d'observer tous les détails que lui livraient ces images, sans se laisser aller à l'impatience. L'histoire de Constantin prenait alors forme autour de lui.

Andrei savait que ses grands-parents s'étaient rencontrés en 1933, mais il découvrit qu'ils ne s'étaient pas rapprochés tout de suite. Le soir de ses vingt-quatre ans, Constantin avait senti son cœur fondre devant la seule Italienne aux yeux verts établie à Bucarest en ce temps-là : la belle, l'électrisante Beatrice Mateo-Cantini. Elle était orpheline, comme lui, et le cordonnier avait dit à ses amis qu'il reconnaissait dans cette coïncidence un signe du destin, qui souhaitait sans aucun doute les réunir pour le restant de leurs jours.

Andrei s'arrêta pour respirer quelques minutes, étourdi par le monde dans lequel l'entraînait la photo. Il était maintenant sensible à toute l'amertume que ce jeune cordonnier avait pu accumuler au cours de sa vie, et à l'empressement avec lequel il avait voulu passer par-dessus tous ses deuils.

Sofia avait déjà raconté à ses petits-enfants que la mère de Constantin était morte de la fièvre typhoïde, la dernière année de la Grande Guerre, dans un village ravagé par les tirs d'artillerie. Détraqué par la vie dans les tranchés, et ne sachant quoi faire avec ses jeunes enfants, le père laissa sa parenté s'en occuper. Dans un élan de générosité, un oncle recueillit ainsi Constantin chez lui, et ils travaillèrent ensemble quelque temps dans ses champs de légumes. Alors que le garçon avait onze ans, un patron de Bucarest s'intéressa à lui : il était à la recherche d'apprentis doués de leurs mains et dociles, et se disait prêt à le prendre sous son aile, dans la capitale.

Constantin n'apprit jamais à lire et à écrire. En 1916, l'année où il aurait dû être envoyé à l'école, les enseignants roumains, eux, avaient été envoyés sur le front ; on les avait attendus, puis oubliés. À la fin de la guerre, dans son village natal, la seule nouvelle qu'on reçut du maître d'école, ce fut une lettre, qui ne contenait que quelques mots dactylographiés. Seul le maire put la déchiffrer.

Il fit péniblement la lecture de cette missive à la mère endeuillée de l'instituteur mort au combat, et la consola comme il put. Aussitôt qu'il fut seul, il se dépêcha d'écrire au ministère pour qu'on lui envoyât un nouveau maître d'école, priant que quelqu'un souhaite commencer une nouvelle vie à Nuci, commune perdue entre les champs et les forêts entourant Bucarest. Lorsque le nouvel enseignant arriva dans le village, cela faisait déjà quelques années que Constantin s'était installé chez son patron, un grand cordonnier bucarestois. Il avait appris le métier avec humilité et était devenu le factotum d'un atelier situé au cœur de la capitale, là où l'on recevait constamment des commandes pour des chaussures de bal de la meilleure qualité.

*

Andrei reprit le cadre et s'installa dans le salon. Les images flottaient autour de lui. Il se retrouva derrière le jeune cordonnier qui, avant d'aller danser, avait accordé beaucoup d'attention à sa tenue. Il avait taillé et teint en noir sa petite moustache, et on distinguait le grain de beauté tatoué au coin de la bouche. Sous ses cheveux bouclés, ses yeux étaient brillants. Émerveillé, il regardait Beatrice passer devant lui, en répondant à peine aux salutations de ses connaissances. Les deux frères Mateo-Cantini, ses gardiens de longue date, la suivaient fièrement. Leurs affaires n'étaient pas très prospères, mais ils étaient conscients qu'un beau partenariat, ficelé par un mariage intéressant arrangé par leurs soins pour leur sœur, pourrait leur fournir le coup de pouce nécessaire pour accéder au rang convoité des commerçants de Calea Victoriei, la rue où les membres de la haute société allaient s'approvisionner en marchandises de luxe. « Personne ne taille des vêtements plus élégants que Mateo-Cantini père, avait l'habitude de répéter Constantin. Et aucun peintre d'église n'a meilleure réputation que son fils aîné, Oreste. » Ce dernier était tenu en haute estime par les paroissiens d'Andronache, pour avoir décoré leur chapelle.

Chaperonnée par ses frères, Beatrice parcourait en riant les lettres d'amour déchirantes que ses prétendants lui faisaient parvenir en même temps que des cadeaux magnifiques, achetés auprès des bijoutiers et des parfumeurs les plus en vue d'Europe. Elle montait ensuite dans la voiture de luxe d'un de ses admirateurs, et avec ses dents d'une blancheur infinie, mordait dans un bonbon au rhum. Lorsque Constantin la croisait dans le parc Cişmigiu, il la voyait souvent caresser la fourrure épaisse du col de son manteau, de ses longs doigts gantés.

Andrei se dit que son grand-père n'était pas lui-même : le cordonnier sembla s'évanouir le jour où il aperçut aux pieds de l'Italienne une magnifique paire de salomés. C'était son modèle de chaussures préféré – celui qu'il réussissait le mieux, et qu'il allait exécuter obsessionnellement tout le reste de sa vie. Elles entouraient délicatement, et avec coquetterie, les chevilles de Beatrice. Étourdi par ce trop-plein de beauté, Constantin Marcu soupirait de manière compulsive : « Beatrice ! Beatrice ! »

Même Andrei, dans sa transe, avait compris que cette fille raffinée n'était pas à la portée d'un simple cordonnier.

Mais Constantin espérait : il avait succombé. C'est ainsi qu'un soir de bal, dès qu'il entendit retentir les premières mesures de la *Valse de l'aube*, ce énième amoureux se présenta devant Beatrice Mateo-Cantini et l'invita à danser. Il s'inclina devant la belle et conserva longtemps une pose pleine de dignité. Beatrice quitta son siège de velours et mit sa main dans celle de Constantin Marcu.

De plus en plus curieux, Andrei suivit l'ombre de Constantin, même s'il se sentait aussi de plus en plus épuisé. Il vit une version déridée de son grand-père qui se tenait debout avec un bouquet de roses. Cela faisait longtemps qu'il attendait Beatrice, tremblant un peu sous son offrande fleurie.

La reine du bal venait justement de faire son entrée de façon fracassante. Ses doigts gantés caressaient une nouvelle fourrure, au milieu d'un groupe où ses frères tenaient respectueusement ses prétendants à distance. Constantin essaya sans succès de se frayer un chemin jusqu'à elle, parmi les autres danseurs qui l'avaient encerclée pour lui raconter mille choses avec de grands gestes. Il ne la voyait plus, mais l'air s'était chargé d'électricité, et il l'entendait rire. Quand l'orchestre se remit enfin à jouer, Constantin suivit les Mateo-Cantini au vestiaire, où les frères se dépêchèrent de déposer leurs manteaux pour inviter deux jolies filles sur la piste de danse. Personne ne se souciait de Constantin et de ses fleurs.

Beatrice sortit délicatement une cigarette d'un étui argenté sur lequel ses initiales étaient gravées. Elle ne leva pas les yeux vers Constantin quand celui-ci la salua, et ne prit pas le bouquet défraîchi qu'il tendait dans sa direction, en cherchant confusément à attirer son attention. Il était trop intimidé pour mettre un genou à terre, mais il s'avança d'un pas ferme vers l'élue de son cœur :

— Mademoiselle, avec toute mon estime et les hauts sentiments que j'ai pour vous, je vous demande de devenir dès maintenant mon amie. Mes intentions sont nobles et sincères, je suis prêt à m'engager auprès de vous. Pour la vie. Dans le saint lien…

— Qu'est-ce que vous voulez dire, monsieur ? demanda Beatrice.

Elle semblait sincèrement ne pas comprendre ses formules ampoulées. Il la regarda dans le blanc des yeux, pour éloigner tout malentendu.

— Ça veut dire que, dès ce soir, moi, je suis votre ami, vous, vous êtes mon amie. Dans trois mois, on se fiance et, dans un an, on se marie. Je suis un homme sérieux, je travaille en tant que maître cordonnier sur Calea Victoriei. Je suis un ouvrier qualifié, je gagne honnêtement ma vie et je suis prêt à m'occuper d'une famille. Je voulais aussi vous dire que je tiens vos frères en très haute estime.

Il s'arrêta à nouveau, déconcentré par l'air étrange de la fille. Sa demande en mariage se heurtait à un obstacle imprévu. L'expression de Beatrice avait changé et Constantin s'inquiétait, parce que depuis qu'il était venu lui parler, il ne l'avait pas vue sourire une seule fois.

— Alors, voulez-vous être mon amie ?

— Mais monsieur, moi, je suis l'amie de tout le monde !

Et elle ouvrit les bras pour désigner la foule de jeunes hommes qui lui faisaient des signes partout dans la salle.

Andrei sursauta lorsque Constantin gifla la belle Italienne, avant de jeter les fleurs à ses pieds et de quitter le bal. Son père, Aurelian, lui avait déjà raconté que Constantin n'avait plus jamais revu la fille par la suite, et qu'il n'avait plus jamais adressé la parole à un Mateo-Cantini. Ses frères auraient très bien pu le battre à mort, si son patron n'avait pas intercédé en sa faveur, les recommandant à des clients en haut lieu, qui fréquentaient la cour et qui connaissaient même la famille royale. Comme les Italiens avaient une dette envers lui, ils savaient qu'une parole de sa part aurait pu anéantir leur réputation à Bucarest.

Andrei contempla quelques secondes la jeune Sofia, qui était au bal elle aussi. Elle vivait alors chez une de ses sœurs, travaillait assidûment, économisait son salaire et conservait en tout temps un air sérieux. Constantin l'avait déjà invitée à danser, mais n'ayant jamais pris la peine de discuter avec elle, il n'avait pas remarqué que ce n'était pas le genre de fille qui riait aux blagues des messieurs.

Trois mois plus tard, lorsque Constantin l'invita à valser de nouveau, il prit cette fois le temps d'observer ses cheveux noirs, coupés à la garçonne, la belle robe de velours qu'elle avait cousue elle-même, et la petite croix d'argent qui ornait sa poitrine. Du moins, c'était comme ça qu'Aurelian racontait cette histoire. Mais ce qui le marqua le plus, c'était sa paire de chaussures, dont le cuir était assorti aux reflets de sa robe. Le jeune cordonnier était convaincu qu'on pouvait déduire beaucoup de choses sur quelqu'un en observant ses chaussures. Celles de Sofia étaient élégantes, propres, fraîchement cirées. Elles étaient belles, mais sans coquetterie : de la qualité sans ostentation, faite pour durer.

Soulagé d'avoir quitté l'image, Andrei s'assit sur un fauteuil en reposant le cadre. Les ronflements de Sofia parvenaient jusqu'à lui, le rassurant un peu. Dehors, un coq commençait à chanter.

28

Après l'enterrement de Constantin, tout resta à sa place, comme si rien d'exceptionnel n'était arrivé. Ses pommades se trouvaient encore à la vue de tout le monde, sur une des étagères de la bibliothèque. Ses boîtes de médicaments avoisinaient le genre de bibelots que l'on retrouvait dans à peu près tous les foyers d'Andronache : un poisson en verre bleu, un éléphant gris en porcelaine, une petite fille avec un panier de fleurs. Il y avait aussi quelques figurines en bois et des pommes de pin peintes en rouge, que différents membres de la famille avaient achetées lors d'un voyage de noces. Bien qu'elle fût incapable de se rappeler où elle avait laissé ses lunettes cinq minutes auparavant, Sofia pouvait raconter précisément de qui elle avait reçu ces cadeaux et en quelle année.

Dehors, dans le kiosque, on ne voyait pas partir le capitaine, et on ne le voyait pas arriver. Il semblait veiller nuit et jour sur la veuve, comme une sentinelle. Seule la blancheur immaculée de ses chemises, ses joues rasées de près et les cravates différentes qu'il portait au cou indiquaient qu'il devait sans doute retourner de temps en temps chez lui.

*

Gabriela avait suivi l'odeur de blé bouilli jusqu'à la cuisine. En le mélangeant à des noix râpées, du sucre, du rhum et de la cannelle, Sofia préparait une *colivă* pour honorer la mémoire de son mari. Quand elle était plus petite, Gabriela adorait manger ce dessert qu'on servait aux funérailles et les jours où l'on organisait des goûters dînatoires pour entretenir le souvenir des morts. Mais depuis que sa mère avait rejoint les défunts, elle l'avait pris en aversion. Elle cédait toujours sa portion à Andrei, qui en redemandait.

Sofia déposa le blé sur un plateau et l'aspergea de rhum. Gabriela l'aida en recouvrant le tout d'une couche généreuse de noix émiettées. La grand-mère saupoudra délicatement le sucre.

— Mamie, qui a battu Spiridon ?

— Ça ne te regarde pas, jeune fille !

— Je t'ai entendu discuter avec *tanti* Geta.

— Qu'est-ce que tu as entendu ?

— …

— Tu veux toujours tout savoir. Mais pour ça, tu es trop jeune, ce n'est pas pour les enfants de ton âge. Pourquoi tu ne me demandes jamais une recette, ou bien…

Perdant patience, Gabriela s'empara du sac de chocolats. Ils ressemblaient à des perles noires, dures comme le fer et très sucrées. Sofia avait acheté cette sorte parce qu'ils ne fondaient pas pendant la messe lorsque le prêtre bénissait le plat à la lueur des chandelles et résistaient sans se dissoudre au contact de la *colivă* gluante.

Sur le blé bouilli, la jeune fille dessina une croix orthodoxe avec ces bonbons noirs. Alors qu'elle enfonçait la dernière petite perle dans la couche de sucre, elle répliqua à Sofia :

— Toi aussi, tu veux toujours tout savoir. Et regarde, rien de mal ne t'est arrivé pour autant.

— Alors vas-y : la prochaine fois que Geta passera par ici, demande-lui ce que tu veux.

— Pourquoi elle ne te dit pas quand elle reviendra, quand elle part de chez nous ?

— Elle n'a pas de comptes à me rendre. Ni à moi ni à personne d'autre.

— Comment elle fait pour voir des choses que les autres ne voient pas ?

— Chacun son don…

— Ça ne lui fait pas peur, d'être seule tout le temps ?

— Je ne sais pas. Tout le monde a peur de quelque chose…

— Et toi… qu'est-ce qui te fait le plus peur ?

— De vivre sans ton grand-père.

*

Lorsque Sofia eut enfin le courage de pénétrer dans le sanctuaire de son mari disparu, elle ne put s'empêcher de sourire. C'est comme ça que Gabriela la surprit, immobile et parfaitement heureuse. La jeune fille se dépêcha de glisser sa tête à l'intérieur :

— Venez vite, venez voir !

L'atelier était parfaitement ordonné. Tous les outils étaient entreposés sur des étagères, et les morceaux de cuir avaient été répartis dans des boîtes, en fonction de leur couleur et de leurs dimensions. Le cordonnier avait voulu faire place nette pour sa dernière œuvre : il y avait là des dizaines de paires de chaussures pour le capitaine et sa femme, pour Sofia et ses petits-enfants. En les comptant, Gabriela estima que son grand-père leur avait laissé de quoi se chausser pendant au moins dix ans.

LA FIN DE L'ENQUÊTE

L'officier responsable de l'enquête était toujours convaincu que l'agresseur de Spiridon Popescu habitait sur la rue Escalei. Il nourrissait des soupçons envers certains individus, mais il n'avait pas recueilli assez de preuves pour entamer de nouvelles procédures. Ses supérieurs lui reprochaient déjà d'avoir brièvement emprisonné un suspect, sans trouver le moindre lien entre lui et l'attaque perpétrée dans le champ de maïs.

L'enquêteur maudissait la vieille Filipescu. L'aristocrate lui avait fait perdre un temps précieux en l'envoyant sur une fausse piste. Il aurait dû l'arrêter à la place d'Angelo Marcu, pour lui servir une leçon : en fin de compte, elle ne cherchait qu'à se venger de Constantin Marcu à cause d'une affaire de jeunesse… du moins, c'était ce que le dénommé Daniel Filipescu, dit Puiu, lui avait raconté. Le cordonnier n'avait pas, semblait-il, prêté attention à sa mère, au temps où celle-ci courait les bals et les magasins de chaussures de luxe sur Calea Victoriei. La harpie ! Il fallait tout de même une sacrée bonne mémoire pour se souvenir de bagatelles pareilles après des décennies. Il lui avait fallu également une bonne dose de folie pour imaginer une vendetta si tordue, en accusant le fils à tort, rien que pour blesser le père.

Pendant plusieurs semaines, l'officier fit un cauchemar récurrent. Une fille maigrichonne sortait d'un champ de maïs, lui tendait un épi beaucoup trop mûr, presque pourri, et s'adressait à lui dans une langue qu'il ne comprenait pas. « Qu'est-ce que c'est que cette folie ? » se demandait-il au réveil. « Est-ce que j'ai déjà vécu ça ou mon subconscient me joue des tours ? Qu'est-ce que ça veut dire ? Je divague parce que j'ai déjà décidé qui l'a fait et que je veux avoir raison à tout prix ? » Pour se changer les idées, il sortait en pyjama sur son balcon et prenait de longues respirations, avant de retourner au lit.

*

L'officier prit l'habitude de se promener régulièrement à Andronache. Au début, c'était à cause de son obsession, il espérait encore trouver le coupable d'un des rares cas de toute sa carrière où un malfaiteur lui avait glissé entre les doigts. Il avait le sentiment qu'en cherchant à la bonne place, son intuition l'aiderait à y voir plus clair. C'était ce qu'il pensait, chaque fois qu'il s'approchait de l'intersection des rues Escalei et Ciucă-Ştefan. Il savait que tôt ou tard, la vérité finirait par remonter tranquillement à la surface. Mais même après des années de recherches, la lumière tardait toujours à se faire dans ce dossier.

À force d'arpenter le quartier, l'officier constata qu'il s'y sentait de plus en plus à l'aise. Il se détendait dès que le tramway le déposait devant les acacias et la végétation champêtre de ces ruelles somnolentes. L'été, il achetait des graines de tournesol grillées à *coana* Ioana et regardait des familles passer des soirées entières sous la voûte d'une vigne.

Comme sa retraite approchait à grands pas, il acheta une jolie propriété à Andronache, près de la forêt. Il invita son ancien stagiaire, devenu officier, à poursuivre l'enquête sur le blessé du champ de maïs. Avant de quitter son poste, il recommanda le jeune homme pour une promotion. Aussitôt, celui-ci se maria et demanda son transfert dans une ville de province, sous prétexte que son épouse asthénique avait besoin d'air frais.

*

Nul ne sut jamais la vérité sur ce qui s'était passé cet après-midi-là, dans le champ de maïs. Elle était seulement figée dans les yeux charbonneux de Spiridon Popescu, le moustachu bien-aimé de Florica Vasiliu.

Le fonctionnaire avait attendu son chien pendant deux jours, en sifflant joyeusement de temps en temps près de la gamelle pleine de viande. Il ne réussit à attirer qu'un nuage de mouches. Une étrange curiosité le poussa à jeter un coup d'œil dans la cour des voisins. Selon lui, la disparition de Lăbuş était incompréhensible, ce chien n'avait jamais cherché auparavant à se cacher de lui. Bien au contraire : dès qu'il le sentait arriver, il se mettait aussitôt à aboyer à pleine voix et finissait tôt ou tard par lui sauter dans les bras. Où était-il passé ? Pour en avoir le cœur net, Spiridon alla faire un tour dans le terrain vague. C'est comme si un fil invisible l'attirait vers le corps de Lăbuş.

Il regarda longtemps son chien inanimé. Sa tête se vida de toute pensée.

Spiridon ne reprit contact avec la réalité qu'au moment où un homme s'arrêta devant lui, répétant avec insistance :

— C'est mon maïs, c'est mon maïs à moi !

Il tenait une bêche, qu'il faisait nerveusement passer d'une main à l'autre.

Spiridon fut le premier à s'étonner du courage dont il fit preuve en criant au wattman qu'il n'était qu'un con. Il en avait assez : son voisin lui volait sans cesse du bois et des légumes quand Florica n'était pas là pour le surveiller. Il ne comprenait pas ce qui lui prenait de crier comme ça, à pleins poumons :

— Sale voleur ! Lăbuş aboie toujours quand tu passes, il te reconnaît ! Il sait que tu entres tout le temps dans notre jardin ! Voleur !

Telles avaient été les dernières paroles de Spiridon Popescu. Il n'avait pas fini de parler que le bleu du ciel se brisa en mille morceaux.

Après le premier coup, il ne ressentait déjà plus la violence de la bêche, qui s'était abattue plusieurs fois sur son crâne et ailleurs sur son corps.

*

Vêtue d'habits sombres, la mort le frôla, tourna autour de lui. À un moment donné, il comprit qu'il était allongé dans le champ de maïs et qu'il n'allait pas bien. Il n'entendait pas grand-chose, hormis les tourterelles qui chantaient tristement dans le jardin des Marcu.

*

À la place de la mort, il découvrit un jour le visage d'une infirmière blonde. Il ne put ni lui parler ni lui sourire, mais un frisson de soulagement parcourut tout son corps.

Florica le ramena à la maison quelques semaines plus tard. À tous ceux qui plaignaient son sort, en lui rappelant qu'elle passerait le reste de ses jours à s'occuper d'un amoureux inerte, elle répondait avec joie qu'elle l'aimait plus comme ça. Pendant les mois qu'il avait passés à l'hôpital, son Spiridon avait tellement fondu qu'elle pouvait le déplacer n'importe où dans la maison, comme une poupée. Il mangeait moins, n'était plus tyrannique envers elle, comme avant l'agression. À vrai dire, sa patience semblait désormais infinie.

Les fins de semaine, Florica commença même à sortir au cinéma avec ses collègues, parce que Spiridon ne protestait jamais, ni avant ni après son évasion. Elle le nourrissait, l'embrassait, lui parlait, lui chantait des chansons. Chaque fois que ses émissions préférées passaient à la télévision, elle l'installait confortablement sur le sofa. Il ne rata jamais un match de son équipe favorite.

La seule chose que Florica ignorait, c'était qu'au milieu de la nuit, Spiridon redevenait l'homme qu'il avait été avant son agression, un homme au regard acéré et à la pensée vive. Ses nuits étaient ponctuées de prémonitions, quelquefois terrifiantes.

Il voyait le centre-ville de Bucarest réduit en poussière. Dans les rues, les villas du début du siècle étaient rasées sans pitié. Il voyait arriver des bulldozers, des gens pleuraient, d'autres déposaient délicatement des églises centenaires sur des rails, pour les dissimuler derrière des tours en béton. Il était alors submergé par une vague de panique.

Il essayait de crier : « Andronache sera démoli en l'an 2000 ! », mais ses efforts restaient vains, il ne parvenait jamais à prévenir qui que ce fût.

Épilogue

En 1995, l'année du vingtième anniversaire de la mort de Constantin, Gabriela et Andrei décidèrent de retourner à Andronache afin de revoir les lieux de leur enfance. Quittant un mariage bien arrosé qu'ils venaient de célébrer à proximité de la forêt, les cousins remontèrent la rue Escalei à pied. Ils comprirent rapidement qu'ils devraient renoncer à toute attente idyllique : le joli pavé avait été avalé par une couche de goudron, qui avait fait disparaître l'âme même du quartier.

À la place des lys sauvages, des iris et de l'érable argenté qui était collé autrefois au poteau électrique, la ville avait fait construire des trottoirs en béton, avec l'approbation de citoyens enthousiastes. Il n'y avait plus de plantes grimpantes s'accrochant aux clôtures, plus de jupes d'hirondelle en forme de clochettes, couvertes de rosée. La fontaine publique avait disparu.

La rue avait perdu son air bucolique, sa qualité ambiguë de rue bucarestoise, où l'on vivait plus ou moins comme en villégiature. Finies les poules élevées derrière chez soi, les champs de maïs qu'on fait pousser sur des terrains vagues et, surtout, les vignobles.

Le son grave des cloches leur rappela que l'église d'Andronache était encore là.

Pendant que Gabriela s'efforçait de déchiffrer les noms des nouveaux propriétaires imprimés sur les boîtes aux lettres, Andrei se promenait autour de la clôture de l'ancienne demeure de ses grands-parents, essayant de maîtriser les battements de son cœur.

— J'aimerais me souvenir de la cour comme je l'ai vue quand j'ai terminé mes études à l'université. C'est la dernière fois qu'on était là, tous ensemble, en été. Le jardin de roses, le potager, les cerises…

— La maison que mamie faisait repeindre en bleu chaque printemps. La vigne, le kiosque…

Andrei ferma les yeux et revit Sofia couper des légumes sur cette table accueillante, tandis que Constantin tranchait une polenta dorée à l'aide d'une ficelle. Entre la maison et le vignoble, il y avait l'allée qui partageait la cour en deux, donnant à la propriété une colonne vertébrale.

Les nouveaux propriétaires avaient installé une clôture en fer impénétrable qui gardait les cousins à distance.

— Mais il n'y a rien à voir de toute façon, conclut Gabriela. Mon père m'a dit que la vigne a cessé de produire, faute de soleil, de soins, et d'amour, je crois. Avant de partir, l'oncle Lilian a déterré plusieurs rosiers, mais il n'a pas pu sauver ceux que papi Constantin utilisait pour faire ses confitures. Il a aussi transplanté des jonquilles, des violettes, des tulipes et des perce-neige dans son nouveau jardin… Et bien sûr, il a pris les portraits de l'arrière-grand-père Ispas en uniforme de guerre, et la photo de mariage de Constantin et de Sofia, qu'il doit conserver quelque part dans une garde-robe. Un dégât d'eau les avait abîmés quand on a commencé à avoir des problèmes avec la toiture. On aurait dû voler nos « tableaux » préférés quand on était petits, avant qu'ils sombrent comme ça dans l'indifférence…

— Tu sais, moi… j'ai quand même gardé un embauchoir, de l'atelier de papi.

— Le sac à main laqué de mamie Sofia est accroché à côté de mon lit.

— Les lunettes de papi sont sur ma bibliothèque.

— J'ai pris les *Contes* d'Andersen que mamie aimait nous lire…

— J'aime encore écouter le chant des tourterelles…

— Je me signe encore en fermant la bouche quand j'ai peur, comme Sofia me l'a appris.

Gabriela approcha son œil d'une fente dans la clôture.

— Ah, non ! Ils ont peint la maison en jaune ! Elle est méconnaissable ! Il reste quelque chose de notre époque, malgré tout.

— Le puits ?

— Viens voir.

Le cerisier offrait encore de son ombrage au jardin. Gabriela sentit le goût salé de ses larmes lorsqu'elle l'admira pour la dernière fois. Cet arbre portait en lui le reflet intense et multicolore des étés ensoleillés des

Balkans. Malgré les papillons qui s'agitaient dans son ventre, Andrei lui sourit.

Parmi tous les gens qu'il avait connus dans la cour de Sofia et de Constantin, seul l'aviateur Stănescu était resté vivant dans sa mémoire. Avec le temps, la physionomie de ses amis d'enfance, de ses anciens voisins – et même, en partie, celle de ses grands-parents – s'était estompée, mais ce n'était pas le cas pour le capitaine. Il pouvait se rappeler toutes les cicatrices de son visage et son air si étrange, à la fois détaché et résolu, sans le moindre effort. Andrei aurait voulu être unique, comme son ami l'avait été. Il n'était pas devenu aviateur, mais il avait continué à se renseigner sur l'histoire de Bucarest, en consignant tout ce que leur ouvrage préféré n'avait pas raconté sur le destin et sur le charme de la capitale.

— On fait un tour dans l'ancienne cour du capitaine ? demanda Andrei.

— C'est l'oncle Lilian qui vit là maintenant.

— C'est vrai ?

— C'est mon père qui me l'a dit.

— Et ton père, il va bien ? Qu'est-ce qu'il est devenu ?

— Tout s'est passé exactement comme Geta l'avait prédit. Il en est à son cinquième mariage. Sa femme est riche, cette fois. Un vrai numéro de cirque… Et Aurelian ?

— Toujours divorcé, toujours occupé.

Dans le parc à ferraille de l'aviateur, les tas de sable, les engins tout rouillés et le vieux tricar pourvu d'un moteur électrique étaient toujours à leur place. Gabriela monta sur sa selle, amusée :

— Ici, au moins, il n'y a pas grand-chose qui a changé.

Elle secoua la poussière et les feuilles mortes accrochées à sa robe.

Andrei, surpris de la voir de si bonne humeur, s'évertua à chercher une belle phrase pour lui répondre, mais n'en trouva pas. Il détourna son regard vers le baril que l'oncle Lilian avait placé sous une gouttière, comme sa mère le faisait autrefois, pour récupérer l'eau de pluie. À la surface, le jeune homme découvrit deux visages enfantins, déformés par les ondulations : le sien et celui de sa cousine aux sourcils épais.

Remerciements

Merci à mon conjoint et à ma fille, dont la présence quotidienne donne un sens à ma vie et à mon écriture.

Merci à Joël Raiffaud, une source de sagesse et de joie, pour ses conseils et pour sa lecture attentive. Merci à Eli Njakara et à George Azzi pour la sincérité et la pertinence de leurs commentaires. Merci à Owen Eric Wood pour toutes les belles discussions sur la créativité.

Merci à Miruna Crăciunescu qui a cru dans l'histoire de *Rue Escalei*. Son travail méticuleux et délicat a permis à mes personnages de rejoindre leurs lecteurs. Merci à toute l'équipe de VLB Éditeur, à Christine Hébert, à Grace Cheong, à Pascale Matuszek et à Emmanuel Dalmenesche pour leur enthousiasme et leur patience.

Merci à la regrettée Caroline Dawson, à Anne-Frédérique Hébert-Dolbec et à Mike Vienneau d'avoir sélectionné mon manuscrit lorsqu'ils ont siégé sur le jury du prix Robert-Cliche. Leur choix et leurs commentaires ont changé la trajectoire de ce roman.

Merci à mes parents Adela et Ion, qui ne m'ont jamais refusé l'achat d'un livre quand j'étais petite.

Merci à ma sœur Diana qui m'a toujours soutenue dans la poursuite de mes rêves.

Merci à mes professeurs grâce à qui je suis devenue la personne qui publie aujourd'hui *Rue Escalei*.

Merci à mes étudiants qui m'aident à apprendre et à avancer dans la vie.

Table

Cet ouvrage composé en Bembo Std corps 12,5 a été achevé d'imprimer au Québec
sur les presses de Marquis Imprimeur en juillet deux mille vingt-quatre
pour le compte de VLB éditeur.